U0614784

凌翔　主编

故乡的雨，抵达梦里

阳涛　著

北京出版集团

北京出版社

图书在版编目（CIP）数据

故乡的雨，抵达梦里 / 阳涛著 . —— 北京：北京出
版社，2023.4
　（当代作家精品 / 凌翔主编 . 散文卷）
　ISBN 978-7-200-17872-2

　Ⅰ. ①故… Ⅱ. ①阳… Ⅲ. ①散文集—中国—当代
Ⅳ. ① I267

中国国家版本馆 CIP 数据核字（2023）第 063917 号

当代作家精品·散文卷

故乡的雨，抵达梦里
GUXIANG DE YU，DIDA MENGLI

阳涛　著

凌翔　主编

出　　版	北京出版集团	
	北京出版社	
地　　址	北京北三环中路 6 号	
邮　　编	100120	
网　　址	www.bph.com.cn	
发　　行	北京出版集团	
印　　刷	三河市中晟雅豪印务有限公司	
经　　销	新华书店	
开　　本	710 毫米 × 1000 毫米　1/16	
印　　张	15.5	
字　　数	200 千字	
版　　次	2023 年 4 月第 1 版	
印　　次	2023 年 4 月第 1 次印刷	
书　　号	ISBN 978-7-200-17872-2	
定　　价	69.80 元	

如有印装质量问题，由本社负责调换
质量监督电话　010-58572393

目 录

辑三 故土之情

辑四 故土之遥

辑 一
人间至味

有人说：四方食事，不过一碗人间烟火。浓郁的红薯香、淡淡的酒香、荞麦粑粑的香甜、柑橘的青涩、特殊风味的茶、浓浓的年味……这些裹以童年的记忆，十八年乡村生活的味蕾在文字中苏醒，以饱满的情感诠释贫穷年代的幸福感。

"人间至味是清欢"，无论我身处何方，作为湖南人，离不开一口纯正的辣。然而，我并未用太多的笔墨去描述故土美味的辣，反而以淡雅的笔调写那些粗犷的味道，原汁原味，来自土地，不需任何藻饰与雕琢，娓娓道来，淡而有味。

故乡的每一缕炊烟，都是来自大地的问候。

母亲的红薯

每次经过老街的拐角处，烤红薯的芳香飘来。顺着香味儿走近街角，一个推着三轮车的贩夫，正把热腾腾、香喷喷的红薯从火炉中拿出。我驻足闻其香，徘徊良久，终究不会去购买。贩夫烤的红薯，虽然香甜软糯，却远不及母亲种的红薯那么甘甜。

故乡的红薯带给我沉甸甸的记忆。

几天前，我给母亲去电话，得知父亲这几天在挖红薯，母亲帮着装筐，经过数天的劳作，终于把一亩多红薯挖完了。母亲说今年家中挖了两千多斤红薯，我惊讶之余，更担心他们多病的身体，毕竟他们垂垂老矣。我的思绪飘到故乡，在故乡的山头、在稻花飘香的田埂上萦绕。

遥远的故乡，飘着红薯的清香。故乡地处湘中，丘陵地带，红色土壤，带点儿沙性，种出的红薯又大又甜。年少时，我多次陪母亲插红薯秧。每当暮春夏初之际，湘中多雨，下雨的时候最适合插红薯秧。披着蓑衣，戴着斗笠，背着竹筐，冒着小雨，沿着曲折的山路，光着脚丫子，在泥泞的路上踉跄而行。踏入泥深至脚踝的红土地，一脚深，一脚浅，把红薯秧一排排整齐地插入父亲早就翻好的土地里。我们弓着腰插完红薯秧，沾了一手一脚的泥，在杂草上跺去脚上的泥，沿着山路下行，找口山塘，解去蓑衣，洗净泥土归家。

红薯秧易成活，生命力极其顽强。藤蔓在红土地上爬行，恣意生长，一天天，一月月，施肥后，越长越茂盛，郁郁葱葱。盛夏之时，我们顶着火热的太阳，爬上山丘翻红薯藤。母亲分好工后，一人一块红薯地，开始翻红薯藤比赛。以这种比赛的方式参与劳动，挺有乐趣和成就感。我们把长得绿中带着暗红的红薯藤翻开，像给土地揭开一层绿色的被子。沿着藤的根部一蔸一蔸翻，从一边翻到另一边，整齐有序，翻过的红薯藤蔓在阳光下泛着浅白、浅绿、浅红的光。我年少多疑问，问母亲红薯藤长得那么茂盛，翻动会不会伤了它们。母亲告诉我，红薯藤不翻几次，藤上的须根会扎在土里，营养到不了真根，长不出大的红薯，就像一棵树不经过修剪，不会成材。

我们额头上冒着汗，用衣角轻轻擦拭，隔着山谷大声说话，相互打气，加快速度。时不时惊起几只飞鸟。一块块红薯地被我们翻好，我稚嫩的手上沾满红薯藤蔓的汁液，黑乎乎的，黏黏的，几天后才慢慢褪去。母亲偶尔摘一大把长长的红薯梗，回家掐去叶子，切成小段，加以碎青椒及乡村豆豉，炒出一道色香味俱佳的美味。如今，我一想到那道家乡菜，便垂涎三尺，想跑进农贸市场买一把红薯梗，炒一道酸辣红薯梗子下酒。

红薯藤经过一个夏天的疯长，藤蔓变得更加厚实、深沉。秋天到了，红薯藤开出了洁白的小花，星星点点，花骨朵儿有白中带粉的，也有白中带蓝的。一朵朵红薯花像小喇叭，在秋风中摇曳，在山冈上匍匐着，似乎带着铃声，踏歌而来，告诉人们红薯成熟了。

用镰刀割断红薯藤蔓，拽着藤蔓使劲地拉，把一蔸蔸缠缠绕绕的红薯藤拖出，再一蔸蔸整理好，打好结，这是喂猪的上等饲料。割完的红薯地，少了绿油油的厚重感，露出了红土地，好像一个壮汉脱去了厚重的绿衣。母亲挥动着锄头，一蔸蔸红薯露出来了，沉甸甸的，一个比一个大，一个比一个光洁，一蔸比一蔸重。我和弟弟帮忙去掉红薯上的黏土，装入竹筐，沿着山路蹒跚着脚步，摇摇摆摆地挑着竹筐回家。我身高不及弟弟，所以弟弟挑得比我重，次数亦比我多。红薯藤在山上晒几天，晒干部分水分，挑回家中，挂在屋檐下再晾晒数日，用铡刀铡碎，晒干贮藏，是冬季喂猪的饲料。

20世纪70年代末，农田尚未分包到户，家中人多米少。青黄不接之时，奶奶把红薯洗净去皮切块，和米一起煮。米充足时，红薯少一点儿；米不足时，红薯多一点儿。用铁锅煤火烧出的红薯饭的香味儿，尤其是金黄色的锅巴，带着红薯的香甜，至今让我难以忘怀。

收回的红薯放在地上，让风吹一吹，待红薯中的淀粉转变为糖分，这样煮熟的红薯会变得越来越甜，越来越软。母亲把红薯洗净去皮，切成大块用铁锅蒸熟，香盈满室，几十米外就能闻到。有时放学归来，我还未进屋，就已闻其甜香而垂涎。母亲把冒着热气的红薯倒进擂钵，用擂棍捣成泥，以长方形木箱底作模，铺上纱布，用刀具把红薯泥刮压成薄片，再撒上白芝麻，然后把一张酥软的红薯薄片转移到竹匾的稻草上，揭去纱布。就这样一张张有序地摆好，迎着太阳晒，数天后去除红薯片上沾着的稻草，再一张张整齐地叠好，用纸包好，扎上麻绳，收入柜中。时间一长，红薯片会越来越软甜，表面泛着白色的粉霜，细细品嚼，越嚼越甜，因此红薯片成了我儿时最上等的零食。尤其到了冬天，把红薯片放在炉火上烤到微微焦黄，香甜满室，口齿留香。

每年春节前几天，母亲都会把一沓厚厚的红薯片拿出来，我们帮忙剪红薯片。薄薄的红薯片被剪成二指宽的长条，再把长条剪成菱形，放入簸箕中。煤火上的油锅翻滚着，母亲把菱形红薯片倒入油锅中，甜香味弥漫整个房间，窜出了窗户，在田野里撒欢儿。红薯片炸成金黄色，捞出后沥干油，冷却后装袋贮藏。金黄色的红薯片，脆爽、酥松、甘甜，佐以甜酒，是招待客人的好点心。

母亲还把小个的红薯蒸熟，直接切成片，放在竹匾上晒干。晒干的红薯干粘在一起，金黄色，食之如饴。成年后离开故乡，每当过年回到故乡，返回时，我的汽车后备厢里一定有一袋沉甸甸的红薯干。

　　我还记得年少时，母亲有时候把蒸熟的七八个小红薯沿着灶台口放一圈。小红薯经过一个晚上的小火慢炕，焦香味十足，更加香甜可口。上学前，我的书包里一定会装一两个这样用纸包好的红薯。课间休息，咬一口带着余温的红薯，那香味儿特别诱人，惹得同学们都来争抢。

　　我对红薯最深的记忆是柴火烤红薯。母亲每年都为父亲酿酒，所以必须垒起土砖柴火灶烧火。蒸米或蒸馏米酒时，柴火在灶膛内熊熊燃烧，冒着青烟，此时我向灶膛里扔进几个生红薯，用火钳把它们埋在火灰堆里。米饭蒸熟了，或酒蒸馏完了，再用木棍扒开柴火灰，一个个黑不溜秋的烤红薯冒着烟、散着香味蹦了出来。刚出炉的烤红薯是滚烫滚烫的，我只好在手中来回倒腾，吹着气，剥开皮，露出金黄色的薯肉，香喷喷的，那甜味儿太美了。我吃完红薯，习惯用手擦嘴，结果弄花了脸，着实让人好笑。我担心红薯烤焦，时不时从灶膛里夹出红薯，用手指掐捏，里面发硬的红薯，那一定是没有熟透，于是重投柴灰中继续烤。我有时贪玩儿，忘了烤红薯的事，第二天早上想起，再用木棍扒出红薯，那时红薯早已变成木炭了，只好随手丢进柴灰中，望薯生叹。

　　冬季来临，母亲开始忙碌，她把生红薯切碎，捣成红薯浆（以前全是手工捣碎，现在有了粉碎机，简单轻松多了）。用纱布包住红薯浆，用力把浆水挤出，浆水沿着木槽流入桶中。红薯浆被反复加水揉挤，浆水装了满满一桶，有些像豆浆，在阳光下泛着白光，在寒风中荡漾。余下的红薯渣也不浪费，晒干用来喂猪喂鸡。红薯浆水经过一晚的沉淀，变得清澈了，桶底有一层厚重的红薯粉，奶白色的，倒去上层的清水，用碗或锅铲把湿的红薯粉铲出，放在竹匾中晒。晒干的红薯粉，滑爽、雪白，闻一闻，带着红薯的清香，可用来做粉皮，也可以加入鸡蛋煎成薄饼，切片，加入剁椒炒，佐以葱花，那是我儿时最爱吃的菜。家中鸡蛋不够吃，母亲在煎蛋时，便把红薯粉加水调成薄浆，加入鸡蛋一起煎，味道非常好，以至于现在我还喜欢这样煎蛋，妻儿都说味美，却不知其中的艰苦与缘由。

　　每年隆冬之际，母亲请做粉丝的师傅来家中，架一口大锅，把红薯粉做成粉丝晒干贮藏。家中自制粉丝的味道比市面上的任何粉丝都要鲜美，且晶莹剔透，粗细均匀，滑爽筋道。每次用故乡的自制粉丝做成粉丝汤，我能吃上两大碗，这也让我的味蕾在他乡的冷漠中苏醒。每次回故乡，我一定会带几袋粉丝再去他乡，这让我的生活有了故乡的韵味与温度。

　　今天恰好立冬，寒意乍起，窗外的雨一直不停。我想，远在故乡的母亲必定在张罗着做红薯片、红薯干、红薯粉、红薯粉丝等乡村美味，这两千多斤红薯又要让母亲忙上很久。

　　我望着窗外，思绪穿过细密的雨丝，去了千里之外的故土，似乎看见了故乡遥远的土地上，那个忙着种红薯的少年归来，肩上背着竹筐在田埂上慢行。身在他乡，怀念故乡，今夜一定要煮一碗鲜美的红薯粉丝汤，慰藉我这游子之心，感受来自故乡的温暖和母亲的爱，回味故乡的味道。

石臼深深糍粑香

　　久居异乡的我，很少吃到香甜松软的糍粑，于是嘴馋之时，用市集上所购之年糕来代替。两物虽同样以糯米为原料，但或许因市集所购之年糕加了其他作料，或许其制作方法不同，与故乡的糍粑相比，其味相差甚远，食之味同嚼蜡。我只能权当解一时之馋来食用。然而，故乡的糍粑，那份曾在我幼年时的舌尖上绽放的香甜，令我半生不忘。这份香甜裹满了故乡的年味，也沾满了乡间的烟火气息。

　　故乡地处湘中，多山丘，少平地，农田顺山而垦，一梯梯，错落有致，可谓七分山林二分田地一分水。春耕季节，从山顶往下看，一块块田地像一面面不规则的镜子，折射出熠熠的光芒。白云悠悠，飞鸟掠过。村民靠老祖宗留下来的这些梯田繁衍生息，大多数农田种粳米稻，极少的农田种糯米稻。

　　尽管我家只有三亩多农田，但父亲每年要种三到四分的糯米稻，用于酿酒、打糍粑、舂糯米粉等。糯米稻产量不高，家中每年收获糯谷不及两担，尚且够用。过年前，母亲把部分糯谷碾成黄中带白的糯米。碾过的糯米颗粒饱满，圆润光滑，带着一股淡淡的甜香。小部分糯米用来酿甜酒，大部分糯米用来打糍粑。

　　湘中谚语云："大人盼插田，细伢子盼过年。"物资匮乏的年代，大人盼着插田，靠田活命；小孩子盼着过年，能享口舌之福，解一时之馋。孩子们终于盼来了过年，村中处处洋溢着过年的气息。村民开始杀年猪、磨豆腐、烤米酒、熏腊肉、干鱼塘、打糍粑等，可谓年味十足。家家户户起炊烟，欢欢喜喜迎新年。

在我的故乡，腊月二十四，就开始过年了。村民开始置办各种年货，其中少不了糍粑，寓意来年风调雨顺。打糍粑的前一天晚上，母亲把一大袋糯米倒入木桶中，注入井水。糯米经过一晚的浸泡，饱吸水分，涨大了，变得松软。第二天早上，母亲忙碌起来，她把糯米倒入竹箩沥干水，父亲帮忙搭起土灶，架起一口大铁锅，锅中注入井水，安好木甑。母亲把沥干水的糯米一碗一碗装入木甑内，最后把糯米轻轻地抹平，木甑上压上木盖，再缠上毛巾密封缝隙。随着灶内的柴火熊熊烧起，屋檐上炊烟袅袅，木甑上热气腾腾，糯米的香味四处飘散，引来村中男女老少前来凑热闹、帮忙。部分村民挑着竹箩筐，箩筐里装着沥干的糯米，接踵而来。一家一户排着队，你家唱罢我登场，轮流着打糍粑，好不热闹。

用传统的方法打糍粑，需要石臼，村中几十户人家共用一个石臼。这个古老的石臼一直卧在我家的屋檐下。由于太重，一年也就用一回，村民都不愿抬来抬去，嫌太麻烦。于是，这个石臼在我家屋檐下待了几十年，如一位老者静静地等待故乡人唤醒。

木甑上的水蒸气越来越大，糯米的香气越来越浓，糯米饭终于蒸熟了，可以起甑了。村中的年轻小伙子合力把石臼翻过来，小叔挑来了井水，堂客们帮着把石臼刷洗数遍，然后擦干水，抹上猪油。一对榉木材质的大榔头泡在水桶中，村民把木榔头的柄紧了又紧，随后把被砸得卷起的木榔头的两头用菜刀削得光滑滑的。

洗得干干净净的石臼立在屋檐下，一对打糍粑的木榔头早已就绪，堂屋里架起了捏按糍粑的木案。一群老老少少的村民等着母亲从木甑中把香喷喷的糯米饭盛出。起甑时，村民们似乎已经被香喷喷的糯米饭吸引住，你抓一小团，我抓一小团，争先品尝。母亲把一搪瓷脸盆的糯米饭倒入抹了猪油的石臼内，石臼里瞬间冒起了白色的热气，空气中弥漫着香味。两个年轻人先用木榔头在石臼中把糯米饭擂碎，待糯米饭完全黏作一团时，两人站成骑马桩，抢起木榔头向石臼中的糯米饭团狠狠地砸去。你一下，我一下，铿锵有力，轮换着砸，时不时发出吆喝声，不断地让糯米饭在石臼中翻转。糯米饭在木榔头的捶打下，开始变得更加黏稠，像白色的凝胶，越砸越软，越砸越黏，把木榔头都粘住了，难以分开。打糍粑是一项体力活，费力，费时间，还得有耐心，要忍受糍粑的黏性，一榔头一榔头落在实处。

糯米饭经过无数次捶打，终于变得细腻柔软，成了一个富有黏性的糍粑团，热乎乎的，软绵绵的，富有弹性。两人把木榔头轻轻地一提，整个糍粑团牢牢地挂在两个木榔头上，他们举着热气腾腾的糍粑团，轻轻地放在铺了糯米粉或塑料膜的木案上。堂客们迅速把糍粑团和木榔头分开，牵牵扯扯，千丝万缕，如同分开一对藕断丝连的情人。村民为了防止热糍粑粘手，手上抹上少许菜籽油或糯米粉，把糍粑团揉成长条，分成一个个大小均匀的小团，再揉成一个软绵绵的小圆球，压成厚薄均匀的糍粑，把糍粑两面沾上糯米粉，平放在木案上，盖上木板，加石块压平、冷却。冬天气温低，松软的糍粑压在木板下，不用多久就开始变硬。在糍粑完全变硬前，移开木板，一个个叠起来，从下到上，由大到小，叠成宝塔形，装入箩筐。

一榔头一榔头地砸，砸出年味。一盆盆糯米饭砸软了，一沓沓圆圆的糍粑也叠好了。从早上忙到夜晚，村中十几户人家的糍粑总算打完了。村民累了，欢欢喜喜地挑着糍粑相继离去，留下父母亲收拾堂前屋后的物件，直至深夜方才入睡。

春节期间，母亲习惯带着糍粑去走亲访友。尤其是久居都市的亲戚，几年难得吃一次糍粑，他们收到母亲的访礼特别喜欢，如获珍馐。往昔，我喜欢取两块糍粑，在炭火上架一把火钳，边烤糍粑边取暖。用小火把糍粑两面烤得金黄酥软，待糍粑膨胀，起了一个大气泡，在气泡中塞入半片薄薄的红糖片，再烤几分钟，待红糖在糍粑中变软，卷起来吃。咬一口带着红糖甜味的糍粑，烫嘴的同时，香甜盈口，回味无穷。也可以把糍粑用猪油小火煎得两面金黄，再蘸上白糖吃，只是口感偏腻了一点儿。还可以把糍粑蒸熟，撒上白糖，其味更佳，又软又松，甜而不腻。

糍粑味儿美，美在我儿时的岁月里；糍粑味儿香，香在故乡的炉火旁。尤其在食物不太丰富的年代，糍粑是一种不错的零食，放学或农忙归来，饥肠辘辘，烤一块儿糍粑吃，可以解馋，可以果腹。糍粑给故乡增添了年味，也丰富了我的味蕾。

离开故乡后，我很多年没有品尝故乡的糍粑了，因为我这已变得娇气的胃经受不起糯米食物的折腾。每年春节前，母亲会安排我弟弟打糍粑。虽然吃糍粑的人越来越少，但母亲为了不让这种传统的点心失传，依然坚守着，操劳着。

1995年的春节临近，母亲又准备好了数十斤糯米。几天后，母亲等着我弟弟回乡过年，和村中的年轻人一起打糍粑。他们又从我家的屋檐下搬出石臼，蒸熟糯米，抡起大木榔头用传统的方法打糍粑。那时候的故乡，热闹非凡，空气中弥漫着新年的气息，我却在千里之外的江南水乡彷徨，但梦里有故乡打糍粑的场景，似乎闻到了糍粑的香味。

等我回到故乡的怀抱，围着火炉和亲人聊天儿时，一定要烤上一块儿香味十足的糍粑，在热气腾腾的糍粑中品尝故乡的年味，试着找回儿时的那一份童真与滋味。

心间浮游荞麦花

春天，故乡田野上的荞麦花开了，白如雪，香如故；秋天，故乡的桐子叶落了，落在他乡的梦里。蓦然回首，故乡在远方，泪潸然。我从故乡来到江南水乡二十余载，时光如水，花开依旧。

这些年，小山村种荞麦的人家很少了。不知何时，故乡的山头再开出漫山遍野的荞麦花，让我走进那片花开如雪的山冈，卧在草地上，闻着那异样的芳香，嚼着红色荞麦秆，回味那种特殊的酸味。也许找不回年少时的欢愉，却在荞麦秆的酸味中品尝出离别故土多年的滋味，这种滋味在唇齿间萦回，久久不去。

最近几年回湘在岳母家过年，除夕夜，岳母在厨房里炸艾粑粑，虽然其味清凉香甜，我却极少品尝。我老家与岳母家虽同在湖南，习俗却相去甚远。我老家地处湘中，风物人情有着湘中固有的特色，端午节过后，家家户户做荞麦粑粑。母亲做的荞麦粑粑的味道已经占据了我少年时的味蕾，刻在我的记忆里。时隔二十几载，我仍然怀念荞麦粑粑的清香软糯。岳母做的艾粑粑风味独特，也是一种不错的糕点，但我胃酸分泌过高，吃不了糯米食品，只好委婉地拒绝了。

儿时，我的故乡经常缺少粮食，广种粮是唯一解决粮食短缺的方法。村里人种的粮食品种繁多，有土豆、红薯、高粱、小麦、大麦、水稻、荞麦等农作物，按季节轮番种。他们靠勤劳的双手，靠一亩三分田活命，虽然日子清苦，却能苦中作乐。现在，小山村发生了翻天覆地的改变，年轻人大都外出务工，

11

留守的老人年老体衰，都不愿意种水稻，更无人种荞麦、土豆、高粱等杂粮，大多数田地已经荒废，杂草丛生，满目荒凉。

我是农村长大的，放学之余必须帮助父母亲干些力所能及的农活儿，如栽油菜、割草、种土豆、点荞麦、插红薯秧等。每年开春时节，我提着小半竹篓黑褐色的荞麦种子，跟在母亲身后，爬上半山腰，帮母亲点荞麦。母亲在父亲早已翻挖好的土地上忙碌着，她用锄头刨出一条笔直的小沟，我帮忙在沟内均匀地撒下荞麦种子，母亲再用锄头盖上松土，一条条波浪线整整齐齐地排列在地里。点完荞麦的土地在余晖下荡漾着金色的波纹，一层层，一列列。母亲有时干脆在松软的土地上均匀地撒下荞麦种子，再盖上一层薄薄的草木灰，用这种方法点荞麦更省事。

荞麦种子在雨水的滋润下争先恐后地从土壤里钻出芽来，嫩绿可爱。粉红色的茎上长着绿绿的嫩叶，一丛丛，一簇簇，挨挨挤挤，郁郁葱葱。荞麦经过施肥，越长越茂盛，秆子越长越粗。小时候，我好吃出了名：尝过高粱秆的甜，也尝过荞麦秆的酸。荞麦秆的那种酸味，让我现在回味起来仍然流口水。

宋诗云："棠梨叶落胭脂色，荞麦花开白雪香。"它讲的是北方秋天的景象，而我故乡的荞麦花开正是棠梨争艳之季，荞麦花欲与百花争艳，也要引得蜂蝶流连忘返。荞麦在山冈上疯狂地生长，高及人头，开出一朵朵雪白的花。故乡的春天，百花齐放。我喜欢开满紫云英的田野；也喜欢开满金黄色油菜花的梯田，层层叠叠，花香袭人，闹盈盈的；但更喜欢山冈上那花开如雪的荞麦花，漫山遍野，星星点点，白茫茫一片如北国之初雪。置身其中，绿色麦浪夹卷着白浪在春风中翻滚，清香阵阵向我袭来，沁人心脾。

故乡的荞麦生长周期很短，端午节前后就可以收割。母亲把成熟的荞麦割下来带回家，在禾场上晾晒数天，把荞麦粒打下，晒干，贮藏。荞麦粒极难打下来，因为它们在荞麦秆上结得牢牢的，与其难舍难分。荞麦秆也是喂猪的饲料。我至今还在好奇，猪为何不怕荞麦秆的酸味，也许猪不识五味。

荞麦花如雪，结籽粉亦甜。故乡的土荞麦，味道香，苦涩味较少。母亲把晒干的荞麦籽舂壳再去皮，去皮的荞麦粒如同一个个小锥子，黄中带白，颗粒饱满。母亲用石磨把荞麦粒磨成粉，奶白色的荞麦粉散发出奇特的清香，但这时的荞麦粉里夹杂着褐色的荞麦壳，母亲用细筛子反复地筛，筛过的荞麦粉更加细腻。母亲把发过芽的干稻谷去壳磨成粉（发过芽的稻谷糖类增多，口感更甜、更软），又把干红薯片和干麦芽也磨成粉，最后以荞麦粉为主，佐以干红薯片粉、小麦芽粉、谷芽粉，加入井水搅拌均匀备用。那年月，白糖是奢侈品，荞麦粑粑靠红薯和谷芽、麦芽来增加甜味，从而降低荞麦的苦涩味，改善荞麦粑粑的口感，使其味道变得更加丰富而可口。

故乡的池塘里没有种荷花的习俗，因此包裹荞麦粑粑的叶子是桐子树叶。桐子树叶阔大，有一种特殊的清香，故乡的东山脚下有几株。母亲做荞麦粑粑之前，我们兄弟俩背着竹筐，沿着山路缓缓前行，来到东山脚下，采摘桐子叶。几株高大的桐子树立在田埂上，树冠如巨伞，树干擎起蓊郁的翠绿，树叶在阳光的照射下辉映出苍翠欲滴的光芒，阳光穿过树叶的缝隙，照在草地上一闪一闪地摇曳，影子在草地上轻轻地晃动。天空湛蓝湛蓝的，纤尘不染，风从山的那头吹过来，吹得桐子叶"沙沙"作响，仿佛在向我们招手。我们像猴子一样爬上高大的桐子树，不顾树枝倾斜，摇摇欲坠，小心翼翼地采摘那些老一点儿的桐子叶——最好是没有被虫啃出破洞的。没多久，我们就采了一小竹筐树叶。碧绿的桐子挂满枝头，硕果累累，成熟后落入土中，无人问津。因为不能吃，只能望而兴叹，我们偶尔摘些青绿色的桐子当玩具。父亲说成熟的桐子可以用来榨取桐油，以前桐油是刷木制家具的防腐剂，但家乡的桐子树太少，产量远远不够榨油，故无人采摘。

采回的桐子叶在山塘洗净、晾干。母亲用阔大的桐子叶包裹着和好的荞麦粑粑，扎上棕榈绳，一个个大小均匀，碧绿碧绿的。土灶上架着铁锅，用柴火慢蒸，不用多久，荞麦粑粑的香味便随着水蒸气四处飘散。那香味儿特别诱人，香甜香甜的，带着荞麦的清凉气息，让我垂涎欲滴。

蒸过的荞麦粑粑，桐子树叶由碧绿变成了深褐色。解开棕榈绳，揭开深褐色的桐子树叶，一股芳香扑鼻而来，沁人心脾。疏松软糯的荞麦粑粑冒着热气，泛着黑褐色的亮光，咬一口，香甜盈口，带着谷芽和红薯的香味，又夹杂着麦芽的香味，是夏初季节村民用来消遣的小吃。在几乎没有零食可吃的年代，这种特殊的小吃，甜而不腻，松软可口，人人喜欢。至今，这种埋藏在我记忆中的香甜味，仍会时不时冒出，在我的唇齿间回荡。

这些年，母亲再也没有做过荞麦粑粑。究其原因，生活富裕，物质丰富，食物品种繁多，大多数糕点的味道远远胜过甜中带苦的荞麦粑粑，而且做荞麦粑粑的工序烦琐，村中很少有人再花精力去做这种小吃。时过境迁，无人问津的荞麦粑粑淡出了我们的视野，远离了我们的食谱。也许多年后，这种传统小吃在我的故乡会销声匿迹，我们只能在一些干涩的文字里想象这种小吃的味道，那将是多么的无趣。

这两年，我妹妹开始学做荞麦粑粑——或许她想念儿时的味道，便向母亲讨教方法与经验。每年夏初，她都用些荞麦粑粑丰富自己的食谱与记忆。她将荞麦粉中加的配料做了改变，包裹的桐子树叶换成了荷叶，虽然味道更加甜美，也更加适合现代人的胃口，但终究少了年少时的那种特殊的香味儿，也少了一份裹满乡情的记忆，其味迥然。

我每年回到故乡，裹满回忆的荞麦粑粑没了，曾经荞麦花开如雪的山冈上长满蒺藜，荒草萋萋。唯有故乡山脚下的那几株桐子树更加粗壮，每年春天长出阔大的绿叶，开出一串串白色的小花，在风雨中摇晃。一叶香甜，一叶思念，叶叶皆是年少时的梦，写满对故乡的思念。

故乡太远，思念尤浓。谁家山冈杂草生，何时荷锄种荞麦。桐叶飘飘空自坠，细雨霏霏野径深。遥想当年此滋味，二十几载不忘怀。

荞麦花开！那花，开在我的梦里；那味，绽放在我的舌尖上。

一盆柑橘

　　随着岁月的荡涤，一个远在他乡的游子，对故乡的那些童年琐事早已淡忘，模糊了。然而，在记忆的深处却有一两件往事刻在心头，历久弥新。

　　光阴一去不复返，但思绪却可以回到过往，回到故乡。时光回到三十多年前，那一年早稻因为干旱而近乎绝收，然而秋天时村里迎来了晚稻丰收。父亲望着自家禾场上那一大堆金色的稻谷，脸上露出了久违的笑容：终于可以"尝新"了，也不用担心全家人过冬的口粮了。在故乡这座偏远的小山村里，"尝新"这种习俗由来已久：故乡人把新收获的稻谷碾成白米，煮成新米饭，买了肉，或杀只鸡，庆祝丰收，犒劳全家。"尝新"入桌前，奶奶和母亲要举行祭祀活动，祭奠去世的祖辈，感谢大地的恩赐。

　　贫困年代，偏僻的小山村，孩子们帮家人干完活儿、吃饱之余，除了玩儿也别无他事。玩得最多的是"过家家"，故乡的同伴喜欢称为"煮灰饭"。在屋前或屋后，阶前檐下，孩子们用土灰、青草、石块、瓦片、蚌壳等物什大摆筵席，俨然一副大人模样，你方唱罢我登场，轮换着做东，其乐无穷。山村孩子过早地懂得"民以食为天"的道理，同时把吃放在第一位也是孩子的天性，因此在游戏里也离不开吃。

　　中秋节临近，我盼着父亲从学校带回香甜可口的苏式月饼。我一想到可以吃月饼，便情不自禁地笑了，口里似乎已溢满香甜的滋味。月饼的甜在我的回味中苏醒，丰富了我的味蕾，也满足了我的虚荣心。

金色的阳光斜斜地照在西厢房的土墙上，把一株苦楝树的影子越拉越长，树影爬上了土墙，斑驳的夕晖落在土墙上摇曳，一闪一闪，太阳躲进了西山的树林。散学归来尚早，我和玩伴蹲在堂屋的阶矶下玩"过家家"，时不时地抬头看着禾场边的那条小径。小径通往村口，沿着小径走，穿过两户人家的弄堂，下一道小坡便是村口。我怕邻居家的狗，不敢轻易穿过那两条窄窄的弄堂去村口等父亲。玩伴相继回家，我坐在堂屋外的方石墩上，或蹲在阶矶下，盼着父亲早点儿回家，从学校带回美味香甜的月饼。

一群鸡从禾场边飞快地乱窜，发出"咯咯嗒"的叫声，低头玩耍的我感觉到有人从西边走来。脚步声越来越近，我抬头见父亲从禾场边的小径走来，他的脚步很快，不久就来到了堂屋门口（父亲喜欢从堂屋大门进出）。他手里端着一个红花搪瓷脸盆，盆里堆满青黄色的柑橘，一个个柑橘闪动着诱人的光芒，散发出淡淡的清香。

我拍了拍手上的灰尘，顺手在裤子上一擦，飞快地迎了上去，欣喜若狂，想从父亲胸前的搪瓷盆里拿柑橘。我伸手的一刹那，父亲把搪瓷盆举过头顶，跨过堂屋的门槛走向奶奶住的东厢房。我紧跟在父亲的身后，看着举过父亲头顶的柑橘，想着柑橘的酸甜直吞口水，于是跳起来伸手去抢，却被父亲挡了下来，试了几次都没抢到。

父亲笑着说："柑橘全部给奶奶吃，奶奶身体不好，听话！"

我拽着父亲的衣角，边哭边跺脚。父亲不理不睬，把搪瓷盆举过头顶。此时，奶奶听到哭声，从退堂间迎了出来，她从父亲手中接过脸盆，举过我的头顶端进了里屋。看着柑橘从我眼前消失，我想跟着奶奶一同进去，却被父亲粗壮的手一把拽了回来。我像只猴子似的上蹿下跳，又哭又闹，一行泪水从脸颊流过，滑入嘴里，咸咸的。

父亲想把我拉出退堂间，我蹲在地上不肯起来，抽噎着，一声长，一声短。奶奶从退堂间走了出来，手里捏着两个硕大的柑橘，想要递给我，我正准备伸手去接，却被父亲严厉的目光吓得缩回了手。奶奶板着脸对父亲说："我吃不了太多的东西，反正这病一时半会儿好不了，我迟早要走的。给细伢子吃，长身体，给我吃，浪费。"

父亲静静地立在一旁，我突然变得安静，停止了抽噎。我知道奶奶的身体一天不如一天，家里请不起好医生来给她看病，平常靠熬草药维持，听天由命。我看着奶奶花白的头发绾在两鬓，用细细的铁簪子卡着，一丝不乱，后脑勺的发丝团在一个黑色的网兜里，浑浊的眼窝里盈满泪水，苍白的脸上满是褶皱，挤出一丝笑容。父亲被奶奶的话刺疼了心，一时茫然，痴痴地立在堂屋中间。当我从奶奶那双布满褶皱和黑斑的手中接过柑橘时，父亲转身走了出去，我看到了父亲眼睛里的泪光在闪动。

我握着两个柑橘走出堂屋，坐在屋檐下的石墩上，掰开青黄色的柑橘皮，橘香盈鼻，橘未入口而生香。橘皮上汁液飞溅，飞进了我的眼窝，一阵刺痛。我揉了揉眼睛，把一瓣柑橘送入口中，那份酸甜，那种满足感，让我年幼的心灵得到了满足，至今不忘。

次年秋天，父亲去了异地进修。那年中秋节奶奶没有吃上柑橘和月饼，她倒在谷仓下的煤堆旁，倒在故乡的深秋里，随后躺在故乡的山冈上，化作一抔黄土，与青松明月相伴，守候着一片寂静的山林。那年秋天，我哭得最伤心，痛恨没有"救命"的柑橘，痛恨我自己嘴馋，为何不省点儿柑橘给奶奶治病。年幼的我第一次感受到失去亲人的痛，这种痛如尖刀扎进我小小的胸膛，隐隐地疼在心里，泪在脸颊上连成线。

奶奶去世两年后，故乡的东山上栽了一片橘林，和奶奶躺着的山冈遥遥相对。橘林是村里的集体财产，转包给一户村民打理。几年后，柑橘开出了洁白的小花，清香怡人，可惜的是奶奶已经闻不到橘香，坟茔上的草越长越深。

橘林的四周种了一圈荆条，密密匝匝，形成一道天然的大篱笆把橘林围住，荆条上的长刺让人望而却步，无人敢靠近橘园。每年夏天，橘子树上挂满了绿色的小柑橘，在风雨中摇曳，渐渐地把枝丫压低，沉甸甸的。等着秋风拂过，橘园迎来一片黄灿灿的明亮世界，橘叶的绿反而成了点缀。

那时的村民很质朴，极少有人去偷食柑橘，村民知道柑橘园是集体资产，不可私吞，于是等待柑橘成熟，再分享甜蜜的喜悦。人人都有，何必伸手做贼，成为村民口中的话柄？村里的孩子们却像一群好吃的鸟，按捺不住，迫不及待地想尝鲜。然而，一圈长满刺的天然篱笆挡住了他们，他们只能在橘园四周转悠，不敢逾越。极少数胆大的、个子小的细伢子忍着疼，钻过荆条丛，偷几个柑橘尝鲜，但落得满脸划伤，回家免不了挨一顿臭骂，得不偿失。当年的我就是极少数的熊孩子之一。一年秋天，柑橘尚未成熟，我在山林中寻食野果，尚未解馋，便趁橘园无人，缩着身子穿过荆条篱笆，在橘园偷摘了一大堆青柑橘——大约十几个，躲在山林里偷吃。未成熟的柑橘，又酸又涩，还带有一点儿苦味，让我牙齿发颤，难以下咽，只好偷偷地扔进山塘喂鱼。"要想人不知，除非己莫为。"我被人告发了，回家被父亲责问，我怕挨揍，死不承认，怯怯地站在墙角一动不动。父亲要我把双手伸出来，我双手紧握拳头放在身后，不肯伸出。我看着父亲严厉的目光，知道这次逃不掉，胆怯地伸出一双颤抖的黑手，手指上染了青柑橘皮的汁液，隐隐约约地透出一股淡淡的香味。随之而来的自然是父亲的责骂声，手心也被父亲一顿猛抽，我的泪水夺眶而出，如同青柑橘皮汁液飞入眼窝。从此，在村里柑橘未采摘完前，我不敢越橘园一步。进山砍柴、割草，我走远路，尽量绕开橘园。

终于等到橘园里的柑橘摘完，分发给每一户村民，橘园才成了孩子们寻找惊喜的欢乐地，这时往往会有意外的收获。我在割草或砍柴之余，从橘园的门大摇大摆地走进去，心有余悸，却充满期望。我在橘林里寻找漏摘的柑橘，一株一株地找，寻遍橘林，一无所获，失望而归。

多少次失望就有多少次期望。心有不甘的我，连续几日在橘林穿行，偌大一个橘园被我踏遍数次。一个小小的柑橘挂在枝头，像一盏橙色的小灯笼，在我眼前晃动，特别耀眼，简直就是万绿丛中一点金黄，迷住了我的双眼，好像在向我招手。兴奋之情难以掩饰，我扔掉竹筐和茅草刀，像猴子一样爬上橘树，攀上枝丫，小心翼翼地摘下那个珍贵的柑橘，捧在手心，闻了闻，放在竹筐的青草里，回家炫耀半天。

后来，父亲看我们嘴馋，在庭院的西边种了十几株柑橘树。经过施肥剪枝，几年后橘树开出了一簇簇雪白的小花，躲在厚厚的绿叶丛中，散发出沁人心脾的馨香。每年秋天收获几筐酸甜的柑橘，解我馋，饱我腹，从此我再也不会惦记着东山的那一片橘林了。

几年前，老宅重建，丰富了我的味蕾和记忆的柑橘树消失了。东山的橘园因年久无人照料，荒废多年后全部枯死，橘园长满蒺藜与杂草，荒草萋萋。故乡从此无橘林。往日那一个个橙红色的柑橘，挂在橘园的树梢，在秋风中摇晃，摇进了我的梦乡。

那一盆柑橘也无数次出现在我的梦里。在梦里我吧唧着嘴，回味起儿时吃的柑橘，那份特殊的酸甜味，半生不忘。然而，奶奶的容颜越来越模糊，我依稀记得她那满头的花白发丝被梳理得一丝不乱，却记不起她的名字。立在她坟头的那块苍白的石碑如她苍白的脸，碑文上仅刻有她的姓氏，刻字好几年没有描漆，模糊的石刻里没有留下她的名字，冰冰凉凉。

父亲也垂垂老矣，这几年记忆力严重衰退，他早已忘记我与那一盆柑橘的往事。这几天，他该上坟山给奶奶挂青了，我想让父亲带上几个柑橘祭奠奶奶。故乡人把彩色的纸剪成一长串镂空的纸条相连，像镂空的纸伞，用细竹竿挂着，立在祖先的坟头给他们遮风挡雨，长长的纸伞随风飘动，荡起了对已故亲人的怀念。

　　故园山间寒食路，垂柳摇村轻风拂。纸伞飘飘立坟茔，青松苍苍守吾祖。一盆柑橘成往事，十年橘林变枯树。阔别故乡二十载，多年他乡梦里哭。

　　清明前，漫山遍野的白檵木花开如雪，开在奶奶的坟头，那是奶奶在笑。

故乡的烟熏茶

我是好酒之人，也是好茶之人，蛰居江南水乡，闲时和三五好友喝茶聊天儿。茶叶品种繁多，我却无一偏爱。年轻时喜欢喝绿茶，以龙井为首选；近几年嗜酒如命，导致肠胃功能出了问题，渐渐地喜欢上了红茶，以滇红茶、安化黑茶为主。我不懂茶，也不会品茶，只能说是喝茶或饮茶，因此对茶的品质和茶文化知之甚少，感觉自己是在糟蹋好茶，暴殄天物。所喝之茶，纯属为了解渴，如牛饮水，不计优劣。然而，有一种茶让我魂牵梦绕，让我永远走不出对它的思念，那就是来自故乡的、带着淡淡乡愁的烟熏茶。喝一杯母亲做的烟熏茶，嚼着茶叶的清香，滤去浮躁，心神宁静，那种特有的风味一切尽在不言中，无论身在何处，都让我朝思暮想，钟爱一生。

很多友人知道我的故乡盛产腊肉、腊鱼等腊制品，却不知道那里产的烟熏茶风味尤佳。也许很多人接受不了这种烟熏味，但这种特殊风味的茶留给了我太深的回忆。

从幼年到少年，在故乡的茶园里，在母亲的手指下，那一片片神奇的东方树叶，变成一杯杯香气袭人的茶，解我劳作之乏，茶香盈口，回味悠长。

童年的记忆，停留在故乡的山坡上。每年春天，故乡的茶园里，一梯梯茶树被春雷惊醒，一旗一枪把茶园染绿。有了春雨如酥的滋养，一片片翠绿的嫩叶迎着春风，沐浴着暖阳，等待着母亲的手指轻盈地落下，化作清甜可口的香茗。

茶园里，母亲的手指在茶树上轻盈地起落，一片片嫩绿的茶叶落入筐中。一树树摘，一梯梯采，竹筐满了。夕阳西下，竹筐轻盈地背在肩上，沿着山间小道而下，听山涧泉水潺潺，一路欢唱出山谷。直奔山塘，用清澈甘甜的泉水洗去茶叶上的浮尘，待竹筐沥干而归。一片片碧绿的茶叶，饱吸着山泉水，显得格外娇嫩可人。

绿叶片片青，乡间百草精。农家采茶忙，石泉煮茶清。

母亲把采回的绿茶，倒入竹匾摊开，在风中晾干。傍晚时，母亲架起了一口铁锅。炉内炭火吐着猩红的舌头，亲吻着铁锅。母亲把一小簸箕的茶叶倒入锅中，茶叶瞬间冒起热气，发出"噼噼啪啪"的响声，满屋子茶叶的清香，沁人心脾。母亲不停地翻动着铁锅内的茶叶，把茶叶轻轻地抛起来，反复地抖动茶叶，生怕茶叶被炒焦。后来，母亲嫌炒茶杀青火候不易控制，为了省事，干脆把洗干净的茶叶直接余水杀青。

杀青后的茶叶由碧绿变为青褐色，叶子也蔫了，母亲将茶叶在竹匾中摊开冷却，然后团在手掌下，单手按着茶团在竹匾中反复地揉搓、挤捏，去除茶叶中的汁液。每次揉完茶叶后，母亲的手掌染上茶汁，变为黑褐色，手掌上的纹路更加清晰可见，沧桑斑驳，要许多天后方可渐渐淡去。揉过的茶叶每一片都蜷缩起来，大小一致，清香迷人。

母亲将揉过的茶叶均匀地摊在竹匾上用小火慢烘。烘茶时，母亲一定会在炭火中加入很多从山上捡来的香枫树球。随着香枫树球的烟气浸润，空气中枫烟香夹着茶香氤氲，馨香阵阵。茶叶经过一宿的熏烘，干燥透了，片片呈黄褐色，闻起来有股淡淡的烟熏味。

烘干的第一批春芽，芽小，黄褐色中泛着白茸毛，母亲用数层黄皮纸把茶叶包好，扎上麻绳挂在房梁上，只有来客人时，才会取出泡水。最细腻的茶叶是用来招待贵客的，也是母亲用来送人的最佳礼物，而家中平常所喝之烟熏茶要粗犷得多，味道更厚重。

母亲做的烟熏茶，经过山泉水一泡，茶香独树一帜，风味也别具一格。其中尤以当地高山茶为最佳。其透着黄褐色光泽，银毫显露、细腻，汤色橙黄鲜亮，枫烟香浓厚，滋味醇厚爽口，叶底黄亮通透，完整呈朵。由于原料鲜嫩，制作方法特殊，冲泡后的叶底也特别柔软嫩脆。故乡人一般饮茶后，连茶底都要嚼食吞咽，是典型的"吃茶"。

我就读的小学被茶树林包围着，漫山遍野的茶树，一列列，一排排，整齐有序，高低有致，漫无边际。读小学的那些年，每逢春夏，学校都会组织我们帮村里茶厂采茶叶。戴着斗笠，在炎炎烈日下，背着竹筐，穿梭在茶园中，欢乐声中采茶忙。采来的茶叶按斤计算工钱，所得之工钱可以换取几根冰棍儿，以解酷暑之热，更解口舌之馋。有了冰棍儿的甜味和冰凉，我们早就忘了滴落的汗水，更不会计较被太阳晒得通红的身子。

家中的茶园是分田到户那一年通过抓阄分来的，共计两梯半，约五十株。经过治虫施肥，春茶略少，一到夏天茶叶产量大增，我们每隔三五天就上山采摘。母亲经常把刚采下的茶叶卖给茶厂，以贴补家用。每到秋天，茶园芳香四溢，一朵朵白花躲在深绿色的茶叶下，露出金黄色的花蕊。清晨，沾了晨露的白茶花显得更加高贵圣洁。我贪图一点儿甜，摘一朵茶花猛吸一口，花蕊中的晨露带着一丝甜蜜和花香，盈口的一瞬间让年幼的心灵有了满足感。故乡的茶园太甜美了。

如今，年少时采茶的欢乐时光一去不复返了，故乡的茶园早已荒废，杂草丛生。几年前，一到春天，母亲偶尔还会去茶园采摘。现在，母亲老了，腿脚不灵便了，走不了山路，况且山路已被灌木掩埋，茶园无人打理，茶树枯死过半，茶叶无人采摘，因此家中所喝之茶全部从集市购买。

每年回故乡，我偶尔沿着山路前行，穿过层层灌木林，去故乡的茶园看看。

顺手摘一片茶尖细嚼，如同品味人生，苦涩后的甘甜在我的舌尖上荡漾，思绪在我的脑海里萦回，山中的布谷鸟声凄厉空灵。

遥忆少年采茶忙，壮年归来物已非。山色空蒙无一人，泉水潺潺空自流。鬓染秋霜不少年，茶园清香齿间留。茶林荒芜尤可惜，故园已别二十载。何时茶园又荷锄，耕读之余有茶喝。

离别故乡已久远，然而那山、那清泉、那茶园……常常入我梦中。一片片翠绿的茶叶，曾经在母亲的手下加工成一道独具风味的烟熏茶，这茶香已深深地烙在我的记忆里。用故乡的山泉水泡出芳香四溢的茶，滋我心，润我脾肺，荡涤我灵魂。

浮萍无根，心事飘零；梦醒江南，梦碎他乡。在古街想借一杯茶慰藉失落的灵魂，可惜茶不是故乡的烟熏茶，水不是故乡的山泉水，虽芳香氤氲，却缺少了那一种特殊的风味，索然无味，权当是解渴之物。

南国已是深秋季，枫球落地何人拾。故园山林红枫满，茶园从此无人迹。此刻心更彷徨，古街尤显安静，手中茶已凉，思乡情更切。谁来为我思乡的心弦弹唱？唯有回故乡，在淡淡的烟熏茶中品味故乡的春夏秋冬。

故乡的野蘑菇

无辣不欢的我，最近因身体不适，遵医嘱戒酒戒辣。其实，在江南水乡生活二十几载，我吃辣的能力已明显退化。在水乡温柔的怀抱里，听着吴侬软语，品尝着甜味十足的江南美食，我似乎忘记了故乡的那几道不辣却非常美味的佳肴。其实在我灵魂深处从未忘记它们，尤其是故乡山林中的一种山珍美味——野蘑菇，让我魂牵梦绕。

我儿出生在江南水乡，自幼便接受了当地的各种美食，因为怕辣，我儿对故乡的美食敬而远之。回到故乡，很多美食太辣，我儿不敢触碰，只能看着我们大快朵颐地享受而快快不乐。我的老母亲特意为他做上几道不辣的菜，如山药炖排骨、蒸蛋饺、蒸扣肉，炖母鸡加上点儿蘑菇……"蘑菇炖鸡"这道菜是我儿的最爱，他还美其名曰"小鸡炖蘑菇"。

炖母鸡的干蘑菇最好采自故乡的山头上。然而，近十年，故乡的山上没有了蘑菇的踪迹，好像一夜之间消失了，再也无处可寻。家中炖鸡所用之干蘑菇来自集市，且是人工养殖的，那口感与故乡的野蘑菇比，相去甚远。

每次看着我儿津津有味地吃着"小鸡炖蘑菇"，我仿佛看到了三十几年前的自己：在故乡喝着鲜滑的蘑菇汤，感受那种自己劳动所得的成就感在碗里荡漾。尤其是在故乡山林中采野蘑菇时的那种欣喜若狂，此刻还在我的记忆里跳动，仿佛就在眼前。

物资匮乏的年代，靠山吃山，靠水吃水。故乡盛产野蘑菇，每到夏天，鲜蘑菇汤是我们的家常菜。故乡的蘑菇汤，其汤浓稠，其味极鲜。尤其是用鲜蘑菇煮面，鲜得让人吃一碗不够，再来一碗。

湘中多丘陵，山林茂盛，植被丰厚，属亚热带气候。春末夏初之际，天气开始炎热，雨水充沛，山中草木葱茏，一派万物生长欣欣向荣的景象。有了雨水的滋润，野蘑菇如雨后春笋般从泥土里冒出来，那时是采野蘑菇的最佳时机。

清晨，两个少年在几声鸡鸣和犬吠声中醒来，来不及洗漱，背着竹筐，提着手电筒，迎着晨曦，急匆匆地向薄雾弥漫的山林走去。沿着窄窄的山路往上爬，穿过松林与灌木丛，在熟悉的地方，借着手电筒的光束，用敏锐的眼睛到处搜索。然而，此时最怕山中有蛇鼠等小动物出没，灌木丛或草丛中只要有丁点儿异响，我们就会神经绷紧而停止脚步，或绕道而行，或掷几枚石子，或吼一两声，以此驱散恐惧。

在一簇簇灌木丛中穿行，用手拂去一张张沾满露水的蜘蛛网，小心翼翼地拨开灌木丛，几个玲珑可爱的蘑菇躲在松针下或青苔中，若隐若现，沾满了晶莹剔透的露珠，在手电筒的光芒下显得更加娇嫩。轻盈地扒开松针，拾起一个蘑菇，如同拾起一片喜悦与希望。太小的蘑菇就盖上松针或青苔，并做上记号，明天又可收获满满。

一个、两个、三个……我们如同搜山犬在山林中穿梭，我们也很熟悉故乡山林中蘑菇品种的分布。白蚁窝附近产伞把菇（又名鸡枞菌），这种蘑菇极像一把小黑伞，半开半撑，饱吸着露水，其味最鲜。野栗子树下产红蘑菇和青花菇：红蘑菇其色鲜艳，其形最美；青花菇的花纹斑斑点点，如同穿着迷彩装，经常会迷惑我们的眼睛，被我们漏掉。松树下产黑松菌，其色难看，但风味独特。西边山腰的一片林子产海绵菇，其外形硕大，蓬松如海绵。石灰菇通身雪白，如白雪公主躲在落叶下，一丛丛，一窝窝，数量繁多……还有很多叫不上名字的野蘑菇，品种太多，我早已忘了它们的名字。

天亮了，我们寻遍山林，头发上沾满了白白的蛛丝与露水，汗水和露水打湿了薄衫。竹筐里装满了蘑菇，拍拍身上的灰尘和落叶，抹去头发上的蛛丝，迎着太阳，听着鸟鸣，满载而归。

从山上采回的蘑菇品种较多，父母怕我们采回毒蘑菇，所以采回的蘑菇必须经过母亲甄别，再经过父亲确认后方可食用。把野蘑菇洗净，掰成小片，用少量的猪油热锅，加入适量的大蒜，注入山泉水煮开，加入鲜蘑菇，大火煮沸，再小火慢炖数分钟后调味，撒点儿葱花。一道鲜美无比的蘑菇汤出锅了，汤汁浓稠，入口爽滑，喝一碗难以解馋，就再来一碗。

吃不完的鲜蘑菇，因天气炎热，稍不留意就会变质，不用半天就会长出许多白白的小虫，像蛆虫一样在蘑菇中蠕动，非常恶心。辛苦采回的野蘑菇，因长了蛆虫而弃之，实在可惜。

为了不让蘑菇变质生虫，母亲把蘑菇放在灶台边沿烘干，甚至架上竹匾在灶上烘烤。烘干的野蘑菇缩成一团，皱巴巴的，变得松软。烘干的蘑菇用纸包好，挂在灶间的房梁上，利用柴火的余热防潮。

每到冬天，家中有客人来或过节，母亲便把干蘑菇取出泡水去泥沙，洗净后炖汤。炖出的汤，满屋子飘香，是一道招待贵客的农家山珍美味。如今这道美味已多年不见了。

千里之外的故乡，远山迷茫而苍黛，树木苍翠而葱茏，山林里响起布谷鸟的啼鸣，几点白鹭落在东山的竹林里。三十多年前那个采蘑菇的少年在异乡已人到中年，返回故乡时身边是另一个懵懂的少年。不知何时能带这懵懂的少年去故乡的山林，在晨雾中拨开灌木丛，扒开松针，采那鲜嫩的野蘑菇。

这一切恍若梦中，又好像在昨天。梦中醒来的我，在晨风中感受初冬的一丝丝凉意，无以慰藉与释怀，唯有用言语温暖自己，用文字去怀念年少时那段美好的时光，在野蘑菇汤的滋味里徜徉。

　　周末在家，与其怀念故乡的蘑菇汤，不如亲自操刀做一道"小鸡炖蘑菇"。鸡是来自故乡的鸡，蘑菇乃江南水乡集市之物。再高超的厨艺，蘑菇少了故乡山林中的灵气，怎么也烹不出故乡的味道，如同在他乡漂泊的我，少了故乡泥土的滋养，丢失了灵魂，平淡如水。

故乡的大豆

在江南水乡蛰居二十多年的我，钟爱美食，是好吃之徒。我对美食来者不拒，闲暇时我还喜欢亲自操刀弄几道菜。每次走进菜市场选食材，我都对豆制品情有独钟。市场上豆制品品种繁多，有油豆腐、豆腐干、腐竹、老豆腐、嫩豆腐等，整齐排放，颜色诱人。然而，大部分的豆制品徒有好看的外表，其味远不如母亲做的豆腐那么鲜美，那么地道。不是我厨艺不精，而是食材本身存在差异，因此我做的菜与儿时吃的菜味道迥异。且故乡的豆制品掺杂着我淡淡的思乡之情，因而口感更加醇厚，令我钟爱一生。

远在湘中小山村的父母，垂暮之年，体弱多病，他们不习惯城市生活，喜欢待在乡下，自由自在。他们一辈子与土地打交道，喜欢在广阔的田野上劳作，习惯农耕生活的自由与闲散。他们种各种农作物和蔬菜，吃不完的送给住在县城的妹妹和亲戚，或晒干收仓，或制作成各种农家特产，等我从他乡归来细细品味。父母所种的农作物中，大豆给我的印象最深刻。

电话里，我和母亲聊得最多的是各种家乡风味的特色小吃，这可算是好吃之人的禀性。母亲说，这几天在忙着做霉豆腐。不过，今年夏季干旱少雨，大豆收获不多，只收了二十几斤黑豆，不到四十斤黄豆。母亲的语气中有丝丝惋惜。此刻，我的心飞回了故土，味蕾停在故乡的餐桌上，记忆停留在故乡的坛坛罐罐旁。思绪如滚动的豆子，落在故乡的池塘边、田埂上、山坡上……

　　我的家乡地貌复杂，山多田少。老祖宗开垦出来的农田虽少，但尚能让全村人吃饱。种杂粮不能占用农田，于是山地、荒地、池塘边、田埂等处便成了种杂粮的好地方。每年春季，我和弟弟都帮着父母亲点豆子。我的竹篓里装着黄豆，跟着母亲；我弟弟的竹篓里装着黑豆，跟着父亲：黄豆和黑豆分开种。田埂上、斜坡上、池塘边，父亲早就挖好了一个个小坑，我们在每个坑放两到三粒豆子，再盖上一小捧柴土灰。

　　没过多久，田埂上、斜坡上、池塘边都点上了豆子，我们收工回家。晚饭后，我们围着母亲，听她讲关于布谷鸟的传说。这个传说讲的是继母分给兄弟二人豆子种豆的故事，我听过无数遍，记忆深刻：大哥的豆子是继母炒熟的，所以大哥最终没能等到豆子发芽，饿死山头，魂魄变成了一只哀鸣的布谷鸟。当时我觉得继母太坏了。因为一心盼着自己点的豆子早点儿发芽，所以每过一两天放学归来或割草路过，我就去看豆子是否冒出了小芽。当我听到布谷鸟凄厉的鸣叫在山谷里回荡，凄凉之感与怜悯之情便挥之不去，宛如听到了死者的魂灵在大地上呜咽。

　　一场雨后，两瓣绿色的豆芽儿洋溢着喜悦、裹着露水在风中睁开了眼睛。我沿着田埂数，一蔸、两蔸、三蔸……这个坑里怎么没有冒出豆芽儿？那边有一个坑也是，毫无动静。我蹲在田埂上琢磨，是点豆子时漏掉了，还是被田鼠、鸟儿吃掉了？没出豆芽的坑，过几天父母亲再一一补种。

　　大豆如果种在田埂或山塘的边边角角，这些地方水资源丰富，所以豆苗长得特别快，不久就呈现出郁郁葱葱的一片，经过少量施肥、治虫，任其自由生长，基本上不用费多大精力。如果豆子种在山上，山上鸟儿多，喜欢啄食豆种，那得补种好几回。有时，母亲实在没办法，就在豆种上洒上点儿农药，偶尔会毒死几只鸟雀。在物资匮乏的年代，这实属无奈之举。

　　大豆经过一个夏季的风雨滋润，开出一朵朵小白花，然后结出了一串串绿油油的豆荚，毛茸茸的。慢慢地，豆荚开始胀大了肚子，厚实起来，要撑开豆荚滚出来。秋风乍起，大豆叶子由绿变黄，在田埂上随风摆动，豆荚像一串串铃铛在秋风中摇响丰收的凯歌。一群麻雀在农田里叽叽喳喳地叫，好像在说：该收豆子了，该收豆子了。

年少的我挥动着镰刀，一苑一刀，一刀一苑。我们把一捆捆豆秆挑回家，晾晒在禾场上，一粒粒豆子滚了出来，圆润饱满。晾晒几天后，母亲挥动着木棍，用力敲打着豆秆儿，金黄色的豆子在禾场上滚动、跳跃。收完黄豆，收黑豆。大豆晒干装袋入仓，豆秆、豆荚晒干做柴火。每年秋天，母亲都要做一大坛豆豉。母亲烧豆秆蒸煮黑豆时，我会想起父亲经常吟唱的一首诗："煮豆燃豆萁，豆在釜中泣。本是同根生，相煎何太急。"年少不更事，只知曹子建的诗形象生动，不知其寓意；知道豆豉味美，却不知其中五味杂陈。长大后我品尝着多味的豆豉，不由感慨这种口感丰富、口味独特的豆制品正如我的人生。

年幼家贫，买不起葵花子，母亲便用炒熟的南瓜子招待贵客。客人一走，母亲便收好南瓜子，包了一层又一层纸，藏在很隐秘的地方，以防我们兄妹三个偷吃。通常母亲炒完南瓜子，为了解我兄妹之馋，会在铁锅中炒些黄豆或黑豆。小火慢炒，豆儿在锅中吱吱地响，跳跃着，咧开了嘴，甚至跃出铁锅，在灶台边滚，那香味儿让年幼的我垂涎三尺。炒好的豆子冷下来，香脆酥松。母亲有时在豆子快炒熟时放丁点儿糖精水，这样炒过的豆子，一入口便香甜盈口，那种极甜的滋味，让我至今不忘。

我年少懵懂，知道豆腐味美，但也知道做豆腐很辛苦。家中只有逢年过节才会做豆腐。湘中农村办丧事的宴席叫豆腐饭，餐桌上少不了豆腐，红烧、白煮，甜的、辣的，各种各样。

做豆腐前的晚上，母亲把选出的黄豆倒入木桶中，注入井水。黄豆浸泡一整晚，膨胀变软，外皮开始脱落，用竹筐滤水，装入搪瓷脸盆中。石磨早已清洗数遍，母亲手握磨柄，磨盘在她的手臂下旋转，发出嗡嗡的响声。我帮忙把一勺勺黄豆喂进磨孔，黄豆慢慢地进入磨盘，经过磨牙细磨，奶白色的豆浆慢慢沿着石磨流向木槽。为了让母亲轻松一点儿，我试着替换母亲推磨。我身材矮小，力气不足，想要转动磨盘谈何容易，沉重的磨盘咬住了磨牙，我使出吃奶的力气，在母亲的帮助下，终于推动了磨盘，转得很顺溜。我推了几十圈，手发酸，腿发抖，明白了豆腐好吃、豆浆难磨的道理。经过几次轮换，豆子被磨成了豆浆，母亲和我也累得腰酸背痛。现在磨豆浆全部机械化，轻松了很多，却少了那种磨豆浆的乐趣。

磨好的豆浆加入水，再用纱布把豆渣过滤掉。废弃的豆渣在少粮的年代，还得做成菜果腹，其粗如米糠，味寡淡，让人难以下咽。将过滤完的豆浆注入一口大铁锅中，猛火烧开，立刻熄灭柴火，于是烧开的豆浆过不了多久，表面就结了一层薄薄的皮。母亲用一根铁丝把薄薄的豆皮挑起，一张，两张，三张……美味的腐竹出来了，挂在屋檐下，晒干成了上等的馈赠佳品。

父亲帮着磨石膏水，沿着一口大缸内壁的凹凸处（专门用来磨石膏石的）磨着石膏，奶白色的水在缸底荡漾着淡淡的清香。用石膏水做豆腐最关键的一步，叫作点豆腐。故乡人点豆腐不用卤水，用石膏水，石膏水的浓度、分量决定了豆腐的口感和味道。石膏水过多过浓，点出的豆腐偏老偏硬发苦，不适合做家常豆腐、油豆腐等，只能做霉豆腐、熏豆腐干。石膏水太少、太淡，点出的豆腐偏嫩，不成块，豆腐量少，浪费多。每到磨石膏水点豆腐之时，母亲都要请有经验的村民来帮忙。父亲把热气腾腾的豆浆舀入木桶，再快速倒入装着石膏水的缸中搅拌，豆浆瞬间凝固，插进一根竹筷，直立不倒，露出半截，证明豆腐刚刚好。豆浆凝固成豆花，每人盛出一小碗，加入白糖。细滑爽口的豆花，白如凝脂，滑入口中，满嘴甜香，仰着脖子喝完，免不了再来一碗。母亲舀出一勺勺豆花，倒入垫着纱布的木制方形模具中，过滤多余的水分，四周用纱布扎住，盖上木板，再在木板上压上几块砖或石头。豆花经过一个晚上的挤压滤水成形，一盘四四方方的豆腐就做好了。母亲用菜刀把豆腐分成许多方形小块，手掌大小，置于竹匾上备用，或送一部分给亲邻好友。

一方方豆腐在母亲的手里化作一道道美味：农家煎豆腐、油豆腐、熏豆腐干、猪血豆腐丸、霉豆腐……

农家煎豆腐，做法简单。小煤火架铁锅，用猪油慢煎，沿着铁锅四周放的豆腐两面煎得金黄，盛出备用。五花肉入锅去油，倒入辣椒，佐以蒜苗，大火爆炒，再倒入煎好的豆腐，注入清水，加上调料，小火炖数分钟，一道色香味俱佳的农家煎豆腐就出锅了。尝一口，咸辣鲜嫩，汁水丰盈，口齿留香，回味无穷。

我认为，农家油豆腐是最有代表性的湘中美味。一方方豆腐，凭经验切成长条块，厚薄适中。豆腐经过农家菜籽油煎炸，浮在油面，泛着金黄色的油光，捞出沥干。沥干的油豆腐硬而香脆，用温水煮软捞出，佐以辣椒、猪肉、大蒜，调大火猛炒，一道农家油豆腐就做好了。母亲做的油豆腐，特别松软可口，带着豆的甜味与清香，是市场上任何油豆腐都无法比拟的。每年过完春节，返回异乡之前，我都装上一袋又一袋，送给岳父母，送给朋友。亲朋好友品尝后，个个赞不绝口。

母亲做的熏豆腐干，咸中带甜，风味独特，直接切片装碟，招待客人。猪血豆腐丸是家乡的特产，放几个月也不变味。

家乡的霉豆腐，堪称一绝。它软硬适中，香辣可口，带着丁点儿酒香，是下饭的好菜。尤其是喝粥时，吃上一小块母亲做的霉豆腐，便胃口大开，神清气爽，精神倍增。

母亲手巧，并常常用大豆做出各种风味的佳肴，让我念念不忘。如今，母亲老了，腰也弯了，手指变形了，头发白了，眼睛浑浊，手脚也没以前那么麻利了，但她依然在故乡的田埂上、斜坡上种豆，收豆。母亲用各种美味把我的味蕾留在故乡，也留住了我思乡的心。父母在，家就在——这不是一句简单的哲理诗，其中蕴含的意思足够让我用一辈子的时间去品味，去琢磨。

今夜，我从冰箱里拿出一块霉豆腐，再炒一碟猪血豆腐丸，最好来点儿酒，品尝故乡的味道，微醉而入梦。梦里是故乡。

母亲酿的米酒

说到酒，我喝过千百种。各种白酒、红酒、黄酒、青酒、奶酒、药酒、啤酒……数量之多，品牌之杂，数不胜数，但我总感觉这些酒不如母亲酿的米酒。在我灵魂深处，琼浆玉液也罢，市井醪糟也罢，因缺少了一份母爱的温润，纯属沾酒买醉。酒是惆怅客，饮者皆落寞。从酒中品出了乡愁，品出离情别绪，越品越浓。

在我儿时的记忆里，父亲极少喝酒。母亲最初不会酿酒，也不能酿酒，因为吃不饱的年代，先填饱肚子要紧，酒是奢侈品。

但父亲对酒的钟爱，是从何时开始的，我已无法记起。父亲年轻时喝酒的样子，在我年幼的心灵上烙下了深深的印记。那个年代，父亲平时很难喝到酒，只能逢年过节喝上几口。20世纪80年代初期，父亲从成人大学进修回来，由乡村民办教师转为公办教师，吃上了"公家粮"，在镇上一所高中教书。家中条件有所好转，且农田已分包到户，家中有了余粮，于是母亲学会了酿酒，在过年前的几个月酿一缸米酒。这米酒主要是为了过春节时招待客人，父亲偶尔可以喝点儿解馋。

20世纪80年代，孩子们盼着过年，有糖吃，有肉吃；大人们则终于能挨家挨户拜年，趁过年多喝几杯乡村米酒。东家喝完，喝西家，从早上喝到中午，男人们一定要喝饱、喝足，才会踉踉跄跄地回家。每逢过年，父亲还有小叔必定喝得酩酊大醉而归，喝多了，闹够了，躺床上呼呼大睡。酒劲儿上来，趴在床头吐，狼狈不堪，污秽满地，奇臭无比。年幼的我不能理解他们为何这样虐待自己，甚至讨厌他们，但也有点儿心疼他们。长大后，我渐渐爱上了酒，醉过知酒浓。我对酒的迷恋与痴狂胜过父亲，我也终于明白了父亲当年喝得酩酊大醉的原因。酒的诱惑力太大，父子俩都很难拒绝。

母亲酿的米酒，分糯米甜酒和米烧酒两种。甜酒是过年时招待女人和孩子的，米烧酒是用早稻粳米酿造蒸馏而成的，属于低度白酒。父亲已喝了四十几载酒。如今，年过古稀的父亲，每天会喝上一小杯，酒和他的生命相融合，不可分割。

母亲酿酒没有什么窍门，酿酒的方法全凭祖辈代代相传，以及经验。她酿酒四十余载，酿出的糯米甜酒芳香四溢，甜如蜂蜜；酿出的米酒蒸馏后，酒香扑鼻，口感醇厚，回味绵长。

母亲从不喝酒，但为了满足父亲的嗜好，每年要酿好几次米酒。母亲选用中等品质的早稻粳米酿酒。早稻粳米口感一般，上等米用来吃，中等米酿酒，下等米喂猪喂鸡。

酿酒前的晚上，母亲把米倒入大木桶中，注入井水浸泡。大米在水中浸泡一个晚上，米粒涨大，变得松软，用竹箩筐把大米沥干水待用。父亲帮忙用土砖垒起了临时性的柴火灶，架上一口大铁锅，注入井水，铁锅中放一个洗净的木甑子，甑子内放上一个用稻草编织的薄蒲团或纱布；再把浸泡过的大米一碗碗装入木甑，压平，木甑上加盖一口小铁锅，锅底朝上；最后在小铁锅与甑口连接处裹上一层层布条，把缝隙堵住，防止水蒸气大量泄漏。

灶膛内熊熊大火，灶口冒着滚滚青烟，木甑上冒起了水雾，不久米饭香气四溢，扑鼻而来。青烟与水雾交融，袅袅升起，连天接地，如同人间伸向天堂的触角，四处扩散，飘向远方，香气裹着烟火气息在田野上奔跑。米饭快蒸熟之时，母亲用一双长长的竹筷子不时插入米饭中，试探甑底的米饭是否熟透，这全凭筷子插入的触感。最后母亲习惯性地从木甑里抓一小团米饭，在双手中倒腾后，塞入嘴里细嚼，品尝米饭是否熟透。母亲边嚼边盖上小铁锅，四周再裹上布条，把灶内的明火熄灭，利用余火把米粒蒸熟透。

蒸熟的米饭倒入竹匾中，均匀地摊开。待米饭冷却下来，把米饭团捏散，把已捣碎的酒曲粉均匀地拌入米饭中，适当地加点儿凉水，反复搅拌数次，扬起，抖一抖，当每一粒米饭都沾上酒曲时就可以了。拌过的米饭，散发出淡淡的酒香。

母亲把拌好酒曲粉的米饭装入一口大缸中，用手掌压平，盖上竹匾，裹上破棉絮，再加盖一大堆稻草，把缸体包得严严实实，密不透风。

米饭在酒曲的作用下慢慢发酵，"酒神"悄悄来临，在人间洒下醉人的芳香。不用多少天，一阵阵酒香从酒坛中溢出，着实让人迷醉。如果酿的是糯米甜酒，那香味裹着甜味而来，带着乡村糙糯米的清香，金黄色的酒酿在缸里荡漾，如琼浆蜜汁，让人口舌生津，恨不得走进房间，舀上两勺，喝上几口方能解馋。

母亲把酿好的糯米甜酒直接装坛密封。冬天，从坛中取出一碗，加入井水和红糖烧开，汤色金黄，酒香迷人，是招待客人的好饮料。加热过的甜酒口感更好，入口生香，如饮蜜汁，适合女人和小孩儿喝。

米酒在酒坛里经过多次发酵，酒味更加浓郁，整个屋子里都是酒香，真是醉了人间。母亲再次支起土灶，架起一口大铁锅，把酒坛中的酒酿倒入锅中，加入适量的井水，安上烤酒甑。将烤酒甑上置一口铁锅（故乡人称它"天锅"），盛满井水，然后把烤酒甑和铁锅的缝隙处用布条扎紧，再涂上黄泥巴密封住，最后在烤酒甑与大铁锅连接处撒一圈米糠，按瓷实。

用柴火把大铁锅中的酒酿加热，火力大小要控制好，不可以让酒酿在锅中烧开翻滚。年少无知的我急于去玩，在灶中猛添木柴，火苗在灶膛里猛烤着乌黑的铁锅，酒酿在锅里哼着歌，咕噜咕噜，酒酿烧滚，导致蒸馏出来的酒浑浊难看。我被母亲一顿暴揍，母亲边骂边把柴火从灶膛中拖出。当时的情景我记忆犹新，现在想来尤其好笑。铁锅中的酒糟随着小火慢热，酒精包裹着水蒸气升腾、凝结，一股清澈透亮的酒如泉水般从竹管里流出，如涓涓细流流入酒坛，酒香四溢，尝一口，热辣盈口，让人陶醉。随着烤酒甑上小铁锅内的井水慢慢地冒出热气，母亲用手指试了试锅中的水温，水温微烫时，盛出热水倒入桶中，如果是冬天，用这水来洗衣洗澡，可供全家人享受难得的沐浴之欢。母亲在天锅里加入第二锅冷井水，待水变烫后再盛出。一锅、两锅、三锅，最多轮换四锅水。坛中的米酒渐渐装满，母亲掂了掂重量，把带着余热的米酒坛用布团塞好、密封。家中来客人时，温一壶米酒，就成了招待客人的佳酿。往昔父亲每天清晨斟上一小杯，在院内踱步，边喝边走，思绪如酒，越品越长。

米酒蒸馏完，酒糟装坛，用来喂猪喂鱼，也是捕小鱼的好诱饵。在罾网内放上几小勺酒糟，拌上一些菜籽饼，放入山塘。小鱼闻着醉人的酒香与菜饼香，争先恐后地游入罾网，风卷残云，享受饕餮大餐，早就迷失了方向。用竹竿轻轻地提起罾网，罾网出水，小鱼在网中跳跃，让人欣喜若狂。一网、两网、三网……补充好酒糟，隔数小时再起网，一天下来收获满满，有河虾、麦穗鱼、鳑鲏鱼、黄鳝、泥鳅、刀鳅等。这些落网之鱼被熏成火焙鱼，成了馈赠亲戚的土特产。

如今，在故乡的山塘边，捕鱼的欢笑声已渐渐远去，曾经年少的我已移居他乡多年。故乡的山塘还是那山塘，水还是那水，酒还是那酒，只是喝酒的人换了一茬儿又一茬儿。山塘边有母亲忙碌的身影，田间有父亲劳作的背影，却少了我长久的陪伴。

每年冬天，母亲一定会新酿米酒，等我春节归来品尝。用煤火温一壶新酿的米烧酒，一家人团聚在一起，我陪父亲喝上几杯，边喝边聊。酒中有欢乐，酒中有天地，言语之中一定有故乡的山、故乡的水、故乡的人……

醉卧故乡君莫笑，此酒还能饮几回。我向天公借母寿，岁岁年年酒飘香。以酒释怀，把心安放在故乡，无论走到天涯海角，魂牵梦萦是故乡。

辑 二
故土之恋

　　故乡的雨，落在梦里。故乡的雨，抵达异乡。故乡的雨，淋湿了游子的心。

　　故乡的夏夜、故乡的老街、故乡停电的夜晚、故乡的琴声、故乡的草垛，我家的摇水井、祖屋、竹林……这些风物构建了我的童年与少年。这里的每一座山、每一块土地、每一丘田，都荡漾着我年少时的欢愉与艰辛。这里的每一棵树、每一根草、每一朵野花都摇曳着浓浓的乡音。

　　梦里，我在故土奔跑，奔向老街，我看见外公在河边捕获了一小篓鱼儿，扛着罾网不紧不慢地从我眼前走过，渐行渐远，消失在老街的尽头。

故乡的雨

今夜，雨又来临。江南刚入冬季，雨没有消停过，淅淅沥沥下了十几天，空气湿漉漉的，全然没有冬天的干燥。煦暖的阳光难得露脸，让人寒意阵阵，极其不舒适。洗过的衣服靠干衣机来烘干。不知这雨何时能停下来，好让我在冬日的暖阳里来一次访友或回一趟故乡。

听着夜雨敲窗，静看庭中水珠跳跃，在街灯闪烁的光斑里，我的思绪又不知不觉回到了故乡，回到了少年时：在故乡的田埂上行走，在雨中狂奔，在屋檐下避雨，还有那几根立在院角墙边的竹竿，以往是下暴雨时家中的必用之物，而今尘埃落满，蛛网瑟瑟。

故乡位于湘中，交通闭塞，祖祖辈辈全靠地里的庄稼养家糊口。到我父亲这一辈，一家五口靠两亩三分水田、四亩山地活命，好在我父亲是人民教师，相比村中的其他农民，我家条件略胜一筹。改革开放初期，我家住的是奶奶留下来的三间土砖瓦房，小叔家住东边，我家住西边，堂屋共用。后来条件好转，父亲在平房的西边又造了一间半红砖半土砖瓦房。

物资匮乏的年代，村民靠天吃饭，一到夏季，便盼着多下几场雨，庄稼收成好，但又怕雨来得太猛，泛滥成灾。盼雨雨不来，来时太猛烈。家中的土砖房，瓦薄易漏，屋顶几年才翻换一次瓦片。最怕暴雨天，屋外雨连天，家中雨如帘，千点万点乱如麻，锅碗瓢盆全出动，这种景象在我家房屋改建之前经常遇到，让我记忆犹新。

　　湘中谚语云："六月天，孩儿脸，说变就变。"艳阳高照的天，瞬间变脸，乌云遮日，闪电照亮了天空，稀疏的雷鸣震撼着大地，狂风卷着杂草，把小山村笼罩在一片黑暗中。随后豆大的雨点一泻而下，被酷暑烤得发干的土地尝到了甘霖。雨点落在池塘里冒出一朵朵水花，打在田埂上扬起轻尘，落在水田里"哗哗"地响。看牛娃光着脚丫子在田埂上追着水牛跑，脚底一滑，摔进水田里，一身泥巴。水牛趁机溜进了山塘，露着头和角悠然地游动，鼻孔不断地往水面喷着水雾，把山塘里的鱼惊得四处乱跳。眼看着雨越下越大，水牛一时半会儿不会上岸，气得看牛娃不管牛了，带着满身泥水往家跑。

　　不久，小山村全部淹没在倾盆大雨之中，眼前一片迷蒙，远山和田野模糊了。堂屋前的椿树枝被吹落满地，随着狂风暴走，飞向西边的竹林。翠竹在暴风雨中左右摇晃，任狂风暴雨蹂躏，屹立不倒。几只鸡立在屋檐下躲雨，用嘴不断梳理着湿漉漉的羽毛，边走边"咕咕"地叫。雨水顺着瓦槽倾泻而下，屋檐上挂起水帘，落在阶前溅起白白的水花。装满雨水的禾场成了一块起皱的玻璃，水流从豁口奔涌而出，在坡道上翻滚，宛如一条涌出山谷的溪流。屋内更加热闹，到处漏水，急得母亲团团转。她戴着斗笠，操起细长的竹竿顶瓦，竹竿不够长时，就将两根绑在一起用。但此方法只管一时，不可长久用，瓦房防漏最好的方法是晴天翻换破损的瓦片。

　　黑黢黢的房间里，滴滴答答的雨声，屋顶一点亮光在晃动，必定有雨水如线而下，断断续续，时急时缓。母亲用细长的竹竿轻轻地顶着槽瓦移动，让两片槽瓦的缝隙慢慢变小，直到亮光点从眼前消失，漏雨处才终于被堵住了。她小心翼翼地一处处地顶，怕用力过度瓦片破碎，反而弄巧成拙。瓦稀如筛，雨滴如麻，母亲只顾得上大的漏雨处，小的漏雨点全然顾不了，只能在谷仓或卧室床边用盆来接漏下来的雨滴。

依稀记得有一天傍晚突降暴雨，天昏地暗，电闪雷鸣，母亲未归。眼看着家中漏雨连连，我就学着母亲的样子用竹竿顶瓦止漏。年少的我毕竟没有经验，力气不足，手不稳，把槽瓦往上顶，下面露出大缝隙，往下顶，上面又露出缝隙，上下为难，雨水顺着竹竿激流直下，让我手忙脚乱。我慌乱中用力过猛，瓦破了，雨水如瀑布从天而降，屋内一片水茫茫。那时我只能搬来大木盆接雨水，边接边往外倒水。

那些年，我们最怕夜里突降暴雨，那会让父母一夜无眠。屋外下雨不要紧，屋内漏雨才难熬，可恨夜雨侵我屋，怜我破屋水如天。安静的小山村沉睡了，不知何时银蛇在长空中狂舞，雷声在小山村咆哮，雨水一倾而下，把父母亲从梦中惊醒。屋漏偏逢连夜雨，举家措手不及，家中各种大盆小盆全部出动，一个放床脚，一个放床头，一个放谷仓，一个放灶膛间……我真正体会到了"床头屋漏无干处，雨脚如麻未断绝"的窘境。屋内，雨水大珠小珠落盆中，叮叮咚咚到天亮，像在黑夜里演奏一曲交响乐，时而夹着雷声，闪电成了不定时的灯光秀。

后来家中条件好转，我家的土砖平房几经修复，下暴雨时漏雨点少多了，母亲也省了不少心。最近几年，小叔搬家到异地盖了楼房，我们把老的土砖房夷为平地，原地造了数间钢筋混凝土小楼房，母亲再也不用担心下雨天房屋漏雨了。那几根立在墙角的竹竿，依然金黄光亮如漆，母亲偶尔用来晾晒衣服。

记得母亲说过："生在青山绿飘飘，回到婆家脸蜡黄，不提则罢，一提则眼泪直流。"让我们猜是什么物件。我们七嘴八舌乱猜，无一猜中。母亲指着立在墙角的竹竿提醒我们，没有撑过船的山村娃终究无法猜到，谜底是船篙。长大后，我才知道船篙的作用，知道母亲当年说船篙这个谜语的寓意。墙角蜡黄的竹竿早已失去了青绿，母亲用它顶瓦止漏不知多少回，或许母亲感叹自己命如竹竿，过往的那种辛酸与不易不提则罢，一提则让她泪水直流。至今这则谜语仍在我脑海里萦绕。

但我喜欢故乡的春雨，温柔纤细，轻盈地飘在空中。屋外桃红万点，梨白如雪，在雨中芬芳。我身穿蓑衣，戴着斗笠，背着竹筐，扛着锄头，在田埂上慢行，看万物生长，看点点白鹭上青天，看故乡的山水，在春雨的滋润下渐渐地丰盈。

一切如过眼云烟，离别故乡二十几载，故乡变化极大，但故乡的雨依然落在我的梦里，留在我的记忆中。此刻，不知千里之外的故乡是否下起了雨。我期盼那小雨丝丝如油，滋养着故乡小山村的人，滋养着故乡小山村的一草一木，滋养着故乡的万物。

夜深了，窗外的雨停了，我的心却湿润了，已被故乡的雨水唤醒，该收拾行囊归故乡了。家中那件挂在墙上的老蓑衣，已成为一件摆设，何时披上这件斑驳的蓑衣，在细雨如酥的清晨，漫步在绿油油的田埂上，喜看稻菽千重浪。恍然如梦，这一切离我太久远，又仿佛在昨天，心中对故乡的那份眷恋与不舍，像沾了雨水的蓑衣，太沉重，太沧桑。

故乡的夏夜

　　山色空蒙无人声，暮色四合向黄昏。太阳收敛了灼热的光芒，把金色的余晖投向炊烟袅袅的小山村。夕阳渐渐地向故乡西边的山坳坳里沉下，彤云如火，流云金灿，晚霞染红了半边天，云层间折射出一道道橙红色的光束。山脚下一株古香樟树，斜倚在残垣断壁的古屋后，在阳光的照耀下，更加青翠蓬勃。古屋圯废多年，如一位风烛残年的老者，屹立在夕阳里，守望着故人归来，显得更加苍凉。稻田、山塘、楼房、山峦……镀上了一层金灿灿的霞光。

　　几点白鹭飞入东山的树林，倦鸟绕村数匝而归巢。乡村巴士鸣响了悠长的喇叭声，像一台古老的播种机，把从镇上归来的父老乡亲送到乡间的小路上，在村口短暂地停留后，冒着浓烟，扬起黄尘咆哮而去。田垄上，空无一人，山塘里的草鱼躲在漂浮的青草下，啜吸着一根根嫩草，尽情地享受一顿鲜嫩的晚餐。鱼儿似乎受了惊吓，倏地转身摇尾，搅动水花，如桨划过水面，荡起层层轻波细漪。小鱼儿探出嘴，吐出气泡，给平静的水面画了一个个同心圆。几只水黾飞快地滑过水面，踏水而行，如履平地，轻盈的身体后留下一路水纹，荡漾，消散。

　　夜在这片宁静的天地里肆意妄为。一种令人可怖的精灵，在夜色中振翅飞翔，鬼魅般的身影忽隐忽现：故乡的夜属于蝙蝠。蝙蝠用"回声探测"的本领捕食蚊虫，饱餐一顿后倒挂在檐角，或藏进砖墙的罅隙。因为蝙蝠发出如鼠般的尖叫声，故乡人称它们为"檐老鼠"。小山村的夏夜大抵是安静的，没有城市的喧嚣，偶尔传来一阵犬吠声。几口山塘的蛙声和满田野的虫鸣声，在这片空旷的天地里，拉响了弦，撩动了鼓，一阵又一阵，此起彼伏，如山魂在原野歌唱，不知疲倦地唱到拂晓。

　　黑夜把晚霞和落日余晖吞噬，天地一片昏沉。缥缈间，东边的苍穹闪耀出一片亮白，越来越亮。山脚下，几处灯光穿透了茫茫夜色，从硕大的玻璃窗里射出。一轮圆月爬上了东山的林梢，洒落一地的清辉，让原野笼上了一层淡淡的白纱。山色朦胧，树影绰约，一阵风拂过原野，掠过门前的灌木丛和竹林，飕飕而语。轻风吹动弄堂里悬着的一盏节能灯，灯影摇曳，一只只飞蛾扑向灯光，幸好不是一团火，否则会滋啦一声落地而亡。

　　一扇硕大的玻璃窗内，灯光通明，电视声入耳，半开的玻璃窗被两扇紧闭的纱窗隔着。黑色的甲壳虫一定是攀爬的好手，在纱窗上抓着一格格纱，飞快地垂直往上爬，犹如一场没有输赢且不怕死的攀崖比赛。它们漫无目的，只想找到一处缝隙，遁入室内，离光明更近一点儿。它们向往光明如同人类的欲望，看到了虚无缥缈的光环，不达目的不会停止。转眼间，一只甲壳虫爬到了纱窗的顶端，翻过玻璃窗的铝合金横梁，在光滑的玻璃上爬了几次。跌落后，它又向上，向上，再次跌落。我似乎听到了它的甲壳撞击铝合金发出的声响。它无奈地翻过铝合金横梁，又爬到纱窗上，上上下下，寻寻觅觅，终究是找不到一丝缝隙，落在窗台上左右爬动，已失去了方向，愚蠢地忘了振翅飞翔：光明近在咫尺，触手可及，不舍。此时，纱窗上多了几只甲壳虫，上的上，下的下，沿着各自的路线行进，从不交集。偶尔飞来几只蛾子，向玻璃窗撞去，撞得蛾粉簌簌落下，最终跌落在窗台上挣扎。蚊子的智商较高，在开门的一瞬，择机窜入，逢人便叮。

　　我走过宽阔的庭院，倚栏听风赏月。

好久没有见到这么好的月色，或许故乡一直有这样的月色。昔时，在椿树下，搬来躺椅、凉床、竹椅，在一轮月光下，听父亲讲故事，或央求母亲说几个浅显的谜语。萤火虫在瓜棚上轻飞轻落，光斑点点，一闪一闪如流星划过长空。如今，父亲年老体衰，每夜看电视节目打发时间，母亲有忙不完的家务。我们兄妹三人天各一方，听故事、猜谜语的时光一去不复返，然而那些故事留在我童年的记忆里，徜徉在我的字里行间。故乡变了，山水已变，人亦老，唯有一轮明月如旧时一样，或圆或缺，照耀着故乡。

凝神望月，彩云相伴。一丝裹满童真的笑在我的嘴角扬起，月光女神不老，那个关于指月割耳的传说已老去。懂事后，我明白那是故乡人对月神的敬仰，约束孩子们不要轻易用手指指点点，去亵渎月亮的神圣，感叹故乡人编的传说寓意不浅。月亮走，我也走，长大后，月亮陪我去江南，如今月亮陪我回故乡。千里共婵娟。月是故乡明，我更喜欢故乡的这一轮明月。或许是年纪大了，我越来越念旧，思绪在年少时的岁月游荡。故乡的这一轮明月，让薄薄的云层呈现出五彩斑斓的耀眼光芒。今夜，故乡的云是雪白雪白的，云长了脚，跟着风儿走，时而遮住了明月，时而蒙住了星星的眼。辽阔天宇间，璀璨星河里，我寻找着寂寥的牛郎织女星，感叹牛郎织女一年一次相逢的凄苦，然而我回故乡的次数屈指可数，父母亲的盼望与寂寞又何尝不是如此？仰望星空，绕地旋转一圈，寻到了最闪亮的星光。望着那颗最亮的星星浮想联翩，忽然天空中闪动着一点红光，缓缓地穿过云层，消失在茫茫的星际，不知是夜航的飞机，还是遨游太空的卫星？

以往，在故乡田垄上的点点灯光，如天边的星子。移动的灯光是捕蛙人，或是抓泥鳅、黄鳝的村民拿的灯，一动不动的灯光是捕虫的柴油火盆。诚然，我们知道青蛙是人类的朋友，但青蛙躲不过人类那张贪婪的嘴。很多年后，小山村几乎听不到嘹亮的蛙声了，偶尔听到的是山塘里的石蛙声，石蛙孤独地在黑夜里狂叫，一声比一声凄厉。

　　我双手握着庭院边的不锈钢围栏眺望，夜已微凉，小山村熄了灯。母亲虽在西厢房里忙着帮我整理行囊，但仍不忘推开门，朝庭院里望了望，要我早点儿睡。今夜，有如此一轮皓月相伴，我如何舍得入室而眠。我答应了她，脚步却停在庭院里。庭院西边的一株高大的泡桐树，沐了一身皎洁的月光，随着夜风摆动，显得蓬蓬勃勃。竹林在风的召唤下，沙沙作响，窃窃私语，我侧耳倾听，却有虫鸣声在捣乱。西边杂屋鸡舍里的鸡群发出咕咕的叫声，不久又安静下来。

　　皓月上中庭，星垂原野静。故园只独看，未解思乡情。

　　田野对面，月色照亮了屋顶的琉璃瓦，铺上了一层薄薄的月光，通透薄如蝉翼。山塘里荡漾着月波。或许虫儿被这溶溶的月光惊艳到，鸣叫更加狂喜，更加嘹亮。月光洒向镶嵌在山林中的楼房，打在外墙的白瓷砖上，折射出一道温润的白光。月光让生硬灰沉的楼房变得柔情，浪漫的诗意在我心头涌动，似乎看到楼房里住着一个明眸似水的姑娘，守着月光，等约会的情郎。

　　父亲早已鼾声如雷，母亲看了看熟睡的孙子，熄灯入睡。我的思绪如一匹脱缰的野马，在月下狂奔，从东山的采茶时光奔向西山的梯田里割稻的情景，不由摸了摸中指上镰刀割破留下的伤疤，隐痛在指尖似乎苏醒。思绪去了江南水乡，又回到故乡，想停留下来，洗净铅华，守着故园几亩田地，粗茶淡饭，日出而耕，日落而息，过上渔樵耕读的隐居生活。我的思绪甚至奔向了凤形山的祖坟，分明看到大叔的容颜和坟墓，我变得异常惶恐不安，不敢往下乱想，收回了思绪，眼眶里盈满泪水。

　　夜深，清风阵阵，草丛上起了露水，升起雾霭。田野和山峦变得更加朦胧，如笼薄纱，有了明月的照耀，更加迷人，如临仙境。我感受夜的清凉，在七月的盛夏里，没有一丝暑热感，让我错觉是暮春时节，不用风扇，更不需空调，每个毛孔都融入了故乡的气息。只要回到故乡，我就会放下纷繁芜杂的工作，惬意地享受故乡带给我的安宁，如隐居世外，无忧无虑。

推开门走进房间，用温润的井水涤去尘埃和疲倦，侧身而卧，反而变得清醒。恰一轮明月盈窗，窗外竹影婆娑，月光透过窗子，向房间洒了一地光辉，一格格窗影，隐隐约约。窗外的虫鸣声和蛙声交替而来，让我无法分辨。吾儿鼾声时有时无，奏响了一首安详的夜曲。

小山村，琴声悠扬

夜幕降临，天空抹上了苍茫的暮色，笼罩着小山村，农田隐没在紫色的烟霭中，东山顶树木的轮廓像剪影似的映在发着微光的天幕上。一段悠扬的琴声如流水般从大叔家的窗户溢出。一轮明月爬上了东山头，和琴声一样，舒缓悠长。这时候的小山村，大抵是祥和的。然而大多数村民认为二胡发出的声音过于悲凉，因此村中极少有人学拉二胡，也不懂欣赏二胡。

昔日，一个人口过百的小山村，几十户人家，也就两把二胡。一把二胡挂在大叔家的西厢房，琴轴挂在土墙的木头橛子上，琴身斜斜地紧贴着土墙，弦弓上雪白雪白的马尾毛搭在琴轴上，安安静静地等着主人来拉奏。另一把二胡挂在父亲的床头。打开我家西厢房的南门，西南风吹着蚊帐的帷角，微微扬起，二胡被风吹得轻晃，仿佛有人在召唤它。风吹过琴弦，弦弓上花白的马尾毛轻微地抖动，几根断裂的马尾鬃在风中乱舞，我仿佛听到了风从琴弦走过的声音。我想起了万马奔腾的琴声，踏破尘土，奔涌而来。我家这把二胡陪父亲度过了许多岁月，平常挂在床头，无人问津。挂在床头的二胡自己不会发出一丝悱恻哀婉之声，只有等到拉二胡的人寂寞空虚时，才会想到二胡，于是拉奏出缠绵悱恻的乐曲。

我不知道父亲和大叔谁先学会拉二胡的。大叔应该是在部队就学会了拉二胡，也许比父亲早。父亲是在村校当民办教师时学会了拉二胡，他经常把二胡

51

带到学校和同事一起拉，学了新曲目，回家再拉给村民听，其实是拉给他自己听。大多数村民不懂琴声，不识乐理，不屑一顾，反而嫌琴声太吵、太悲凉。他们俩谁拉得好，年幼的我真无法分辨。尽管两人拉的曲目基本一致，我却知道他俩拉出的琴声所表达的情感不一样。一个隔着山塘和田垄传来，隐隐约约，如诉如泣；一个在我的耳旁响起，情意绵绵，如痴如醉。他们性格不同，故琴声有别。大叔的琴声柔情婉转，中规中矩；父亲的琴声轻快活泼，随性而为，注入了更多的个人情感。

年少的我看父亲拉琴前，一定要调试一番，但不知其原因。他手指在琴弦上抖动，上下滑动，拉动琴弓，各种音符从手指间释放出来。随后，父亲凭经验紧一紧琴轴上的弦，再拨动一下蛇皮上的琴马和控制垫。有时控制垫用高粱秆取代。父亲在琴筒上烙上一块松香油脂，松香盈鼻，落下一层雪白雪白的松香末。他反复地拉动琴弓，拉出几个小调，又上下移动固定琴弦的千斤。父亲边调边拉，终于调节好音准，把原来显得支离破碎、不怎么协和的音节连成一段完整的乐曲，反复拉。母亲不喜欢父亲拉二胡，经常取笑父亲拉二胡如同村中的木匠拉锯。

那年月，村民白天忙于农务，一锄一锹地挥向土地。一双双粗犷的手长满老茧，不会舞文弄墨，更不会吹拉弹唱，被土地僵住的手指不可能谱写出美妙的乐章，更不会用一段幽幽的琴声来怡情。兴奋时，村人们最多扯着嗓子唱几句山歌。村民经过一天的劳作，归时，腰酸背痛，早早地吃过晚饭，抽几口自卷土烟，就在一阵阵咳嗽声里入睡了。父亲大多数日子也是这样的。一年中，只有极少数的几个夜晚，而且大部分是小山村停电的夏夜或初秋的傍晚，在我们兄妹三人的央求下，父亲才会从西厢房的床头取下二胡，调好音准，勉为其难地拉几曲哀婉动听的曲子。一年中，偶尔有那么一两次，父亲也会主动取出二胡，尽情地拉上几曲，落寞的心情在琴声里表现得淋漓尽致。

向晚，落日熔金，晚霞金灿，夕晖给小山村镀上一层金黄色的光芒，在旷野洒下一层瑰丽的光辉。山脚下，几株松树的墨绿枝干更显蓊蓊郁郁，竹尾轻垂，随风缓缓点头，蜿蜒起伏的群山遮断了通向小镇的小路。暮色四合，百鸟归巢，旷野空无人影，黑夜在大地上肆意妄为，鸡群挤在鸡舍的角落窃窃私语。尖脆如笛声的蝉鸣声从香椿树上落下，时断时续，拔节而起。对面小山头，一个星子在闪烁，接着有三缕星光，碎银子般挂在深沉的天幕，黑夜倏然无声地降临。坟地灌木丛中逸出耳语般的细声和一阵清风，一丝淡淡的恐惧袭上我年幼的心头，不敢往坟地那边多看一眼。

又是一个停电的秋夜。在故乡，停电太稀松平常了，停电和来电一样，无声无息。蝉声退去，虫鸣声从四野围拢，盈耳，一阵急一阵缓。几只蝙蝠如幽灵从头顶飞过，盘桓于禾场上空，黑乎乎的如鬼魅之影，来去都是倏忽间的事。西厢房窗台上的煤油灯，忽明忽暗地闪动。几只飞蛾穿过稀疏的窗格，在煤油灯前翻飞，时不时撞击煤油灯的玻璃罩，发出轻微的撞击声，隐约可闻，最终掉在窗台上生无可恋地死去，还有几只虫子陪同飞蛾扑火而亡。山谷里，传来几声杜鹃的鸣叫，空旷而悲怆，扰乱了如潮水般的虫鸣声。这种宁静被犬吠声撕了一道口子，随后又愈合。

我们兄妹三人吃过晚饭，早早地洗好澡，搬来了竹椅，坐在禾场上（堂屋门口的空地）。妹妹不厌其烦地数星星，数着，数着，混乱了……我们想听母亲说谜语，更想听父亲讲故事。这样的夜晚，即使是蚊子肆虐，夜鸟悲鸣，没有一盏温暖的灯，仍不失为一个美好而又难忘的夜晚。

母亲还在灶膛间忙着收拾。父亲在禾场的西边，借着星际微弱的光芒，提了一桶井水冲澡，水声哗哗，身影晃来晃去。随着最大的一次水流声消失，我们知道父亲已经冲好了澡。父亲换好衣服，搬来一把竹椅，坐在禾场边，卷了一截土烟，用烟纸沾了沾口水，粘牢，划了一根火柴，点燃了自卷纸烟，吸了几口。随着火柴的熄灭，刚才短暂的光亮被黑夜吞噬，只剩下自卷纸烟一明一暗如寥寂之星火，映红了父亲那张古铜色的脸。一阵呛鼻的旱烟味在空气里弥漫。我们兄妹三人围坐于父亲身旁，央求他讲一个故事。父亲只顾着吸烟，不言不语。我想到了父亲吃晚饭时的沉默，那是极少的。也许是我感觉到了成年人的那种莫名其妙的愁悒，不再围在父亲身旁，径直去了东边的邻居家，和村里的玩伴追逐。没有电，没有游戏，没有故事，没有梦想……很单纯的一群野孩子，除了你追我跑，别无他事地欢度时光。在追逐中增强筋骨，也增加体力。在追逐中，有欢声笑语，有男孩儿女孩儿之间懵懵懂懂的生理萌动，如初学打鸣的小公鸡，劲道有了，胆儿却很小。

月亮从东山的坳坳里爬上来，惊飞几只宿鸟，消失在远处的丛林里。孩子们尽情地追逐，吵闹。我家的禾场上响起了琴声，忽高忽低，断断续续的几个音节不成调，我知道父亲在调整二胡的音准。于是，我们兄妹三人停止了追逐，隔着茫茫的黑夜，听父亲拉奏二胡。

琴声如流水，在月色朦胧的小山村流淌。本来还是虫声躁动的旷野，虫儿不知是被琴声感化还是被琴声羞辱，闭上了嘴，变得安静了。孩子们也闭上了嘴，心儿跟着琴声飘荡。小小的乡野之地，极少有这么美妙的夜晚，整个小山村被这悠扬的琴声唤醒，还是催眠了？鸡舍里的鸡群醒了，窃窃私语。房梁上的燕子从巢里探出头，呢喃了几声。狗对着山头的月亮狂吠，向田野奔去。全村人变得安静了，也许他们从琴声里听到了离愁别绪。那是一首军旅歌曲《十五的月亮》。这首曲子，我太熟悉了，是我平生学唱的第一首歌。曾经，父亲一字一句地教过我们，兄妹三人反复地跟着父亲的琴声唱，用了七八个夜晚方才学会——当然是五音不全地乱吼。后来，我经常哼唱这首军旅歌曲，却不明白歌词的寓意，也不懂歌曲的情意。琴声婉转清亮，父亲没有和着琴声高歌。我们兄妹三人被琴声感化，不约而同地哼唱起这首歌。有了琴声伴奏，歌声显得稚嫩空灵，完全没有他乡游子的思念之情。父亲拉完这首饱含情感的曲子，意犹未尽，又拉了两遍。也许父亲想借助这首抒情歌曲找到某些失落后的寄托，以琴声释怀，驱散内心的寂寞，或者是想起了一件伤心的往事。我们穿过禾场，围在父亲身旁，他用右手拉动琴弓，并轻轻地抖动，左手的手指压在琴弦上，上下滑动、颤动。他闭上眼睛，如痴如醉地享受琴声带来的美妙感。我们也被悠扬的琴声包围了，无处可逃。当然，被琴声俘获是一种不可名状的幸福，少年不知愁滋味，陶醉于这美好的秋夜。那夜，我似乎有了一个梦想，梦想从歌词里溢出，从课本里跳出，从月光里流淌出……

　　一首曲子拉了三遍，琴声戛然而止。安静的小山村，晚风吹过，清凉如水。似有流星划过天际，坠落在旷野的苍茫夜色里，消失了。几家窗台上的灯火摇曳，孩子们等待父亲再拉一曲，父亲却拎着二胡起身，准备往西厢房走去。一段低沉哀怨的琴声从山脚下响起，如诉如泣，宛如玄音，那是琴声哀哀下的苦涩。父亲踅回，坐下，又卷了一截土烟点上，边吸烟边听琴声隔着几丘田传来。那是另一把二胡在向大地发出悲天悯人的呻吟声，是大叔内心的疾苦如泉水般涌出，让村民染上了一丝淡淡的惆怅。也许是父亲的琴声撩动了大叔的心弦，大叔拉奏出一段熟悉的音乐，我们却不知乐曲的名字。小小年纪的我感觉到了琴声的哀怨与悲苦。父亲受到大叔的琴声感化，忍不住跟着大叔的节奏拉起了那首我不知名字的乐曲。哀婉动听的乐曲结束后，父亲沉默良久。父亲经不住我们的追问，告诉我们这首乐曲叫《二泉映月》。借着皎洁的月光，父亲讲了一个关于瞎子阿炳的故事，说这首名曲是被中央音乐学院的教授偶尔听到，录音后，多次整理而成的。

　　父亲说："据说，无锡的惠山脚下有一口清泉，号称'天下第二泉'。新中国成立前的一个中秋之夜，小阿炳跟着拉二胡的师父来到泉边赏月，师父静静地倾听着泉声。突然，他问小阿炳听到了什么声音，小阿炳摇了摇头，因为除了淙淙的流水声，他什么声音也没有听见。师父说他年纪还小，等他长大了，就会从二泉的流水中听到许多奇妙的声音。小阿炳望着师父苍老的脸，茫然地点头。十多年后，小阿炳的师父离开人世，阿炳也因患眼疾而双目失明。为了讨生活，他整天戴着墨镜，操着二胡，卖艺度日。一个月圆之夜，阿炳在邻家少年的搀扶下，来到了惠山脚下的二泉。月光似水，光影荡漾，但阿炳再也看不见了，只有那淙淙的流水声萦绕在耳畔。他想起了师父，想到了自己坎坷的生活，于是悲从心中来。渐渐地，他似乎听到了泉水深沉的叹息、伤心的哭泣、激动的倾诉、倔强的呐喊……他拿起二胡，他要通过琴声把积淀已久的哀怨和生活的苦楚倾吐给这茫茫的月夜。他的手指在琴弦上不停地滑动着，流水和月光变成了一个个动人的音符，从琴弦上流泻出来。后来，阿炳经常来二泉，用这动人心弦的琴声向月亮与泉水诉苦。后来，这首乐曲经音乐学院的教授整理并定名为《二泉映月》。"

多么动听感人的故事啊！让我们身临其境。我似乎看见瞎子阿炳正在惠山的二泉边拉奏二胡，琴声凄苦，哀婉绵长。故事讲完了，琴声在我脑海里回荡。一轮明月，高悬苍宇，洒落清辉，照耀着这一方宁静的土地。此时，虫鸣声此起彼伏，不知疲倦地鸣唱，如万人合唱，让黑夜不寂寞。几只萤火虫一闪一闪落入瓜棚，如天幕上的星光。田野上浮起了一层薄雾，如轻纱般在月光下升腾。

小山村入睡了，我们也进入了甜美的梦乡。在梦里，琴声悠扬，我长大了。

"年少不懂曲中意，听懂已是曲中人。"等我听懂了父亲琴声里的忧愁，我已经离开故土很多年，父亲也极少再拉奏二胡。大学毕业那年，我告别故乡，来到了千里之外的江南水乡谋生。生活如同凄婉的琴声，让我黯然神伤。经过八载的拼搏，我刚刚立稳脚跟，想在异乡活出一番滋味之时，看似美好的生活戛然而止，如同琴弦绷断，发出狂暴之音，一瞬即逝。如临深渊的我退缩了，在这座陌生又熟悉的城市，我东躲西藏，惶惶不可终日。当我从那个痛苦的角落走出时，身上仅剩数百元，只好寄居于好友租来的公寓。日后，我明白了一个道理：没有生存的痛苦，就不会热爱生活。

在那段人生低谷期，我不敢面对父母，有一种深深的愧疚感在我的心头挥之不去。一个周日的下午，我想起了父亲琴声里的那种悲苦与凄凉，感叹生活不易，心凉如水，可惜我不会拉奏二胡，否则一定要以琴声释怀并高歌。不知是出于孝顺还是心血来潮，我跑进了市工人文化宫旁边的一家民族乐器店，倾其所有为父亲买了把二胡——苏州民族乐器厂产。一把价格不贵的二胡，装在一个盒子里，非常精致。店主让我试一试、拉一拉，我的脸瞬间涨红，慌忙解释——送给我父亲的礼物。选好二胡，我又步行到勤俭路邮政局，第一次往故乡寄去一件礼物，一份沉甸甸的孝心与挫败感。

不久，父亲收到我从浙江寄去的二胡。他走了三四里山路，用邻村的一个公用电话和我通话。在电话里，父亲怒斥我浪费钱，说他再也不拉二胡了，琴谐音"穷"（湘中土话，"琴""穷"同音），问我能不能把二胡退掉。我握着电话，沉默良久，两行热泪滑过脸颊。我屏住呼吸，用颤抖的声音挤出几句气话后，匆匆挂断了电话。那天，好几次话到嘴边，我又吞了下去，那种酸楚感钻心难受，我不敢告诉父亲当时的我失意落魄。面对失败与无助，我只能默默地承受。后来，我很多次回到故乡，都没有看到那把刻上失败烙印的二胡挂在床头或墙上。也许是父亲得知我人生落魄的缘由，一气之下把我寄回故乡的二胡付之一炬，从此小山村再无悲凉的琴声。

在江南水乡的古街，每次看到"月河阿炳"以一身"铜人"的装扮，立在荷月桥北堍的月河广场，拉响缠绵悱恻的二胡乐曲，我便会想起小山村的琴声。每当想起"月河阿炳"戴着墨镜拉响二胡，我都似乎看见了一个瞎子在女人的牵引下，挨家挨户地拉着二胡乞讨，或停下脚步，为村民掐指算命。

　　儿时渴望听到琴声，正如眼下听到琴声想哭。只是父亲很多年不拉琴了。他固执地认为"琴"字谐音"穷"，寓意越拉越穷。是贫穷让父亲放弃享受音乐的美妙感，还是因为二胡声太凄婉，让父亲忌讳这哀哀怨怨的琴声会给小山村带来不幸，我不得而知。也许是我的无知与父亲的倔强，让一把付之一炬的二胡藏在父子的心里几十年，喑哑无声。

　　两年前，大叔长眠于故乡的凤形山顶坟岗上，松涛声阵阵，如琴声从山头泻下。他的魂魄停留在最接近月亮升起的地方，化作天地间的玄音，虚无缥缈。出殡前的那夜，一首如诉如泣的琴声如同安魂曲让大叔安息。

　　如今，小山村的夜晚，除了大五小十的吆喝声，还有一轮月光，和儿时一样，或圆或缺。缺少琴声流淌的夜晚，故土一片沉寂。

梦里老街

1

这是一条极少有人知道的老街，被岁月抹去，没有留下一丝痕迹，却给我的童年留下了很深的印象。

我常常在梦里走进这条窄长的老街。梦里，我听到了檐角的落水声，湿漉漉的，滴滴答答，雨帘沿着老街的两边尽情地倾泻。梦里，我看到了一个半大的孩子光着脚丫子，站在老街的阶矶上，伸出一双稚嫩的小手接住从屋檐上滴落的雨帘，雨珠滴在他的手心，溅开。他眯了眯眼睛，长长的睫毛上挂上了细细的水珠。他时而抬头看着檐角，时而看着雨珠滴落的坑洼，脸上漾出天真灿烂的微笑。

夕阳下，我沿着老街一路奔跑，斑驳的夕晖透过檐角落在老街的土墙上，一闪一闪地摇曳，身后响起一阵猗猗的狗吠声，我头也不回地往家跑。

这些残留在我脑海里的片段，恍若梦中，却又真实地经历过，随着时光的流逝，我对老街的记忆变得不那么清晰了。

于是，我努力去开启记忆深处的闸门，闸门一旦打开，往事如流水般从年少时的彼岸穿过时光隧道向我滚滚而来，与老街相关的很多事、很多人又鲜活了。思维的密码重新组合，我仿佛又回到了儿时的那条老街，时光停留在那一段历久弥新的童年生活里。

历史前进的脚步把一条老街踏碎，荡然无存。我要让这条老街在我的文字里复活，重新燃起袅袅的烟火，尽管是虚无缥缈的文字组合，却还是那么的温暖，且富有立体感。那里有熙来攘往的赶集声，那里有收鸡毛、挑担卖麦芽糖与红薯糖的吆喝声，那里有碓房里碓杵与碓臼的撞击声，那里有馋人的糕点香味溢出，那里有碾坊发出嘟嘟的碾米声。榨坊里的油香四处飘荡，让人们对美味佳肴产生遐想。

老街深藏于乡野之地，依着河堤北的山势由西向东铺陈开，地势从高到低形成一道斜坡。整个老街还是平整的，街巷宽处两丈许，窄处不及一丈。老街的南边是河道与梯田，河道不宽，梯田沿着河道斜坡向上叠加，多则四五梯，少则两三梯，呈毫无规则的带状。

沿着老街从西往东走，街面是夯实了的泥土地，均匀地铺上一层陈年灰垢。每隔几座房子便有几级石台阶，细长规整的台阶把老街的两边联结在一起。街边的老屋大多数是土砖瓦房，部分房屋砌了小半截青砖，有的粉刷了石灰，石灰经不起风雨的摧残，斑驳陈旧地露出砖块的本色。整条老街是土黄色的格调，黯淡无光，无藻饰与雕刻，很朴素，一如这里的泥土。黑色的鱼鳞瓦，木质的廊柱与檐角，黝黑的石门槛，漆黑的木门板。

住在老街的人家应该很有凝聚力，他们麇集于此，如抱团取暖，繁衍生息。老街的最西边是一块不规则的坪，铺了柏油粗石，坪下有几块梯田依着河堤由低到高，层层叠叠。坪是为方便来此的拖拉机或小货车（那时只有三轮农用货车）掉头用的，马路在此成了断头路。坪的北边有一幢两层楼的青砖房（好像是两层），木质楼板与楼梯，最早是村里吃集体饭的场所（未分田到户之前的村食堂），后来成了村委会。以前，村民在坪上开会聚集，后来坪成为村民赶集的地方，当然是每月固定的日子——逢五逢十。坪的东边有一个合作社，卖农资用品,也卖一些锅碗瓢盆和糖果(品种极少),玻璃橱柜里陈列着各种农具配件、农药、皮带等。

紧挨着合作社的南边便是老街的起点,街长不过数百米。走出老街,眼前是一条并不宽敞的青石板路。沿着这条石板路向东走是石湾里(地名),那里同样有一条沿河而建的老街(很短),有驿馆(合作社就在驿馆里),有碓房,有卖肉铺(逢集才卖肉),有依河而居的村民,也会在固定的日子赶集。石板路穿过街心,绕过农田,曲折起伏向北,通向我的故乡。

2

老街有一个并不响亮的名字——香花树(在当地小有名气)。我不知道为何取这种怪异的名字,其历史渊源与故事无处考究。我一直以为这里有很多开花很香的树木,不过是孩提时的臆想罢了。这里到处有开花很淡雅的黄花菜,种黄花菜也成了这一带的产业。

老街离我家不到三里,毗邻我外公家,属于邻县。那里还住着我的嬭姬、嬭爷(姑父、姑母的称呼,嬭音同"隋")。这里的人以"曼曼"称小姑,以"大大娘、大大爷"称呼大姨和大姨父。小姨的叫法也很特别,叫"姨姬"。这种富有地方特色的称呼,不知从何时开始,代代相传,沿用至今。

老街临河而建,每逢雨季,故乡人称作"发端午水",也就是气象学上的梅雨期。老街要经受河水的考验,河流上游的洪水越过老街上游的桥坝,直奔下游的农庄,浩浩荡荡,所向披靡。不管下多大的雨,老街每年都有惊无险地避开洪水的袭击,如有神佑。水涨到老街的屋脚边就停住了,不再上升,最多把临河的田地、杂屋淹没,雨一停,水位便慢慢地退去。下游的石湾里却没有这么幸运,两年一小淹,五年一大淹,房屋遭殃,庄稼颗粒无收。水退后,石湾里很多人家的墙壁上留下了水印,高及屋檐。很奇怪,水印怎么擦洗也不掉。

老街没有这样的水印，得益于它位于河流的上游，且地势较高。然而，火灾是难免的。一家起火，殃及邻里，顷刻间，几间瓦房被大火吞没，化为灰烬。火灭了，村民又在原地建起几间一模一样的房屋。这就是房屋毗邻的缺点。这里的人没有去过江南，不懂得在户与户之间连接的墙头砌一堵高出屋檐的封火墙，也叫马头墙，可以起到隔断火源的作用。

旧时，在老街居住的人家，有七八十户，也许不到，我年少时一户一户地数过，一座堂屋两三户人家，具体多少户，时间太久了，我完全忘了。住在老街的人大部分是老实巴交的庄稼汉，质朴、本分、节俭，能吃苦耐劳，守着三四亩田地过日子；也有一部分人外出务工或做小本买卖赚钱养家糊口。他们擅长经营，很久以前就把当地产的干黄花菜贩卖到城市，甚至出口到东南亚国家。因此，每年盛夏，正值山头黄花长得旺盛的季节（黄花必须在盛开之前摘取），每家每户的后院或瓦檐上都放着竹匾，竹匾里均匀地摊着焯过水的黄花菜。我的故乡不产黄花菜，一到暑假，我去外公家玩耍，有时跟着姨妈或表哥表姐（姑妈家和我外公家是邻居）去山头摘黄花菜。摘黄花菜是很辛苦的。我至今不明白他们为何每天都要顶着中午的烈日去摘黄花菜。我们戴上斗笠，提着茶壶，背着竹筐，穿过老街，走过几条弯弯曲曲的田埂，爬上山头，在黄花地里摘那些含苞待放的黄花菜。摘完黄花菜归来，我们偶尔在老街长廊的门槛上坐一会儿，喝几口水，擦干汗水歇息。那时候才感觉到老街是清凉的，风从河对面吹来，凉飕飕的，很是惬意。

老街经常有挑担的人在此憩息。他们肩上搭着汗巾，随便找一处稍微干净的门槛或台阶坐下，从烟袋里掏出旱烟丝用皮纸一卷，沾点儿口水把烟纸粘牢，擦燃一根洋火（火柴），颤颤巍巍地点着纸烟，吸了几口，烟雾缭绕，旱烟味四处扩散，然后把洋火甩了甩，冒着烟，扔在地上，灭了。一根烟驱散了他们的疲倦与不安，纸烟燃至锥底（纸烟卷成锥形），把烟屁股往老街的泥地上一扔，用脚把烟头碾灭，重新把汗巾缠在腰间，弓起身子挑着担子往老街的尽头走去。他们的担子里有时是煤块，有时是猪仔，有时是谷子或大米、化肥，他们用双肩扛起了一个个家。我曾经和父母亲去邻县的煤山挑煤，一担煤七八十斤，箢箕里的煤块乌黑发亮，像一块块沉甸甸的黑石头。挑煤全程十七八里，挑一程，歇一阵，担子感觉越来越重。挑不动了，我把煤块往父亲的担子里堆，担子轻了，脚步反而更加沉重了。盼星星盼月亮，终于看到了老街，老街到了，离家也近了。我们在老街憩息，待身上的汗水稍稍退去，又重新挑着煤往家里赶。

老街的人家都认识我父母亲，每次经过老街，母亲让我叫人，陌生的人，母亲教我称呼他们，比如××外公、××姨、××舅，好像这里的人全是外公家的亲戚。我不喜欢同老街的孩子玩耍，他们嘲笑我说话的腔调，用顺口溜编排我们那边的人，看似童言无忌，却是两个县之间很深的语言隔阂。况且我一人不敌众口，老街是他们的地盘，我只好灰溜溜地跟着母亲回家。身后响起孩子们的顺口溜："湘乡（双峰以前属于湘乡市）拐子，挑担块子（煤块），摔个眼子（窟窿）……"于是，我被家人冠以"百步大王"（百步之内"称王称霸"，百步之外"不声不响"）的称号。

老街的最东头是我姑父家的老宅。姑父分家搬离老宅，择地重建房屋，与我外公成了邻居，新宅子位于老街的西边山坳坳里。姑父家的老宅子靠老街的北边，宅子北边是一座山，山上有很多坟墓。老宅子是平房，好几间厢房连在一起，没有天井，光线晦暗，即便是大白天走进去，也是黑魆魆的，空气中弥漫着一股霉味与潮湿的气息，让人感觉不那么舒畅。每年拜年，总要去一次姑父家的老宅，大人围坐在一起喝酒聊天，我穿过堂屋到老街溜一圈，在放过的鞭炮残渣中寻找未响的鞭炮。走时，父亲到老街喊我一声，我便从老街的阶矶下飞快地向他跑去，装上一点儿糖果，又原路返回，翻过一座山坳，到外公家吃年饭。

3

这里的人舂粉子，要到老街的碓房去舂。碓房位于河边的廊棚下，临河。一架木质的碓子静静地躺在碓房的泥地上。木架子是硕大的方木，榫卯结构，榫头凸出木架子三四寸。碓板很厚实、笨重，穿过木架支起，碓板的一头落在碓臼里，安安静静。碓臼埋在黄土里，高出地面两三寸，碓嘴上包了厚实的铁皮。这架碓平常不大有人用，只在过年前附近的几十户人家轮流借用。碓房不大，低矮的土砖瓦屋，梁上挂满蛛网，墙上沾满灰尘，除了一架碓子，还有一些筛子、谷箩、扁担。村民在碓房舂荞麦粉，舂谷芽粉，舂面粉，舂糯米粉，也有人舂干辣椒粉。踩碓子很好玩，用脚一踏，吱扭一声，碓嘴扬了起来，砰的一声，落在碓臼里。碓子在大人的脚下有节奏地发出响声，"咣当""咣当"……粉子舂好了，可以做夫子肉、搓团子，做糕点，做荞麦粑粑等。我小时候比较顽皮，趁大人不注意，偷偷地溜进碓房，双脚踏在碓板上，我力气和体重不够，不管用多大的力气踏，碓板都纹丝不动。于是，我双脚在碓板的一头猛跳，碓嘴微微扬起，瞬间又落入碓臼里，如同一个蔫头耷脑的醉汉，一动不动。

碓房与糕点有关，我想到了老街的发饼。老街的发饼远近闻名，香甜可口，蓬松软糯，入口即化。年少时不识蛋糕与面包的滋味，总感觉老街的发饼是这个世界上最好吃的糕点。放学回家能吃上一个老街的发饼，有种说不出的满足感。做发饼的人家位于老街的中心位置，记得是一户靠北的民房，木板门，一块块门板卡在门槽里，从左右两边一块块移开，每块门板编了号，分左右，斜靠在阶矶的土墙边。窗户是木质的杉木窗，窗栏是一根根圆杉木，直径约两厘米，没有上漆，露出木头的本色。窗栏上留下糊窗纸的痕迹，东一块，西一块，让整扇窗户显得更加陈旧不堪。老街两边有很多这样的门板与木窗。发饼所用材料是糯米粉还是面粉，我一概不知，也许是糯米粉加面粉。我见过发饼进烘箱之前是一个很小的圆疙瘩，经过加热，疙瘩膨胀，散发出甜蜜的香气，在老街四处扩散。发饼出烘箱后，村民在发饼上盖上红色印记，冷却后装笼。有的发饼盖上了红双喜的红色印记；有的用四根筷子并在一起，筷头齐整，形成一个田字，筷头在装有红色素的碟子里蘸一下，把蘸了红的筷头点在发饼上，起到简单的装饰作用。后来，老街做发饼的人家又增加了两三户，味道大体相同，完全可以满足方圆数里村民的需求。

故乡人都说老街的发饼好吃、正宗，用老街的发饼做的黄炸肉格外酥松香甜。每次写到故乡的黄炸肉，我都会想起小叔，小叔做的黄炸肉很好吃。小叔做黄炸肉时，把几斤发饼倒进擂钵里，用擂棍捣碎，和入加了糯米粉、面粉、五花肉末、花生米、鸡蛋的面浆里，搅拌均匀。在土灶上烧一大锅猪油，把一个个面疙瘩放进油锅里炸到浮起，颜色变作金黄色，捞出，冷却，装盆，入蒸笼，蒸至软糯。黄炸肉软松香糯，是故乡人办宴席必备之美食。这种小吃，其他地方极少有，要做出这样的美食，当然不能缺老街的发饼。

以前，故乡人办宴席，桌上的随礼，少不了发饼，每人一小袋，四个或六个，成双成对。故乡人以发饼的"发"字寓意美好的祝福。

发饼之所以味美，或许因那时可吃的零食太少，突然出现了这种价廉物美的糕点，孩子们必定垂涎三尺。多么香甜的美味，我至今不忘。

老街由一条条阶矶、廊棚紧密相连而成，故乡人给了老街一个很接地气的描述——不断滴水，意思是屋檐水一家连一家。下雨天，走在老街，不用打伞。老街的房屋按各自的风格而建，大体上是湘式平房，毫无特色的民居，有堂屋、厢房、灶膛间，杂屋、猪栏砌在老街的边边角角，不那么显眼，又无处不在。

老街散发出烟熏火燎的生活气息，和和美美，鸡犬相闻，但是也有不调和的地方——驿亭。老街有两处驿亭，砖木结构，阴森森的，驿亭后面有一间驿馆。据说，这两处驿亭以前是停尸的地方，死在异乡的人要运回故乡，路途遥远，入夜时运尸体的人只能在驿亭过夜。他们把尸体摆在驿亭，躲进驿馆里睡觉，天蒙蒙亮，趁老街的人还未醒，悄悄地把尸体运走，不惊动乡人。

小时候，不懂事的我，胆儿再大，也不敢靠近驿亭半步。从老街经过，必定绕过驿亭，有时干脆不走老街，沿着老街旁的河堤小道走。关于驿亭的故事仍然在故土流传。如今，驿亭随着老街的圮废化作尘埃，伴着滚滚河流消失在时光的烈焰里，无影无踪。

整条老街，只住着农户，没有饭馆酒肆，更没有茶馆戏院，平常冷冷清清。逢赶集日，十里八乡的村民聚集在老街的两旁摆摊叫卖，各种南北杂货、土特产汇集于此。这时候的老街是闹盈盈的，南来北往，挑担的、背筐的、拎篮子的、牵牛的、背小孩子的挤在一起，吆喝着，闹腾一上午。中午时分，各自散去，老街又恢复了清静，鸡啼声声，狗吠狺狺，好一派临河人家的景象。

从前，这里是慢时光，没有车马，没有邮筒，没有卖豆浆的小店，一把铜锁挂在双合门上，安安静静；这里的人，一生只爱一个人；这里的炊烟慢悠悠地穿过瓦槽，围着屋顶四处转，随风散入农田；这里的每一扇窗户是一户人家，灶膛间的辣味与香味从窗子里溢出，让经过的行人无不觉得饥肠辘辘。

4

老街有一家裁缝铺，生意很好。

裁缝铺与裁缝师傅的名字，我早忘了。裁缝师傅是一个五六十岁的老人，周边乡村学裁缝的女子大部分是他的徒弟。快要结婚的女人为了做几件样子新式又合身的服装，捧着料子来老街的裁缝铺请老师傅量身定做。说我们那时候穿的大部分衣服是定制服，一点儿都不夸张。那年月，我们穿的衣服没标准的尺码，合作社、集市不卖衣服，想做一件合身的衣服必须上门找裁缝师傅量身定做，一人一个尺码。相对而言，成年男子的衣服尺码简单，量好后，记在本子上，来年裁缝师傅再翻出该男子的尺码照样做一件，做好的衣服大抵是合身的。小孩子长得快，必须每年量体裁衣。

　　说到老街的裁缝铺，我想起了村上春树的文章《背带短裤》，文章以随笔的方式讲述了他一个朋友家的往事。朋友的母亲去德国旅游，她父亲要她母亲从德国带一条背带短裤作为礼物。她母亲回日本前，去汉堡一个小镇买背带短裤。经过几番周折终于来到了一家古旧的小裁缝铺，两个老人接待了她母亲。然而问清缘由后两个老人却拒绝把背带短裤卖给她母亲。缘由很简单，裁缝铺不卖衣服给不在场的客人，意思是必须让她父亲亲自光临，试穿或量身定做。小店不能破例，好说歹说，裁缝铺的老人同意她母亲去找一个体型和她父亲完全相同的人过来试穿短裤，如果合身才把背带短裤卖给她母亲。她母亲用一口流利的英语找到了一位和她父亲体型几乎一样的德国老人帮忙，他们一同来到裁缝铺，在那个德国老人帮忙试穿背带短裤时，她母亲突然决定回日本和她父亲离婚。离婚原因作者在文章中没有铺陈开，感觉很无厘头的是故事的结局——两个日本老人离婚。通过这个故事，我明白了德国的裁缝是多么严谨。老街裁缝铺的师傅裁剪衣服，同样严谨，做工讲究，而且价格低廉。他做的中山装挺括、合身，针脚细密、匀称，棱角分明。他做的的确良衬衫同样舒服合身，衣领挺括，小尖领，有点儿西式风格；白色的纽扣钉得整整齐齐，扣孔不大不小，刚刚好；袖口尺寸合适，扣上纽扣，同样挺括。他做的棉衣、夹裤，软绵绵的，非常保暖，完全可以伸开手脚，不会让人感觉很勒。从内到外，除了毛衫，他无一不会，因此他带出的徒弟同样厉害。我们村里的第一个女裁缝也是他的徒弟，然而这个女徒弟生性笨拙，学了三四年才出师，做出的衣服远不如老街裁缝铺的师傅。

　　每到过年前，老街的裁缝铺子里人来人往，大家都忙着打新衣衫过年时穿。裁缝师傅接过料子量了尺寸，让徒弟帮忙在本子上记好料子的尺寸、颜色、姓名，随即他忙着给村民量尺码，记录臂长、肩宽、身长、胸围等，然后招呼着村民离去，并答应尽快完工。

腊月头上，母亲捧着布料，带上我来到老街的裁缝铺，准备给我打一套衣衫过年穿。在我的故乡，过年时小孩子一定要穿新衣服，家境再穷再苦，大人也要扯几尺布料给孩子们打身新外套。裁缝铺里，我立得笔挺，等着裁缝师傅给我量尺码。母亲把布料放在裁缝铺的案板上，摸了又摸，好像有点儿不舍，千叮嘱万托付，方肯带着我离去。几乎每一件衣衫都要经过漫长的等待，母亲三番五次地催促，到过年前几天，终于取回新衣衫。后来我小姨学会了裁缝，这种情况就不复存在了，从此我的衣服大部分出自我小姨之手，一直到我上大学那年。

老街的碾米房，不属于老街。碾米房位于老街的河对岸，砌在桥边的坝口，一间小房子，静静地听着河水诉说着一个个古老的故事。碾米房很逼仄，却是方圆十里最好的碾米房。一台碾米机，靠水力推动涡轮，用皮带带动碾米机，发出"咔嚓咔嚓"的碾米声。谷子倒入碾米机的斗里，米粒从碾米机的出口跳出，流入谷箩，糠装在一个布袋里，筛过的碎米粒装进了另一个箩筐里。米粒经过两三次的碾压、筛米，变得更加莹白透亮。

我常常跟着母亲去碾米房，母亲把一担谷子挑进碾米房，我嫌碾米房灰尘多，便站在碾米房外的河堤上扔石子，往翻滚的深水里丢石块玩。大约一小时后，母亲头上蒙了一层细细的糠，挑出一箩崭新的大米。母亲用随身带来的毛巾拍了拍头发和衣裳，弓身挑起担子走过石桥。担子由于一头儿是米，一头儿是糠与碎米粒，两头重量失衡，母亲把肩尽量靠近装米的那一头儿，跟跟跄跄地往家赶。我跟在母亲的身后，穿过老街，踏着石板路，绕过农田，归家。

几年前，碾米房仍然立在坝口，破败不堪，无人问津。这里的人应该向碾米房投去敬重的目光，在没有电与柴油发动机的年月，在闭塞的山沟沟里，一台水力碾米机，让这里的人吃上了一碗碗莹白的米饭。

5

时光如水，世事沉浮。老街消失了，老街的照片也无处可寻。早年生活在老街的农民大抵已离开人世或老去了，剩下一些年龄与我相仿的中年人。这些中年人大部分离开故土，从此不归；有些择地另建楼房，把团结在一起的老街拆得七零八落。老街成了他们心中一个陈旧古老的符号，丢进历史的尘埃里。

现在，沿河而建的新居，以崭新的白墙黛瓦静静地展示着湖湘新农村的风貌。河边，一株硕大的泡桐树在风中摇曳，枝繁叶茂，蓬蓬勃勃，每到暮春开出紫色的花朵，一串串，一朵朵，煞是好看。岁月如歌，人生易老，山河无恙，人走了一批又一批。稻田又变得绿油油，一群鸭子在河湾里嬉闹，拍打着翅膀，发出"嘎嘎嘎"的叫声。小河尽情地流淌，河岸上的人家旧貌换新颜，唯有河岸边的老柳树不改旧时之风貌，低垂着头，好像在思念一位远离故土的游子。

淡淡的暮色如随风游移的薄雾在异乡的天空彷徨。入夜时，我给母亲去了电话，我们谈起了老街的往事与故人。母亲对老街的记忆比我深刻，老街是她的娘家，是她长大的地方。如今，这条并不出名的老街在时光的凹坑中渐渐消失了。

我想念去世多年的外公，想念那条烟火气息浓厚的老街。梦里的老街依旧如故，低低的檐角，窄窄的小巷，细密的雨帘，淡淡的发饼香，安安静静。梦里，我在老街奔跑，外公在河边捕获了一小篓鱼儿，扛着罾网不紧不慢地从我眼前走过，渐行渐远，消失在老街的深处。

故乡的摇水井

故乡人习惯把压水井叫作摇水井。

摇水井任凭风吹雨打，看庭外花开花落，鸡犬相闻，给小山村谱写一曲连绵不绝的乐章。我家庭院西边的那口摇水井，安安静静，等着有人伸出手握紧它的臂膀，发出悠扬的歌声，吐出一泓清澈的泉水。它陪着我从虎头虎脑的少年长成黝黑的青年，伴我度过一个又一个春秋。盛夏，我摇出一桶井水，从头淋到脚，那种清凉透骨的凉爽，让我每个毛孔都舒畅，直抵灵魂深处。冬日，拨开冰凌，从摇水井口灌入一壶温水，随着摇水井的铁柄有节奏的摇动，一股冒着热气的井水流入盆中，在寒风凛冽的冬日，我们感受到来自大地深处的温暖与问候。

每当人们摇动摇水井的柄，上下摆动发出吱呀声，就像庭院里响起了一首古老的歌谣，浑厚绵长。歌谣里漾出朵朵水花，晶莹剔透，水声轻盈入耳。当温润的井水滑过我的指尖，如同时光在我的指缝间溜走——井水用流动的身姿给光滑的水泥地画了一条蜿蜒的细流，头也不回地奔向田间。

脸上布满汗水的我，穿着一双绿色的胶鞋，走过碧绿的田埂，踏着碎石路归家。我弓着身子，摇动水井，听到金属之间的摩擦声"吱吱呀呀"，随即掬一捧井水洗去脸颊的尘土，用浸满井水的手指梳理凌乱的头发，冲淡发梢里腻涩的汗水。待拭去脸庞的水珠，长长地吐一口气，如释重负，迎面吹来一丝包含着乡间烟火味的凉风，顿觉轻松、惬意。

井水濯我足，濯我手，濯我一身尘污；岁月蚀我脸，蚀我身，蚀我青春年华。

这口摇水井立在我家庭院的西北角，正对着西厢房的双合杉木门。它的周围是高出地面约二十厘米的圆形井座与盖板，直径约一米，上面盖了一块圆的水泥板井盖。踏上井盖，井盖碰撞井壁发出空荡的回音，如空谷传音，亦如鼓点，绵延不绝。我儿喜欢站在井盖上，左右摆动着井盖撞击井壁，发出厚重不绝的回声，并以此为乐。我父亲怕井盖破碎，在井盖的一侧塞了一截木楔子固定。我儿再在井盖上使劲地跳跃或晃动时，井盖纹丝不动，少了那种刺激的碰撞声，他顿感索然无趣，扫兴而去。

这口摇水井不由使我回忆起故乡的饮用水历史来。我的故乡少河流，也没有湖泊，几口山塘镶嵌在错落有致的农田里，饮用水靠几口井供给。这些井，或砌在水田中，或依池塘而建，井水是池塘里或田间的水渗过井壁沉积下来的，井中的水位跟着池塘的水位涨落，水质浑浊，水面布满青苔，井壁也长满青苔。村民想要挑到优质的井水，一定要沿着水渠向西走，穿过田垄，去邻村的一口古井舀水。夏盛，舀水前，村民掬几捧水解其渴，或趴下双手撑着井沿，把嘴伸向水面做牛饮状，井底的沙砾清晰可见，沙砾间的小虾和鱼儿四处逃窜。村民享受着甘甜清冽的泉水带来的凉意，再用井水洗一把脸，更加舒畅。满满的一担水在肩上晃动着，走过高低不平的田埂，左转右拐，跨田坑，上斜坡，水桶晃晃荡荡，归家，一担水损之二三。

由于田间农药用量过多，村民意识到井水水质已受污染，都不敢饮用附近的井水。想要喝到不被污染的水，村民必须去邻村的山沟沟里挑水，路途遥远，雨天路滑，踽踽而归，费时费力。在故乡的凤形山山腰有一口极细的泉眼，以前村民嫌泉眼太小，又在山腰，故弃之。小时候，我们在这口泉眼中抓小石蟹，捞小虾。泉水从石缝中流出，蜿蜒曲折形成一条小溪，流进山塘。渴时，我们趴在沙砾小坑中喝水，清澈甘甜。山穷水尽，不得已，村民集资把这口不入眼的泉水蓄在山腰的水泥池中，用一根根细长的塑料管引到山脚的池中，如引珍露。全村人的饮用水靠这一股涓涓细流维持。

母亲挑着桶去山脚舀水，耗时又费力，挑来的泉水只作饮用水。洗衣、洗菜、冲澡等生活用水，是挑山塘里的水或池塘旁的井水。很多年前，我家的灶膛间有一口水泥砌的缸，四四方方的，靠墙角，缸高及成人腰部。缸分隔成两侧：一侧盖上杉木板，盛着饮用泉水；一侧敞口，装着生活用的池塘水，缸中偶尔养一两尾黑背小鲫鱼。装满两侧水缸大约各需三担水。昔日，我帮母亲往锅中或瓮坛（煤灶口旁的瓦罐用于加热生活用水）中加水，我记不清哪是泉水，哪是池塘水，经常搞错：往往在猪食中加了泉水，在煮红薯或煮粽子的锅中加了池塘水。等我发觉加错了水而不知所措时，怕挨骂，于是绝不走漏半点风声，母亲也从来没有发觉。

家中人多，生活用水量远远超过喝的泉水。每年冬天，母亲要酿酒、烤酒、磨红薯浆、做豆腐等，用水量更大，靠挑池塘水来解决，太累也太烦琐。父母亲为了省事和方便用水，请人在庭院的西边挖了一口深井，应该有十几米深。刚开始是用吊桶从井中提水，但绳湿手滑，稍有不慎，失手会连桶带绳一起坠入井底。父亲用铁钩把提桶捞上，水质浑浊不堪，一时半会无法打水，只能等。在没有冰箱的年代，盛夏时节用绳子把装着西瓜的竹篮慢慢地放入井底，西瓜和竹篮浮在水面，几小时后从井底拎出西瓜，切开，吃起来冰冰凉凉的，那种冰凉感直达五脏六腑，解暑又解渴。两年后，父亲请人把井改造成一口摇水井，盖上井盖，隔绝灰尘、树叶等杂物，摇上来的水质明显改善了，清澈如泉。从那时起，妯娌家的用水也靠这口摇水井解决。妯娌同住一个屋檐下，难免会有闹矛盾的时候。一旦有了矛盾，妯娌面薄，很长一段时间不来我家的摇水井提水。为了避免尴尬，小叔在庭院的东南角挖了一口更大更深的井，还装上了潜水泵，把井水直接抽到缸里，惹得村中很多堂客（湖南方言指婆娘）羡慕。

后来，小叔搬离了原址，家中旧宅推倒改建楼房，父亲请人在屋顶安上蓄水池，在小叔当年挖的深井中装了水泵和水管，把井水抽上楼顶。厨房和卫生间有了自来水，生活更加方便。我们以为摇水井会孤独终老，成为一块无人问津的废铁。然而母亲依然喜欢庭院里的那口摇水井，她觉得省电又不怎么费力，况且新摇上来的井水冬暖夏凉，取之不竭，因而她乐此不疲。

这口锈迹斑斑的摇水井，以及与它相依的一个装满水的小罐（装引水），在风雨中静候母亲苍老的手来摇动。母亲佝偻着身体，把一罐清水从摇水井口倒入（引水），一手握着摇水井的铁柄不停地摆动，一手握着出水口，把身体极力地拉成一弯满弓，摇水井响起了"吱呀、吱呀"的歌声，像母亲哼着的摇篮曲。摇水井斑驳的胸膛里吐出一股清泉，溅起一朵朵雪白的水花，装在盆中，清澄透亮，润我心田。我多么希望这一刻永远定格，时光在此驻足，然而，时光如流水，岁月太匆匆。岁月无情地带走了母亲的青春年华，也染白了我的双鬓。摇水井摇动的歌声，在我的梦中响起，歌声里流淌着一个个动人的故事，故事里的人慢慢变老，讲故事的人成了村中流传的故事。

梦中常忆故园事，家中庭院歌谣起。
一股清泉出胸膛，福泽绵延永不止。

沾满岁月痕迹的摇水井守候着故土，像一尊矮矮的雕像，又像母亲的影子，时刻翘首向东，等待着我们兄妹三人归来。

祖屋与杨梅树

每逢杨梅成熟的季节，我都会想起故乡的一棵杨梅树——一棵死了多年的杨梅树。杨梅的酸甜常在我的舌尖上涌动，那是童年最熟悉的味道，令我回忆起一张张溢满欢愉的笑脸。

古有曹孟德望梅止渴，今有我忆梅思酸。想起童年，往事历历在目。在我的记忆深处，那棵杨梅树一直站在祖屋后的田埂上，而我年少时的期盼，如同挂在那棵杨梅树上的青果，酸涩苦楚。

东山脚下，三间祖屋，曾因火烧而颓圮，经重修，历经百年风雨，见证了几代人的成长与离去。后来，大叔和堂叔在祖屋的宅基地上建了两栋小楼房。如今，回到故里，再也见不到祖屋的一砖一瓦。祖屋后的那棵高大的杨梅树早已死去，祖屋前的一棵毛桃树和一棵桑树也消失了。

想起祖屋，我的记忆停留在祖屋后的那棵杨梅树上，毕竟那里有我儿时羡慕的酸甜，那里长满了期盼与遐想，那里让我无数次垂涎……让我驻足流连、仰望，却从不敢僭越。

听父亲说祖屋建于民国之前，是我曾祖父集家族之钱财而建，从建成到倒塌逾百年。祖屋后的杨梅树是我曾祖父所栽，从栽树到树倒，约八十余年。听说，当时栽了两棵杨梅树，一红一白。几十年前，红杨梅树在一场大暴雨中倒下，没结过一粒杨梅就死去了，留下一棵白杨梅树独自生长，斜倚在祖屋后的田埂上。正如故乡人所说："杨梅好吃，树难栽。"

　　祖屋是三大间土砖青瓦平房，黛瓦粉墙，依山而建，四平八稳。杉木的檩子架在土墙上，细密的椽条架在檩子上，一片片鱼鳞瓦排着队，手拉手，肩并肩，重叠着从屋脊排布到屋檐。屋脊上叠着一层厚厚的瓦，再压上一条细长的青砖，一块接一块。屋脊最中心处，用几片黛青色的瓦搭成了六瓣花装饰；屋脊的两头儿是上扬的翘角，指向天宇。祖屋两侧的屋檐宽出墙垛约半米，为土墙挡风遮雨。祖屋前有一排很宽大的屋檐，檩椽伸出架在四四方方的檐柱上，故乡人叫阶矶。阶矶成了过路人躲雨的地方，也是大人乘凉聊天儿的好地方。墙边放一些砖瓦，整整齐齐地堆着，不会高出窗台。阶矶宽敞，能避风雨，是我儿时的乐园，一群孩子常常蹲在阶矶下玩"过家家"，轮流做东，玩得不亦乐乎。

　　祖屋的进深很长，让中间的堂屋显得空空荡荡，阴森森的。堂屋是家族祭祀之地，屋内放置一些闲置的农具，墙上挂有蓑衣、斗笠。靠近正门口的阁楼上，堆集了许多干稻草，蛇鼠成群。神龛高悬在堂屋正对门的墙上，正中间用红纸墨书"本宗欧阳氏历代先祖考妣之神位"，"考""妣"二字并排对齐，两侧是祖训对联。神龛左边书"赵公元帅之位"，右边是"观音大士之位"，已逝祖宗的牌位摆在神龛里，布满灰尘，斑驳陈旧。神龛下是"土地菩萨之位"，墙体被纸钱烟熏火烤多年，白墙黯然失色，墙体脱落，露出青砖。堂屋是家族中最神圣的地方，不得胡言乱语，不得大声喧哗，怕惊扰了祖宗和菩萨。

　　堂屋两侧是东西厢房，东厢房住着堂奶奶一家，西厢房住着奶奶一家。东西厢房各一隔为二，分南北两间。父亲、姑姑、叔叔等亲人出生在这里，我也出生在祖屋的西厢房。后来，奶奶在西厢房的西边又建了一间土砖瓦房。窗是木窗，一格格，窗棂上有简单的雕花。冬天，靠皮纸糊窗挡风，一冬一糊，没有纱窗，更没有玻璃。过完冬天，木窗上的皮纸被风吹得千疮百孔：纸破窗棂旧，风吹纸片号。堂屋门是刷过桐油的木板门，一块块嵌在门槽里，每块门板分左右按序编号，左一，左二……右七，右八……清晨，一块块取出，斜立在堂屋门外两侧，倚着墙。入夜时，一块块按序装入，闩上长长的木门闩。东西厢房两户人家轮换着开门关门。东西厢房的偏门是单叶木门，开关时吱吱呀呀的。一间房多则三四道门，少则一两道，四通八达，方便进出，却很不实用，尤其是冬天，穿堂风刺骨，令人难受。

祖屋后有一条像带子一样的水稻田，田埂下便是祖屋。田埂高出祖屋一两米，成了一个很高的斜坡，长满荆条与灌木。田埂斜坡又高又潮，经常有水流从田埂的斜坡渗出，如涓涓细流。田埂经过岁月和暴雨的侵袭，时不时崩塌一堆泥土，堵住祖屋的排水沟，每隔一段时间必须清理。

靠近堂奶奶家东头的田埂上，斜长着一棵参天杨梅树，树干粗壮，枝繁叶茂，树梢高出祖屋一大截。太阳透过杨梅树叶的罅隙，漏下点点光斑印在鱼鳞瓦上，熠熠发光。光斑穿过屋顶的玻璃瓦，投向东厢房的里屋，随风一闪一闪地摇曳。一束光穿过昏暗的房间，光束里的浮尘翻滚着，如千军万马。正是这一束光斑，让黑黢黢的房间明亮了许多，不会让人觉得逼仄阴森。这是一棵孤独的杨梅树，整个小山村，唯独祖屋后有这样一棵杨梅树，而且还是极少见的白杨梅。杨梅树是祖上所种，在祖屋的东边，理所当然地成了堂奶奶家的财产。

祖屋前，西边有几株柳树，故乡人习惯把柳树叫作杨柳树，长长的柳条随风蘸着池塘里的水，飘飘荡荡。池塘里养了一群鸭，可能有七八只，在水中拍打着翅膀，"嘎嘎"地叫，搅起一池涟漪。一株毛桃树和一株桑树紧挨着杨柳树，那两株果树成了村里毛孩子的天地。桑树和桃树粗壮挺拔，高出祖屋檐角很多。每年夏初，孩子们惦念着屋后的杨梅树，看着满树青绿色的杨梅，由青绿变奶白，直吞口水，蠢蠢欲动，却极少有孩子敢越雷池，怕受皮肉之苦。

堂屋檐下，一个燕子窠粘在屋檐下的抬头梁上。两剪飞燕斜斜地飞来，乳燕喳喳大叫，张开一个个黄喙，争先恐后地求食。双燕轮番喂食，燕屎斑驳，掉在檐下一排闲置的土砖上。堂前旧燕曾相识，一岁一春有情意。黄喙语梁间，飞入阡陌里。

油菜花谢了，蜜蜂走了，祖屋后的杨梅快成熟了。

堂奶奶吝啬，村中人人皆知。她为了独占这一棵杨梅树，守着杨梅成熟，煞费苦心。她从山林中挖来荆条，绕着杨梅树围了里三层外三层，田埂上的荆条堆成了小山，荆条上的刺又长又尖，孩子们望而却步。然而，杨梅的诱惑太大，几个胆肥的毛孩子，绕着祖屋走，躲在墙角，踮起脚尖往堂奶奶家的窗户里张望。一旦看到堂奶奶家中无人，他们便跃跃欲试，想偷些半生不熟的杨梅解馋。鬼精鬼精的毛孩子，留一个人放风，其余去弄杨梅。绕不开荆条，爬不上杨梅树，孩子们找来了细长的竹竿，对着杨梅树一顿猛敲，树叶纷纷飘落，绿中泛白、白里透着粉红的杨梅如雨点般落在祖屋的鱼鳞瓦上，在瓦槽里滚动了一会儿，硬生生地卡在瓦缝里。孩子们眼巴巴地看着，跺脚，干着急。偶尔有几粒杨梅从瓦槽里滚落，或从树上掉下，偏偏掉在荆条丛中，这让孩子们无可奈何。放风的孩子发出了信号，孩子们只得弃竿而逃。毛孩子不吃到杨梅，不会善罢甘休，几天后趁堂奶奶家无人，便朝杨梅树上掷石子。石子穿过杨梅树，砸落几片树叶，然后落在鱼鳞瓦上，沿着瓦槽往下跌，发出连续不断的声响。偶尔砸中一两粒杨梅，毛孩子急切地爬过田埂，拾起，暗喜，尽管沾满泥土，用池塘水一洗，杨梅依然清清爽爽。

等堂奶奶发觉杨梅树上有被人敲过的痕迹，或听到屋顶有石子滚落声，或者在荆条丛中发现一根细长的竹竿，她很是恼火。

村中有一个傻子叫宝伢子，比我大三四岁，身材比我高出一大截，贪吃，经常被我们怂恿去干坏事。一天午后，太阳斜斜地照在杨梅树上，即将成熟的白杨梅，如白玉般藏在碧绿的树叶中，随风轻摇，若隐若现。我们闻到了一种久违的果香，口水直流。孩子们一商议，怂恿宝伢子爬树。宝伢子虽然智商低，但也知道杨梅好吃，于是经受不住诱惑和怂恿，同意爬树偷杨梅。面对重重围住的荆条，孩子们从屋檐下偷来竹笓子，把田埂上的荆条挑开，留出一条可以钻过人的缝隙。宝伢子钻过荆条丛，攀着树枝，一步一步往树干上移，杨梅树的枝丫倾斜得更加厉害，树干斜了一截，摇摇欲坠，树冠已接近鱼鳞瓦。他爬上杨梅树的第一个枝丫，伸手摘到硕大的白杨梅，边摘边往口袋里塞，口袋塞满，便把半生不熟的杨梅往田埂上扔。一粒粒杨梅如玉石般从天而降，有些落在田埂的草丛里，惹得孩子们一哄而上抢夺；有些落在稻田里，穿过碧青的水稻，落入水中，咕噜咕噜地冒了泡儿沉下去，孩子们卷起裤管儿，扒开一行行水稻寻找。

宝伢子的弟弟在放风，一听摘到了杨梅，忘了放风这回事，也加入捡杨梅的队伍。孩子们在田埂上指挥宝伢子，往上往前，往左往右，摘杨梅的兴致高涨，完全忘了是在偷杨梅。堂奶奶回家了。在她开门的一瞬间，毛孩子们惊慌失措，四处逃窜，甚至有慌不择路者，直接淌过稻田，越过高高的田埂，落荒而逃。堂奶奶在杨梅树下，双手叉腰，又气又骂。

几天后，杨梅熟透了。堂奶奶一家挑开荆条，架起梯子，摘了好几大筐白杨梅。我远远地站在树下，羡慕不已，却没有吃到一粒杨梅。

偶尔几年，杨梅丰收的时候，我们也能吃到一小筐白杨梅。那是经过堂奶奶挑选过的，大多是半生不熟、颗粒细小的杨梅。然而，这一筐看似平常的杨梅，让我高兴一宿，忽然感觉堂奶奶不再吝啬，变得伟大了。

杨梅树每结一年果，树干倾斜一点儿，几乎要碰上屋檐边。为了不让杨梅树倒掉，堂奶奶请人用木桩固定树干，用麻绳捆拉。欲倒之树，一切徒劳，日复一日，杨梅树越来越倾斜。漫长的雨季来临，一个暴雨的午夜，狂风乍起，山洪暴发，洪水越过稻田，冲开田埂，杨梅树被连根拔起，轰然倒下。一棵碧青的杨梅树压在祖屋东厢房的屋顶上，把鱼鳞瓦压碎，把屋顶砸了个大窟窿。毕竟那棵杨梅树是祖辈所栽，它的倒下就像一个家族倒了。那晚，奶奶通宵未睡，眼睛里盈满泪水。

杨梅树倒下了，翌日，雨停了，堂奶奶家一片狼藉，瓦砾满屋。床上、谷仓上、地上，落满碧青碧青的杨梅，湿漉漉的，沾满泥土。痛惜之余，为了尽快修复屋顶，堂奶奶请人锯断了杨梅树干和树枝，残枝堆满了禾场。从此，杨梅树彻底消失。我多么希望杨梅树的根上再长出新芽，长成参天大树啊！

杨梅树倒下后第五年，祖屋在一个风雨交加的晚上坍塌了。它像一个风烛残年的老者倒下，发出吼声，响彻山谷。祖屋上的鱼鳞瓦纷纷落地，屋顶上的椽条指向天穹，屹立不倒，这是祖屋的灵魂和脊梁。

如今，祖屋在我的记忆里越来越模糊。祖屋顶上的鱼鳞瓦，层层叠叠，黛青黛青。祖屋后的杨梅树，高大挺拔，斜倚着，长在窄窄的田埂上。那满树的酸甜，那满树的希望，藏在我的往事里。往事如烟，在我思乡的梦里疯长。

梦里，我第一次爬上了祖屋后的那棵杨梅树，摘了一口袋的思乡果。

水车声声忆故园

蝉声不绝于耳，太阳炙烤着大地，空气中弥漫着干燥的泥土气息，感觉吹一口气都能燃烧。闷热难熬的故乡像一个烧着了的火盆，火苗在故乡的大地上铺陈开，没有一处阴凉的地方。一旦遇上停电的日子，偏偏没有一丝风，人们汗流浃背，只能相信"心静自然凉"这句名言。燥热难耐，度日如年，这样的日子，我不知过了多少年。因此，我比较讨厌故乡的夏季，尤其是干旱的夏季。村民盼望多下几场雨，庄稼收成好；雨水也带来凉意，如天降甘霖。在干旱的盛夏，最好多下几场暴雨，把农田和山塘装满，这样一来，我们不用担心农田干旱，父亲也不用扛着水车去山塘车水。

湘中多丘陵，农田依山而垦，每十几亩农田靠一口小小的人工山塘来灌溉。一旦遇上旱季，山塘里的水根本不够用。稻田又急需灌溉，山塘里的水已经放至极限，再放水，鱼儿会遭殃。于是，村民盼望下一场大雨，一场湿透大地的暴雨。

我们一家五口的口粮及公粮全靠村里分的两亩三分田产出，靠天吃饭，只能祈求风调雨顺，五谷丰登。往往恰逢水稻开花灌浆之时，老天爷喜欢开玩笑，一滴雨都不下，山塘里无水可放，急得父亲团团转。

雨成了这片土地上的稀罕物。村民盼雨无望，只好盼星星，盼月亮，终于等到邻县的水库放水。清澈的水流沿着水渠滚滚而来，一路欢唱着流进千家万户的农田。然而，故乡大部分农田地势较高，位于水渠之上，在柴油抽水机是稀罕物的年代，父亲经常扛着木水车在又窄又深的水渠里车水，把水渠里的水车进山塘，灌进农田。

在柴油抽水机未普及之前，村民冬季抽干鱼塘、春耕或夏季灌溉农田都离不开水车。我不知道水车是谁发明的，但它为中国农业生产史描上了浓墨重彩的一笔，给农民带来了生机与希望，是劳动人民智慧的结晶。那时在农村，家家户户的屋檐下都斜躺着一架长条形的水车。在我的故乡，水车有两种。一种短的小水车，靠双手拉动手推柄旋转水叶车水，水槽中的木质水叶通过木质链条一节节相连，一节节水叶和水车槽咬合在一起，缝隙极小。人力推动水车头的木轴，通过木轴上的齿轮带动木链条上的水叶，水叶入水翻转把水一节节车上来。还有一种水槽更长、更大的水车，链条节数很多，比较笨拙，一般为三人水车，那得靠脚踏动更大的木轴旋转，大木轴带动水槽里的链条在池塘里车水。上车车水，车水人的手臂平放在车桁上，双脚踩在交叉的拐子（木榔头）上，就像平时走路一样，一上一下顺着拐子蹬动木轴，轴齿带动水槽里的水叶，把水一节一节通过水叶送上来。车水时，车水人要齐心协力，轴转得快，水就上得快，这是一项非常费体力的劳动。

每逢夏季干旱，我和弟弟在父亲的协助下，不知车过多少回水。父亲主要是帮助安装调试水车，并且搬来石头压住浸在水中的水槽，防止水槽漂浮不定。水车安装调试完，父亲上水车踏动拐子，试试木链条的张力：太紧容易导致木链条崩断，太松容易导致木链条脱轴。在晨曦中、在落霞中、在烈日下，两个少年戴着斗笠，双手扒在木杠上，用脚努力地踏动转轴上的拐子，像原地走路，却比走路要费劲十倍。木轴在足底旋转，一节一节清澈的水沿着窄窄的沟渠流向自家的农田。

水车吱呀，浑厚有力；水流潺潺，滚滚而去。我们或快或慢地踏着拐子，水车发出"吱呀吱呀"有规律的响声，仿佛一架任劳任怨的牛车，诉说着乡村的艰难与困苦。水车槽里的水叶像一列整齐的水兵，前赴后继地跳入水中，在池塘里不断地翻滚，拍打着水面，溅起一朵朵雪白的浪花，荡起一圈圈涟漪，偶尔惊起几条鱼儿跃出水面。离水车不远处的水面，波平如镜，镜子里有山林，有蓝天白云，还有飞鸟掠过。几只蜉蝣在水面上踩水，脚步轻盈地滑过水面，身后留下一条水纹，微微地荡漾着，这功夫才是真正的"水上漂"，让年少的我羡慕不已。

几十个回合下来，汗水布满了额头，沿着脸颊滴落水中。一滴，一滴，滴答，滴答……汗水模糊了眼睛，我顺手拿起搭在车木桁上的粗棉汗巾擦拭。脚酸了，背疼了，从水车上跳下，找一处树荫休憩，往口中灌入凉茶（有时是清凉、甜蜜的甘草茶），或者干脆脱光衣服走进山塘，浮在水中，享受水中的一丝凉意。野塘无人身自横，山色如黛鸟空飞。

有时候，我们年少不懂事，脚怕热，又怕鞋底打滑，干脆脱了鞋光着脚丫子踩水车。不知不觉，脚底起水泡，舒服一时，受罪数天。年轻力壮，精力太旺盛，我们和村中同伴比车水速度。水车转动越来越快，眼花缭乱，脚步跟不上了，心慌而脚乱，一旦踩空，拐子无情地砸向小腿，疼痛难忍，免不了青一块紫一块。我为了不受皮肉之苦，眼看水车转速越来越快，脚步跟不上了，灵机一动，赶紧双脚提起离开拐子，踩在水车的木横梁上。水车在脚底飞速地翻滚，水声哗哗，等到水车慢下来，我才踏上拐子继续车水，或者踩着横梁从侧面跳下水车。然而，水车终究是木头做的，经不起我们的折腾，因速度太快，水中阻力加大，经常听到"咔嚓"一声，木链条断了，或者是水叶破了，卡在水槽里，一动不动。我们只能坐在山塘边默默地观望，等着父亲来修理，当然也逃不过一顿骂。

水车修好了，水声又潺潺。农田里的水灌满了，水稻吸饱了水，更加葱茏、蓬勃，在风中摇曳，低着头向大地祷告。风带着泥土与稻花的馨香在山野中四处扩散。山脚下升起了炊烟，被风吹歪了，在山林间萦绕。远处传来阵阵犬吠，公鸡的啼叫声穿过茫茫田野，引得邻村的公鸡跟着啼鸣。午后的阳光照在水塘里波光粼粼，照在我们的皮肤上描摹出一幅黑白分明的图案。傍晚，我们在山塘里洗去汗渍，扎几个猛子，游一两个来回，上岸，穿上衣服，等着父亲把水车拆下。父子三人，一人扛水槽，一人扛木架，一人扛木轴，一前一后，走走停停，迎着晚风归家。赤脚走在绿草如茵的田埂上，软绵绵的，非常舒服。太阳的余晖照着我们古铜色的肌肤，反射出黝黑黝黑的光芒。暮色已经降临，小山村奏起了晚歌，蛙声嘹亮，虫声四起，它们在田野上欢呼，我们在梦里长大。

终于等到柴油抽水机进入农村，灌溉农田就很少用水车车水了，水车只会在柴油抽水机罢工时使用。冒着黑烟的柴油抽水机在水渠边欢鸣，把一口口山塘灌满，水从农田里溢出，效率极高。在农村，柴油抽水机坏了，很难找到师傅修理。记得父亲和我讲过一个故事，说邻村有一户人家的柴油抽水机"罢工"，找来师傅在田埂上修理，师傅把柴油机拆得七零八落，修了很多天都没修好。一天，刚好有一个穿得比较体面的老者下乡考察，看到这一幕，上前问了问情况。机修师傅对这位老者不屑一顾，以为是看热闹的，让他走开，别在那里指手画脚。老者不以为然，上前拿起扳手，三下五除二，用了数十分钟便把柴油机组装好了，轻轻一摇，柴油机发出轰鸣声，冒起了浓烟。老者把扳手递给机修师傅，在农田里洗了洗手，面带笑容地走了。机修师傅傻傻地站在田埂上，半天才回过神，后来得知这位老者是一位内燃机工程师。一旦我家的抽水机坏了，机修师傅一时半会儿修不好，父亲必定会讲这个故事来激励机修师傅。我们看着机修师傅认真地修理，发出憨厚的笑声，抽水机终于修好了。要不然，我们又要扛起水车车水。水渠里的水不等人，也就十来天时间水便退去，再来，要一年之后。

随着科学技术的进步，柴油抽水机走进千家万户，古老的水车终究退出了农耕的舞台。很多年后，父亲舍不得把那一架放在屋檐下的水车扔掉，毕竟那架古老的水车承载着他许多的回忆。历经风吹雨打，古老的水车因年久失修，变得破烂不堪，成了一件废弃物，父亲才依依不舍地弃之不用。它化作了炉中之火，化作灰烬，化作山间的一道清风，滋养着万千生命。如今，在我的故乡，再也见不到古老的水车，古老的水车静静地躺在农具博物馆里，也留在了我的梦中，样子却越来越模糊。

常忆故园多少事，唯有水车最辛酸。辛酸与快乐组成了我的童年与少年，如同水叶、木链条、轴承、水槽等构建成一架水车。千步万步蹬拐子，千辛万苦忙农活儿。水车声声，像一首古老的歌，在我们的脚底踏响。水车旋转，周而复始，如诉如泣，诉说着一个个古老的乡村故事，故事里的人渐渐地老去。梦里，水车在故乡的山塘响起，荡起涟漪，溅起朵朵水花，那分明是我们已逝的年华。

以后的以后，古老的水车也变成了一个传说，一个不可想象的传说，变成了一行行文字，待在孩子们的历史书本里；它更像一首古老的赞美诗，在历史的长河里奏响，发出绵延万古的妙音。

故园竹林与坟地

有一种憎恨是年少时的无知，有一种恐惧是从无知开始，如同我家西园的竹子，疯长成一园的翠绿。然而，这种憎恨和恐惧随着我离开故乡便消失殆尽。

每次回到故乡，望着我家西边的竹林，或听到西边坟地响起祭祀拜祖的鞭炮声，一些年少时的往事就在我记忆深处萌动，一种淡淡的恐惧如竹林冻土下的春笋，等待时机，破土而出。

在我的家乡，很多房屋与坟地相邻，不足为奇。我家的西边就有一块坟地，父亲喜欢住在最西边的一间厢房，他睡的床离坟地不到三十米，杂屋和废弃多年的禾场紧挨着坟地。

我家西边的这一片坟地应该有些年头儿了，坟地里整整齐齐地立了不到三十块黑色的石碑，全部朝正南方，我记得石碑上刻着"民国×年清明立"，后来又增加了几块。

我奶奶入土快四十年了，她当年为何择坟地旁建房居住，其原因不得而知，或许她那时候有很多难言之苦。贫苦的年代，小山村人多地少，造房子肯定不能占用农田。当年奶奶出于无奈——位置好的地方早已被人占去，不得已选择了这块"风水宝地"。幼年的我甚至憎恨奶奶把房子造在坟地边。昔孟母择邻处，孟子的母亲为了让年幼的孟子远离坟地而迁居，而我们家死守着这块充满死亡阴影的恐怖之地，从未想过要搬离，为此我心里有种自卑感，而那种自卑感来自村里玩伴的无心之言。那时，我一旦和玩伴拌嘴，就被他们说是住在坟地里的人。他们指指点点，我好像被他们刻上了守墓人的烙印。坟地的所有者早就看中了这块"风水宝地"，坟地在先。我们是后来者，不能有任何怨言。全家人在此住了很多年，人畜平安，无大灾，亦无鬼魂出现，安居乐业。小时候，我最怕有新的亡灵葬在这里，死亡近在咫尺，谁都怕，却又无可奈何，于是死亡在我幼小的心灵里埋下了憎恨和恐惧的种子。我甚至希望他们长生不老，这样一来没有人死，我家的西边便再无新坟，就不会有鬼魂在坟地周围飘忽。

村中可玩耍的场所极少，于是坟地成了孩子们的乐园，也成了孩子们锻炼胆子的地方。我经常和玩伴们在坟地的石碑上跳跃，从一块石碑跳到另一块石碑。石碑间的距离常常考验孩子们的勇气与力量，比谁的胆子大，能跳过间距最宽的两块石碑（坟地上的石碑之间的距离大部分差不多，有一处间距比较大）。坟地上厚实的草皮和灌木丛暗藏杀机，有废弃的瓷片和玻璃碎片、螺蛳壳、蚌壳（大部分是我家倒的）。孩子们光着脚丫子，小心翼翼地踏入坟地，爬上石碑，从一块石碑跳到另一块石碑，个个身轻如燕。个子高大的孩子轻而易举地跳过两块间距最宽的石碑，便怂恿胆小的、个子矮小的孩子去挑战，但很少有孩子上当，他们知道量力而为。一旦上了石碑，我们就忘了父母的告诫，为了挑战胆识而不顾危险重重，也不顾躺在泥土里的死者怪罪。我现在回想起来，心亦颤抖，佩服那时候的胆量与勇气。在玩伴中，我个子最小，经常被他们嘲笑。有一次，我铆足了劲儿，刚要起跳，就被玩伴突如其来的吓唬声惊得收住了脚步，站在石碑上摇摇欲坠，惶恐不安，汗流满面，只好从石碑上跳下来，灰溜溜地回家了。后来，随着我身高的增长，我能轻而易举地跨过间距最宽的两块石碑了，心中暗自欢喜，终于不再被玩伴嘲笑。

大人不允许我们站在石碑上撒野，认为这是对亡者不敬。忙于农活儿的他们极少有闲工夫来驱赶我们这帮孩子，于是他们编了一些谎言骗小孩儿，说谁站在石碑上或者在石碑上撒尿，晚上回家会肚子疼，再也撒不出尿……大部分孩子将信将疑，胆肥的几个压根儿不怕，白天照样在石碑上撒尿，但当天色微黑，都逃之夭夭。

我们最怕在坟地里遇见蛇。蛇是可怖之物，多数人见了会躲避或驱赶它，但玩伴们不敢驱赶坟地里的蛇。大人们说坟地里的蛇是死人"显灵"变的，很有"灵性"，如果被人侵犯，它会晚上找上门报仇。大家信以为真。蛇免了一顿袭击，闪进石缝，消失得无影无踪。一旦蛇出没，我们便无心玩耍，怕蛇再次像魔鬼一样从坟地冒出，吐着猩红的信子，怪吓人的。于是大家作鸟兽散，各自回家。

我十四五岁那年，村中的赤脚医生去世，葬在我家西边的坟地。因为是新坟，死亡气息笼罩着这里的黑夜与白昼，我们在坟地玩耍的无聊时光戛然而止。从此，再没有孩子敢踏入坟地半步，更不敢立在石碑上放肆。夜晚猫头鹰的嚎叫，像鬼魂在坟地里哭泣，如泣如诉，令人毛骨悚然。大人们借机编一些恐怖故事吓唬小孩儿，小孩儿听完故事，浑身哆嗦。在坟地旁的禾场上收稻谷或捡煤球儿的我们，一旦天色稍暗，便感觉恐惧像黑色的魔爪向我们袭来。我和弟弟加快速度干活儿，不敢抬头往坟地张望，归家时不敢回头看身后，怕坟地里的鬼冒出来，跟着我们回家。我们三步并作两步走，慌慌张张归家，闭门不出。

以前，我家老宅共三间土砖瓦房，是奶奶当年留下来的。东边一间住着小叔一家，我家住西边，堂屋共用。20世纪80年代末，父亲为了改善居住条件，把西边的茅草杂屋（厕所和猪圈等矮房叫杂屋）拆了，建了一间红砖加土砖的瓦房。把杂屋往西移了三丈多远，在杂屋挖土方建造之时，惹了一场很大的纷争。杂屋地基往西移后，离坟地更近，也许再往西挖几锄头就能听到死者从泥地里发出的叹息声。坟地所有者的子孙后代虽然是同村村民，但是涉及家族利益时，毫无情面可留，恨不得一把火烧了我家的宅子。建造杂屋挖地基产生的大量黄土，一时找不到好的地方安置，只好堆在我家禾场南边的一块无主空地上，与坟地相邻，另一边与邻村的农田接壤。双方为了争这一块无主之地，剑拔弩张，僵持了将近半年。最后在村干部的调解下，我家用一半的禾场来堆土，从此相安无事，我家与坟地所有者的后代好久不往来。

随着年龄的增长，我对死亡有了更深的理解与认识，不敢再跨入坟地。一座小山状的新土堆成为我和玩伴们的乐园。我在这里度过很多欢乐的时光，比如挖地洞、垒土灶、捡树枝生火、种小树苗、种小野竹、滑泥巴、扔石子等。父亲在小土堆上种了楠竹和橘树。楠竹活不到两年被挖断了，是坟地所有者的后人担心竹子长得太快，竹根扎进坟地破坏风水，经常对父亲新种的竹子下毒手。竹子栽了一次又一次，无一幸存，惹得我母亲很生气，站在禾场上谩骂几句，后来不了了之。三番五次之后，父亲再也没有从东山脚下移来楠竹栽种。

依稀记得，我们兄妹三人晚上一旦哭闹不止，母亲为吓唬我们，拖着我们往外拽，说要把我们丢到坟地里，让鬼叼去，让老虎叼去。哭闹声马上变为细微的抽噎声。或许母亲觉得用这种方法吓唬我们很灵，她却不知在我们年幼的心灵埋下了恐惧的种子，我们因此变得胆小怕事。

我家的猪圈和厕所与坟地只隔着一个禾场，奇臭无比的厕所和猪圈仅一墙之隔，与西厢房隔着一条水沟。父母亲为了省钱，猪圈和厕所没有通电，黑魆魆的。我们幼年时受到母亲的惊吓，最怕晚上如厕，每次去解手必须提着手电筒，就算在月光如水的夜晚，我们也绝对不敢把手电筒按灭，还好有猪的哼哼声陪伴。有时，我哼着乱七八糟的歌，分散注意力，不去想坟地里的鬼与死人。晚上，我尿急憋醒，一时摸不到手电筒，干脆把后厢房的门拉开一条缝，对着户外撒尿，撒完立刻闩上门闩，钻进被窝里，一觉睡到天亮。如厕如同进入恐怖之地，让我惶恐，不敢喘粗气，我几乎能听到自己的小心脏发出的"怦怦"声。这种如厕的恐惧陪伴了我很多年，直到我家旧宅改建为楼房后才彻底消失。

或许我与竹有缘，从小特别喜欢竹子，喜欢吃笋，喜欢砍竹子作为钓竿，去山塘钓鱼。有一天，我无所事事地扛着锄头在山头闲逛，看到一丛野竹子，葱茏可爱，我挖了两蔸野竹种在坟地旁的小土堆上。无心插柳，竹子活下来了，长成一小丛。第二年春天，当我看到小竹笋从土中钻出，带着晶莹的露水，欣喜若狂地跑回家告诉母亲，母亲不屑一顾地忙着干家务。也许因为是小竹子，坟地所有者的后人和父母亲以为不可能成什么气候，便无心顾及。没想到几年时间，小野竹疯长成一片竹林，把土堆和坟地的东南角挤得满满当当，竹林密不透风，郁郁葱葱。又过了几年，竹子肆无忌惮地生长，密密麻麻，在坟地里摇曳多姿。每年清明时节，坟地的后人都把坟地上的竹子砍断，来年竹子又卷土重来，更加青翠，在风中频频垂首呼应。

每次回到故乡，我都会听到母亲几句温暖的埋怨声。她指着庭院西边的一园翠竹说是我当年做的好事（"好事"是湘中俗语，意思是不好不坏的事），笑着责怪我当年种的竹恣意横生，竹根往东侵入杂屋和庭院。父亲操起柴刀砍了一年又一年，年年砍，年年生。

俗话说："宁住坟旁，不住庙前。"父亲应该不知道这句俗语，可能是奶奶当年选此地建房时已看过"风水"，此地适合人居。小叔从东边厢房搬走，把楼房建在乡村公路边，出入更加方便。我家在准备重建房屋前，我弟和弟媳要搬离原址，和父亲置气，害得父亲气愤而落泪。我知道父亲非常恋旧，就依了他。

如今，马路已经通到了我家庭院前，车辆出入非常方便。我家西边的坟地因为面积太小，二十几年没有埋人，以后也不会埋人。当年占地的纠纷随着时光的流逝而烟消云散，年幼时的恐惧已不复存在。我无心所种的野竹，恣意生长，长到了旁边的农田里，迟早会立满整块农田。年年青翠欲滴，老竹新篁和谐共生。听风听雨听竹语，看山看水看鸟飞。

竹林，随风飕飕而言，伴雨簌簌而鸣。竹林如一道绿色的天然屏障把坟地和我家隔开，把童年的欢愉和恐惧隔离在时空的隧道里，渐行渐远。如今，竹林和坟地变成了鸡与鸟的乐园。当年的憎恨和恐惧反而变成了一种浓厚的思乡之情。

不久后，故园庭外那一株高大的泡桐树将开满紫色的风铃，坠入竹林，落入荒草萋萋的坟地，落在我怀念童年的梦里，在他乡。

谁点亮我心灵的灯盏

　　"呃嗬！"正在吃饭的我们异口同声地惊呼，响亮的声音穿透灶膛间的纸窗，在小山村寂寥的空间里回荡，语气中带着丝丝抱怨和意外：停电了。一片漆黑，全家人停住拿筷子的手，意识瞬间僵化，脑袋好像也断电，不再言语，更不会说笑，真担心把饭吃到鼻孔里，只好安静地等待父亲点亮油灯。

　　在黑夜里，父亲凭着第六感和炉火的微光，摸索着，找到窗台上的火柴，刺啦一声，划燃一根火柴。火柴像一个小小的火炬给黑夜以微弱的亮光，驱走黑暗。微光照亮了父亲那张古铜色的脸，轮廓格外清晰。他手指微微颤动，一手取下沾满烟尘的玻璃罩，点亮煤油灯，随即轻轻地甩灭了火柴棒。火柴棒的轻烟里包裹着硫和柴火的味道，弥漫着整个房间，夹杂着煤油和炉火的气味，让人有点儿眩晕。昏黄的油灯照亮了灶膛间的每一个角落，照亮我家的窗户，小山村的每个窗户陆续被点亮，星星点点的光芒，镶嵌在茫茫的黑夜里。灯光用摇晃的光斑照亮了有限的空间，和苍穹耀眼的星光融合了，远看已分不清，哪是灯光，哪是星辰，在天街，在山村。

　　煤油灯点亮了黑夜，也点亮了我儿时的梦想。

　　饭后，母亲在灶膛间洗碗，碗与碗在盆中发出碰撞声。随后，这种声音被水壶的鸣叫声掩盖。灶台上一把黑乎乎的铝水壶冒着滚滚热气，不知疲惫地鸣叫，壶中的水在翻滚，仿佛在呼叫母亲：该加水了。一盏发出微弱光芒的煤油灯在窗台上晃动，尽管有玻璃罩挡着窗外吹来的微风，还分明可以看到火焰在布满烟尘的灯罩内晃动。八仙桌的影子尽管被拉扯得很长，仍然有棱有角，在墙上微微颤动。灯罩好久没用废皮纸擦拭了。

这是一个初秋的夜晚，天气有点儿凉爽。父亲在八仙桌旁坐了一个多小时，端着酒杯，在啃鸡骨头。昨天是中秋节，母亲忍痛杀了一只不太下蛋的母鸡。她不言不语，静静地看着。在等着父亲喝完最后一口米酒。父亲终于从八仙桌旁的长条凳上起身，径直去了北厢房，披了件夹衫，穿过灶膛间，走向屋外。母亲收拾好碗筷，把橱柜擦了一遍，拧干脏兮兮的抹布，把一盆脏水泼向阶矶外的垃圾坑。她走进灶膛间，提起烧开的水壶，斜侧着身子，右手抬高，提着水壶往瓦茶罐内加热水，水雾模糊了她的身影。一会儿，她蹲下身子，伸手用一团布封好地灶的进气口。黑色的墙角，黑色的煤，微弱的灯光怎么能照亮黑色的世界？母亲用锄头拌了拌湿煤巴，在煤中加了一小勺水，把碎煤和黏土搅拌均匀，搅拌声充盈着灶膛间。她挖了几锄黏糊糊的煤巴遮住了火口，灶台上腾起一股白雾，瞬间又消失了。她又用火钳把煤巴拍紧，封住了整个火口，并在煤巴上戳了一个圆孔。一团蓝色的火焰从火红的圆孔里伸出，像飘忽不定的长舌，在昏暗的灶膛间里鬼魅般跳舞，想把黑夜吞噬。空气里弥漫着呛人的气味，厨房里响起了一阵急促的咳嗽声，母亲被浓郁的烟煤气呛到了。她在灶口坐一把装满冷水的壶，揭开瓷坛加满冷水，随后吹灭了窗台上的煤油灯，走出了灶膛间，去隔壁婶婶家纳鞋底。灶膛间忽明忽暗，微光在窗棂上闪动，只有那把黑色的水壶在经受着火的煎熬，一切都显得特别平静。

没有电的夜晚，我们搬来了小竹椅，坐在椿树下，椿树上不经意间落下几根光秃秃的叶柄，细长细长的。仰望星空，一颗，两颗……星星已经出齐，不知月亮去了哪儿。在繁星满天的苍穹，我们寻找最闪亮的那颗星星。有月光的晚上，我绝对不敢用手指指向月牙儿，怕月牙儿割耳朵的传说成真。如果不小心用手指指了月牙儿，我摸摸耳朵，祈求月光女神的原谅。不远处，瓜棚上有几点光斑在移动，那是萤火虫。我们抓来了萤火虫，轻轻地放在手心，看着萤火虫发出一闪一闪的光芒。看累了，我们放飞了满手的光斑，它们像天际落下的流星，在黑夜中一闪而过，落入田野，无处寻觅。

月亮没有升起的初秋之夜，夜晚的凉风吹走了夏夜的炎热，让人惬意而舒畅。此时，父亲已冲好澡，搬着躺椅走了过来，我们围坐在他的身旁，想听他讲故事。母亲也从堂屋门口跨了出来，手中拿着鞋底和麻线。她放下鞋底和麻线，搬来了竹椅。一家人在黑夜中等着月亮从东山升起。

小山村里响起了悠扬的琴声，大叔拉响了二胡，断断续续，琴声里的忧愁没人能听懂。

我们兄妹三人央求父亲讲故事。不知为何，那晚父亲怎么也不愿意把他肚子里的故事倒出来，只顾着躺下抽烟，或许他从大叔的琴声里染上了一丝愁苦，想用烟的寥寥星火来驱赶。烟蒂在他的嘴边忽明忽暗，不见青烟，却可闻到烟草燃烧的呛鼻味。父亲吸的是从市集购来的旱烟，切丝用皮纸卷成纸烟，故味道很重。父亲沉默不语，琴声如歌如泣。我们围着母亲，要她说谜语。母亲没读过书，不识字，知道的几个谜语也是从别处听来的，经常说得不明不白，让我们很难猜到。印象最深的是母亲说过的两个谜语，至今不忘。

母亲说："麻屋子，红帐子，里面住着个白胖子。"

这个谜语，母亲说过很多次了，没等母亲说完，我们就大声说："花生！"

"没意思，早就说过了，说个新的。"我们嚷嚷着，不依不饶。

母亲想了想，"生在青山绿飘飘，来到婆家面蜡黄，不提则罢，一提则眼泪直流。打一件水上用品"。母亲说得很顺溜。

我们一顿乱猜，无人猜中，母亲提示好几次，我们还是猜不到。躺在一旁的父亲开腔了，或许他从母亲的谜语中听到话外音，心有不爽，提示我们：是船上用的东西。故乡少河流，更无湖泊，我们从来没有坐过船，你一言，我一语，胡言乱语，终究无一答对。

"船篙！"母亲忍不住，说出了谜底。我们依然不知道是何物，闻所未闻，母亲更不知道"船篙"二字长什么模样。作为人民教师的父亲，见多识广，善于言辞，把谜面和谜底仔细地讲了一遍。他指着墙角的一根晾衣竹竿，很形象、很生动地讲解，我们脑海中第一次有了船篙这物什。

长大后，我在江南水乡见过篙，终于明白了母亲当年讲这个谜语的初衷，分明是在讲她自己。

父亲终于按捺不住，把肚子里的故事倒了出来。他讲了解缙巧对对子戏员外砍竹的故事，逗得我们哈哈大笑，笑那员外太蠢。讲了苏轼戏弄老和尚的趣事：苏轼在寺庙喝完茶，留下一副对联"坐请坐请上坐，茶敬茶敬香茶"，扬长而去。父亲讲的这些故事，让我们听得如痴如醉，至今我还能把这些对子背出。

随后，父亲讲了一个僧人写诗的故事，我印象尤其深刻。他说："一个僧人，在外化缘，孤苦伶仃，归时已深夜，心突然开悟，写了一首诗。'一个孤僧独自归，关门闭户掩柴扉。半夜三更子时分，杜鹃谢豹子规啼。'僧人写完诗，搁笔笑着睡觉去了。"

我们听不懂诗中的意思，父亲拉长了声调和我们说："一个孤僧独自归，是不是一个僧人？关门闭户掩柴扉，是不是关门？半夜三更子时分，是不是半夜？杜鹃谢豹子规啼，是不是一种鸟在叫？杜鹃、谢豹、子规是一种鸟，在我们这里叫布谷鸟。"父亲一问，我们点头应答。父亲讲完了故事，用浓厚的湘中土话吟唱起诗歌，将每一个字的音调拉得很长很长，好像在应和隔着一口山塘加一丘田距离的大叔的琴声。吟唱声和琴声在我们的耳边萦绕，穿过黑夜，越过田间，飞向远方……

　　父亲见我听得很认真，他吟唱完全诗，意犹未尽，怕我们没听懂，扯着嗓子说："这首诗的意思是，一个僧人半夜归来听到了布谷鸟叫，很简单的事。可是这首诗反复绕，很啰唆，像不像你们的母亲？"父亲说完，哈哈大笑。坐在一旁的母亲肯定没明白咋回事就被父亲戏谑了一顿。我们似懂非懂地点头，马上意识到不对，知道父亲在说母亲，瞬间哈哈大笑，笑声在小山村的黑夜里漾开，久久不绝。母亲沉默不语。

　　来电了，小山村里传来了孩子们的欢呼声，家家户户的窗户里透出一束昏黄的灯光，特别温暖。

　　不知不觉，琴声停止了，月亮早就爬过了东山，爬到了椿树的树梢。一颗明亮的星星在西边的苍穹闪烁，是苏轼千百年来的化身，璀璨夺目。天空像挂满了银光闪闪的藤萝，一簇簇、一丛丛。萤火虫不见了，被月亮的光芒羞得藏了身。在黑夜中，我们静静地听着田野里游虫的嘶鸣声，青蛙在打鼓，蝼蛄在唱歌，时而山谷中响起几声布谷鸟的哀鸣。我第一次知道布谷鸟还有这么多优雅的名字。

　　天空开始喷洒晶莹的露水，田垄上升起了一层轻烟，在月光中显得更加朦胧。我收拾好椅子入室，从地灶边的瓮坛（灶边装水的瓦罐，靠灶的余热加热水）里舀了几瓢水，洗了洗脸，然后把瓮坛加满水。入卧室关灯，我望着窗外，听蟋蟀和游虫在耳边喧嚣。小山村开始熄灯，一盏、两盏、三盏……黑夜显得更加狂妄了，只有一轮月亮最安详，用光芒照亮每一扇窗户，也照进了我的梦里。梦中，我来到了一座深山，发觉树林深处有一间茅舍，窗户里的灯光忽明忽暗。我轻轻地推开茅舍的门，油灯差点儿被山风吹灭，刹那间，房间由亮转暗，又由暗转明。我看见一个穿百衲衣的和尚，坐在灯前，低着头不停地写字，没有抬头看我，也不言语，似乎没有发现我已经进了房间。他拨了拨油灯的灯芯，房间里变得更加明亮。他不停地写，一行又一行，一张又一张。我想凑近看是什么文字，却怎么也看不清楚，朦朦胧胧，一个字也认不出。半夜惊醒，窗外月光如水，虫鸣声歇了。

年少时，小山村一旦停电，村里的孩子不由自主地聚集在一起，你追我赶，嬉戏，玩游戏，好不热闹。孩子们喜欢围成一圈，听大人讲故事。很多年后，父亲讲过的文人趣事我至今不忘，偶尔讲给我儿听，一代一代地相传。从小，苏轼是我最崇拜的人，如今对苏轼的诗词更加喜爱。我一直有一个文学梦，那些年在故乡，停电的日子父亲点亮了我的梦。梦终究是梦，这一梦做了三十几载，至今我仍在梦中前行。

我的思绪缠绵于故土，想起父亲讲的那首诗："一个孤僧独自归，关门闭户掩柴扉。半夜三更子时分，杜鹃谢豹子规啼。"我幡然醒悟，搁笔长笑。一诗成谶，我似乎就是那孤僧，寂寞到用黑夜来作陪。

灯灭了，人倦了，今夜，谁来点亮我的梦？

故乡的草垛

　　窗外，春雨一直不停。江南水乡被烟雨笼罩着，让压抑的心透不过气，好像发霉了一样，脆了，一碰就散了。潮湿而阴沉的房间里，我隔着玻璃看雨在庭外跳舞，去岁新种的月季长出了嫩红的新芽，地里长满了矮矮的野蒿，碧绿碧绿的。雨点又大了起来，打在荷缸的水面，溅起水花，荷缸已经装不下雨水的肆虐。今年夏天会开一两朵红莲吗？我翻了翻手中的书，文字入眼却入不了心，掩卷沉思，眼角露出一丝童真的笑，这笑里包裹着岁月的沧桑，染上了他乡的风尘。

　　思绪是不可捉摸的玩意儿，或许因为一句诗的触动，或许因一段缠绵悱恻的文字伤怀，不知不觉飘回了故乡。随着岁月的流逝，很多过往的大事小事都淡忘了，被时间磨蚀了。一个远方游子，忆起故乡的童年琐事，却日渐清晰起来，像刻在心头，永久不可磨灭。

　　秋天来了，故乡的田野上一片忙碌，包括麻雀和乌鸦。刚收过稻谷的田垄上，村民忙着扎稻草人。稻田干涸了，深深浅浅的细沟绕着稻茬儿龟裂开，形成了一张张网，密密麻麻，相互交织在一起。一群麻雀散落在稻田里，叽叽喳喳地吵闹着，仿佛来了一群拾稻穗的孩子，到处乱窜：一会儿沙沙地飞起，落在不远处的电线上，梳理着羽毛；一会儿，又飞向屋檐，逮着机会飞向禾场和鸡群争夺谷粒。一群乌鸦掠过低矮的房屋，肆无忌惮地落在田间，发出呱呱的叫声，声音嘶哑低沉，不久又飞向东山的树林。一堆堆刚收割完的稻草有规律地堆在田里，一行行，一列列。

父亲双手抱住一捆稻草，在手中稍微理齐整，然后一手握住稻草的穗尖，一手抓着一束细长柔软的稻草秆，绕着稻穗尖扎一圈，双手用力一拉拽，稻穗尖被勒紧了脖子。把扎好的稻草一摆，下端微微散开，稳稳地立在稻田里，极像一个个稻草人，又像列队的士兵。

秋天的池塘像一面不规则的镜子，镶嵌在层层叠加的稻田间。池塘一侧的田埂上，新种的萝卜苗郁郁葱葱。豌豆藤蔓爬上了竹枝，开出了紫色的小花。从山上飞来了几只白鹭落在池塘的泥滩上，轻盈而优雅地边走边啄，显得很高贵，压根儿没把我放在眼里。我向池塘中掷了一块石子，想打散这群偷鱼的家伙。水面溅起几朵水花，荡起涟漪，一只白鹭受了惊吓，拍打着翅膀飞了几米，落入水中，浮了一会儿，细长的脚爪在泥滩上轻行，留下一行清晰的脚印。

小山村的梯田里站满了稻草人，在阳光的照耀下，几天后稻草就会变得干燥而蓬松。它们似乎在等待着一根钎担来刺穿它们的胸膛，离开田野，绕着树，层层叠加，任风吹雨打；垫在猪圈里，软绵绵的；烧成一堆火，舔舐着鸡鸭的躯体；化作一团灰烬，泡成一锅金黄色的碱水，钻进糯米的体内，被粽叶包裹着忧伤，祭奠一位投水的诗人。

父亲扛着一根细长的钎担，我和弟弟各扛着一根短小的钎担，走向田垄。钎担粗的一头钉了十字形竹销子，小的一头被父亲用柴刀削尖，像一根锋利的长矛，能轻而易举地刺穿稻草人的胸膛。

我走在田埂上，远远地看见村中的宝伢子在收过稻子的田里看牛。他见我们走了过来，拉住了牛绳，想把牛往回赶，牛受了惊吓，一路疯跑。他追着牛，跑了好几块稻田，终于拽住了牛尾巴，拉住了拴牛绳，用竹枝往牛背上一顿猛抽。可怜的水牛受了一顿毒打，发出"哞哞哞"的叫声，叫声浑厚而有穿透力，在小山村回荡。

父亲用钎担削尖的那头穿入稻草人，挨挨挤挤，尽量往另一头压。一担少则二三十个，多则三四十个。我们学着父亲的样子，把稻草人穿入钎担，一边三五个。稻草人挂满了钎担，父亲站在钎担中间，把它们微微分开，刚好够他低头钻进去起肩。父亲为了好使劲，两腿张开微微下蹲，弓着背，钻进了挂满稻草人的钎担下，慢慢起身，生怕稻草人滑落。父亲起肩的那一瞬间，稻草人压弯了钎担，向两头微微倾斜、滑动。父亲非常有经验，为了防止稻草人滑落，他把钎担削尖的一头微微扬起，慢慢前行。看似干燥的稻草人，几十个集在肩上重量也不轻。我年轻时和我弟弟比赛担稻草人，我一次最多能担三四十个，钎担又长又粗，压得我肩上起了泡。

我们跟在父亲的身后，父亲挑着一担庞然大物，像一把金黄色的大扇子在田埂上扫过，横过山塘。他的身体几乎被稻草掩盖了，只露出两条腿在田埂上一步一步地移动。我们挑着金黄色的稻草人，踉踉跄跄地走在田埂上，稍不留意就会摔跤。一担又一担，一轮又一轮，禾场上、屋前屋后堆满了稻草人。三个人，两个下午，两三亩田的稻草全部收回。

禾场旁的一块空地上，父亲栽的几株苦楝树和椿树，树干长成了碗口粗。苦楝树的枝丫伸向天空，光秃秃的，血脉一样的根紧紧地抓住土地，枝丫上挂着几颗白白的干果，在秋风中摇不出丁点儿响声。椿树被秋风肆虐，伸出几根枝丫，喜鹊也不想在它的枝上筑巢。还有一株高大的泡桐树，落完了最后一片长柄阔叶，喜鹊在它的头顶筑了一个好大的窝。苦楝树、椿树、泡桐树，每年春夏，蓬蓬勃勃，枝叶伸手相连，你中有我，我中有你，撑起一片绿荫。此刻，它们褪去了绿色，赤条条地立在秋风里，等待着一群稻草人纷纷来拜倒、围住。

我们把稻草人按倒，稻穗尖朝着树干，以树干为中心铺成一个圆圈，把稻穗尖和树干用草绳扎在一起，一层又一层地叠加，压紧，扎牢。圆圈边垒边往树干缩小，形成圆锥状，越叠越高，越垒越尖。一人垒一人递，够不着时，用棍子顶着稻草人往高处送。草垛叠到了一丈多高时，把稻草斜立着铺平，最后用草绳扎紧草垛的尖端。堆好的草垛像一个金字塔，更像一根金色的蜡烛，在阳光的照射下熠熠生辉，树干是它的灯芯，伸展的树枝是它的火焰。

苦楝树被堆成了草垛，椿树、泡桐树也被堆成了草垛，三五个连在一起。邻居家的草垛也堆了起来，以坟地旁的几株松树为中心，四五个低矮的草垛好像给青翠的松树穿了一件厚实的草裙。一个个草垛点缀在小山村的周围，在竹林深处，在庭前屋后，高高低低，错落有致……从远处看，仿佛看到了莫奈笔下的风景画在小山村徐徐展开。

刚堆好的草垛，干燥、松软，带着田野的气息，是我们儿时的游乐园。三五个玩伴，围着草垛转，你追我赶，转得天旋地转。累了，靠在草垛上晒着太阳，闭上眼睛美美地睡上一觉。

一群少年，精力旺盛，有使不完的力气。三五个少年玩爬草垛比赛，一人选一个草垛，看谁最先爬上草垛尖。我们从禾场上起步，借着冲劲与惯性，双手抓紧草垛上的稻草，脚步跟着一起上，身手敏捷，一瞬间，爬到了草垛尖，再攀着树枝往上爬，树枝颤颤发抖。泡桐树上的喜鹊窝被我们光顾了许多回，每次都空手而归，喜鹊在头顶上盘旋，聒噪声不断，直到我们从草垛上滑下，才消停。

草垛和树干做伴，任风吹雨打，安安静静。时间久了，母鸡飞了上去，在草垛上做了窝。每隔两三天爬上草垛，运气好的话，能掏出好几枚鸡蛋。

猪圈里满了，父亲把猪圈里沾满猪粪的稻草挖出来，一箢箕一箢箕地挑到禾场上晒干，或直接挑到田里，或埋在庭院里的橘子树下。猪圈挖空了，我们从草垛上抽出一捆捆稻草，再把猪圈填满。

冬去春来，草垛失去了往日的光泽，像一个垂垂老者，包裹在它体内的生命在萌动。泡桐树挂满了紫色的喇叭，播放着喜鹊的歌声，还有画眉鸟和白头翁的啼啭。苦楝树的枝头长出了一丛丛细嫩的绿叶，挂满晶莹的水珠，开出紫色的小花。椿树也不甘寂寞，长出了一柄柄长叶。只有草垛是寂寞的，不断地变矮、缩小，被我们扯得千疮百孔，塞进猪圈，义无反顾地躺在猪圈内沾一身猪屎，再回到它来时的地方，化作泥土，滋养着一田垄沉甸甸的金色稻子，周而复始，陪着村民繁衍生息。

草垛每年秋天堆起，错落有致地绕着村庄，是村民垒起的金字塔与赞扬劳动的丰碑，好像把金黄色的油彩涂在树林里，一堆堆，一团团。

后来我去异地求学归来，每次踏上故乡的这片热土，总喜欢去屋后的草垛边走走。雨后，一群雀儿落在草垛上欢跃，啼啭声悦耳。我绕着草垛想找回童年的影子。童年的欢乐在盈满雨水的稻草尖滴落，泛黄的水珠落入手心，洇开，弥漫着田野的芳香，那是童年的味道。

如今，我回到故乡，屋后的树林里空荡荡的，小山村里已找不到草垛，猪圈空了，大部分田地荒废，草深及腰，年轻人远走他乡。小山村里全是老人和小孩儿，孤独而又无奈地等着时光在此轮回。

我望着田垄上荒草萋萋，感叹稻花飘香的景象一去不复返。堆草垛的欢乐时光镌刻在童年的记忆里，如同堆起了我们的年轮，以故乡为半径，一圈又一圈，一层又一层，越垒越厚重的是思念。

我突然想起余秋雨在《故乡》中所写："故乡，就这样被我丢失了。故乡，就这样把我丢失了。"

辑 三
故土之情

　　一座人畜共处的小山村，处处有人间烟火气息。宁静的小山村，鸡犬相闻，那里有父母亲的呼唤声。村口的那棵老树摇曳着，在风雨中静候一位远走他乡的游子归来。

　　"少小离家老大回，乡音无改鬓毛衰。"乡音给我的烙印，不是贺知章的一句诗能诠释的。不管音域宽窄，一个绵长的尾音，话音里外刚内柔的叙说，都夹杂着烟熏火燎的气息，像是一声声放开喉咙的吆喝。父母亲喊我回家的声音，还在故土的弄堂里回荡，穿越了近半个世纪，仍在我耳畔回响。几十年过去了，我仍可以在那一片红土地找到音源，这里怎么能发出如此与众不同的音调！这种接近土地本色的音节，在我的喉管里郁结了二十几年，我想一次次肆意吐出乡音，只能回到故土。

　　我只有故土，没有天堂。

与猪共处的日子

不大不小的山村，住着三十几户人家。旧时年月，鸡的数量比人多，猪的数量和人差不多，有可能比人少，也有可能比人多，从来没有村民去统计过村中有多少头猪。如今，整个小山村，没有一头猪，人也少了不少。我家养过猪、鸡、鱼，俗称"小三牲"。然而，在我的生活中，最熟悉的牲畜莫过于猪，它在我心目中的地位极高。父亲骂人，开口闭口都是：蠢得跟猪一样、蠢猪一头、比猪还蠢、蠢得做猪叫……蠢是猪的代号，猪又代表着蠢，二者不可分割。我经常被骂"不如一头猪"，心里想着还不如做头猪。从小，我对猪有种特殊的情感。

1. 猪栏

猪和人一样，有一个固定的住处。在我的家乡把猪圈叫猪栏，每间猪圈门口都有木栅栏挡住，或许因此得名。家乡把猪栏和茅厕、鸡舍、牛栏等统称为杂屋，一般隔东西厢房各约两三丈，有的建在禾场的边边角角，有的建在屋后的树林中，但绝对不会有人把杂屋建在屋前。我很小的时候，我家住房只有一间半土砖平房，却修了三间杂屋：一间猪栏和一间茅厕相邻，另一间是鸡舍和柴屋。杂屋是土砖茅草房，房子低矮逼仄，伸手可及茅草屋檐，茅草每隔一两年更换一次。土墙经常被猪拱穿一两个洞，堵了又堵，茅厕和猪圈共用的一堵墙摇摇欲坠。白天上茅房时，猪听到脚步声，以为是母亲来喂食，把鼻子伸出栅栏，哼哼唧唧地喘着粗气，甚至发出尖叫声；夜晚时，茅房里油灯的光或手电筒的光穿过土墙的罅隙照进猪栏，猪大多数时候会醒来，用鼻子对着茅房的墙洞喘气。

我家的猪栏建在离西厢房一丈远的土坡上，离坟地很近。父亲在西厢房的西边每加盖一间房，猪栏就往西挺进两三丈。第二次加盖平房，猪栏最后一次往西移，离坟地更近，至今快三十年了，再没有移动过。五间红砖青瓦杂屋和最西边的楼房仅隔一条水沟。杂屋一次比一次坚固、宽敞，三间变成了六间，土砖矮房变成了红砖楼房（当然猪上不了楼，人靠架梯子上下，阁楼用来堆放干稻草和杂物），茅草顶变成了鱼鳞青瓦顶。两三间猪栏，每间猪栏里关两头猪，一公一母，最多时母亲养过大大小小六头猪，轮换着出栏。

我家周围最脏的地方莫过于猪栏了。臭气四处扩散，无拘无束，有时跟着风跑，吹向田野，吹得田野里的庄稼望眼欲穿，吹得果园里的柑橘青了又黄。我不讨厌这种臭味，故乡人也不讨厌，甚至喜欢这种臭味。这是丰收的味道，带着谷粒的香味，裹满饭香和瓜果香，在田垄上飘荡，多么诱人啊！时间久了，猪屎猪尿浸入泥地至少几尺厚，因而我家最肥沃的一定是猪栏下的那块地。父亲曾经在猪栏里挥锄，挖地三尺，差点儿挖倒一堵墙。

每隔一段时间，母亲和我从草垛上扯出几捆稻草垫在猪栏里。草垛扯没了，我们搭梯子扯猪栏阁楼上的稻草。垫了稻草的猪栏，臭味减了不少。稻草越垫越高，高过了猪栏的门槛，这时就该挑猪肥料了。

父亲择一个晴天，把猪赶到另一间猪栏。赶猪可不是件容易的事，得两三人一起赶，用竹匾挡着猪头往一个方向赶。猪身肥体壮却不怎么听话，免不了连拉带拽。一间猪栏关四头猪必定会打架，猪叫声一阵又一阵，凄凄厉厉，在旷野里回荡。父亲用铁耙挖出臭气熏天、冒着热气的猪肥料放入箢箕，一担又一担，挑在禾场上晒，有时直接挑到稻田里和柑橘林中。一担猪肥料足足一百斤，年轻力壮时的我挑过几回，腰酸背疼腿打战。用铁耙挖猪肥料很费力，因为猪肥料是一根根沾满猪粪和猪尿的稻草，密密匝匝地交缠在一起的，牵牵扯扯，一天下来最多挖一间猪栏里的猪肥料。在少肥料的年月，父亲把猪栏里的稻草挖完再掘地一两尺，把浸过猪屎猪尿的土晒干做灰肥。最后，在挖过的猪栏里填满黄土，压瓷实再垫上一层厚厚的稻草，几个月后又是一栏好肥料。

后来，猪栏里铺成了水泥地，父亲在茅厕的墙边挖了个便池，用砖块和水泥砌好，把猪屎猪尿引进便池。从那时起，猪栏里的稻草换得更频繁。日积月累，便池里的猪肥料源源不断，取之不尽，用之不竭，肥了一块又一块田地。

挖过猪肥料、垫过稻草的猪栏，臭味减了不少。猪躲在稻草里呼呼大睡，把全身埋进稻草里。兴奋时，它们在猪栏里欣喜若狂地撒欢乱窜。猪也有聪明的时候，靠着最里边的那堵墙拉屎撒尿。冬天，它们睡在猪栏的墙角御寒遮风；夏天，睡在门口乘凉喘气。年少时，多少个黑夜，因为听到了猪的声响，让如厕的我淡定了许多。茅房离坟地太近，猪帮我驱赶恐惧，那时猪成了我心目中的"好伙伴"。

猪栏的门是木栅栏，不经意间被猪鼻子拱个大洞，猪趁机逃出来，大摇大摆地在土坡上乱拱，在泥塘里打滚，你拱我的屁股，我咬你的脖子，哼哼唧唧地放着屁，欢快地享受一次泥浆浴。白白胖胖的猪瞬间变成了丑态百出的泥猪，憨厚地朝人喘气，让人又气又好笑。它们玩腻了，追着一群鸡乱拱，惊得鸡群四处逃窜。猪穿过竹林跑进坟地，皮痒了，在石碑上蹭蹭，憨厚、悠闲地吃着青草，拱着土。

母亲忙完农活归来，提来猪食喂猪，才发现猪栅栏破了个大洞，猪栏空空。母亲绕着屋前屋后到处找寻。归栏的猪免不了一顿皮肉之苦，故乡最不缺少惩罚工具——竹条子。如果是猪仔逃离，母亲拿一根指头细的竹条子，在猪仔的鼻梁上轻轻地打两下，将它们赶进猪栏。当母亲把栅栏修好，末了扬起竹条子吓唬一句：再逃出来打死你。猪仔似乎听懂了母亲的话，身子贴着墙根，面对着母亲喘气。偶尔有未阉割的公猪仔跃出猪栏，留下一头母猪仔在猪栏中急得乱转。在乡下，经常见到村民到处寻猪，猪从来没有走失过，玩累了自然会回家。猪大多时候是安分的，在窄窄的猪栏里吃了睡，睡了吃，一天天长大、变肥，一天天走向死亡。

2. 猪仔

邻居润香她妈养的母猪，是一头黑白花纹的土猪，又大又会下猪仔，是她们家的聚宝盆。

润香家的母猪好像活了十年，比她家的狗活得久——稍不留神，她家的狗就成了别人的盘中美味。据说，本村和邻村的花猪全是这头母猪的子子孙孙，一代一代地繁衍，数量非常多，而且一头比一头肥壮。

润香她妈每逢母猪发情的那几天，就会捎信给七八里外的猪倌。那时在田垄里割草的我，看到一个猪倌撵着一头壮实的公猪（故乡称作猪牯）走来，总感觉公猪比我家任何一头猪都高大。公猪哼哼唧唧地从田埂上走过，时不时咬一口刚灌浆的稻穗，嚼一口田边菊或青草。懵懵懂懂的我，好奇心很重，背着一筐草跟在赶猪的男人身后，看公猪屁股一扭一扭，看它屁股后面的那两颗椭圆形球一晃一晃。

我家从不养母猪下仔，猪仔都是从邻居家拎来或者从外地捉回的（故乡人买猪仔叫捉猪仔）。在邻居家的猪圈里捉猪仔，最考验父母亲的眼力，因为一窝猪仔少则五六头，多则十几头，要挑两头最健壮的猪仔可不容易。邻居把母猪赶进另一间猪栏，闩上木栅门。一窝黑白花斑猪仔胖乎乎的，粉皮嫩肉，着实惹人喜爱。父亲一进猪栏，猪仔乱蹿。母猪在隔壁的猪栏里狂躁不安，双蹄趴在栅栏上哼哼唧唧，好像在生气发怒。四五头猪仔顺着一个方向逃跑，五六头猪仔向着父亲的脚边冲过来，溜走。母亲在猪栏门口指点：那头好，这头也不错。父亲悄悄地走向猪仔群，右手一捞，提住一只猪仔后蹄拎起，猪仔尖叫声不停，喘着粗气。为了防止猪仔挣脱，父亲双手倒提着猪仔递给母亲，母亲双手接过猪仔看了看，费力地拎着猪仔放进自家的猪栏。刚入栏的猪仔，惊魂未定地靠在墙根，一动不动地望着母亲。随后，父亲抱回来另一只猪仔。每次，我家从邻居家都捉回一对猪仔，一公一母。

邻居家的母猪寿终正寝那年，山村里养黑白花猪的人家变少了。村民嫌土猪长得慢，费时间，更费粮食，改养大白猪。故乡人给这种猪取名：洋猪。

邻居润香家对养母猪情有独钟，在黑白花母猪死了不到一年，她家又养了一头会生猪仔的大白母猪。每到她家母猪发情的日子，就会见到一头高大的大白公猪屁股一扭一扭地从田埂上走来，趾高气扬地哼哼唧唧，时不时回头，好像催撵猪倌，很默契地往前走，似乎它认识路。

当我们村里所有村民改养大白猪时，附近村庄才开始养大白母猪，猪仔供不应求，要从七八里外的邻村去捉。我见过村民家有猪笼，专门用来贩卖猪仔。我家捉猪仔用谷箩，把猪仔拎进谷箩，盖上竹匾，扎紧绳索，沿着山路挑回。如果看到一村民从田埂上走来，谷箩上盖了竹匾，扎了绳索，谷箩晃晃悠悠地动来动去，发出窸窸窣窣的响声，十之八九是挑了一对猪仔。

断奶不久的猪仔换了一个新家，少了许多兄弟姐妹，郁郁寡欢，躺在猪栏的墙角一动不动。母亲提来猪食，挖了几碗倒入食槽，唤了几声，猪仔起了一下身，又不敢靠近。母亲知道猪仔经不住饿，也经不住诱惑，饿了自然会吃食。母亲喂完另一栏两头半大不小的猪，也不管猪仔吃不吃，提着桶走了。不一会儿，一头猪仔低着头在食槽里津津有味地吞食，另一头猪仔必定会跑过来抢食，把刚才的惊吓忘得一干二净。

猪仔一天天长大，有时也是我的玩伴。故乡没有马，也没有驴和骡子，有一两头水牛却难得一骑。没有可骑之物，猪便成了我的坐骑。坐骑是半大不小的猪崽，骑手是半大不小的孩子。

趁母亲外出，孩子们打开猪栅栏，不用赶，猪仔一定会冲出猪栏撒欢，哼哼唧唧地在禾场上疯跑。孩子们赶着一头猪仔，骑在猪仔的背脊上，双手抓住猪耳朵在禾场上跑。猪仔尖叫，孩子们欢呼雀跃，轮换着骑。免不了摔个四脚朝天，小擦小伤毫不在乎，好不热闹。一旦被母亲抓了现形，那是骑猪难下，竹条子如雨点般劈头盖脸地落下，母亲边打边说："还骑不骑，还骑不骑……"

白白胖胖的猪仔安分地待在猪栏里，有人经过时，把鼻子伸出栅栏哼唧几声，好像要和过路的人说话。猪一定有许多话要对人说，尤其是人世间的是是非非，它们比人看得清；也有可能想说猪与猪之间的是是非非，整天哼哼唧唧地抱怨人对它们不公平，为何要让它们平白无故地多挨一刀，而那头公猪多威武成了猪王，那头母猪多神气成了猪后。

3. 阉猪

猪仔长大过程中，有两把刀在等着它们。除了做种的公猪和母猪，繁衍后代，大部分猪仔没有这么好的命。这种称王称后的猪仔，百里挑一。猪的命运无法改变，迟早要挨刀，一把刀让它们断了繁衍生息的念头，一把刀让它们成了村民餐桌上的菜肴。这两把刀我都见过，刀锋冷峻，锋利无比，寒气逼人。大部分猪挨了这两刀才有真正的价值。我家养过的猪几乎都挨过两刀，只有一头公猪挨过一刀，没等来第二刀，病恹恹的就毫无价值地死去了，长眠于泥土，化作朽骨。

两个月后，猪仔等来了第一刀。

母亲看着猪栏里的猪仔一天天长大，一天天盼着阉猪师傅走村串户。"阉猪喽！阉鸡喽！"吆喝声传来，多么恐怖的声音，吓得鸟儿聒噪不安，吓得鸡飞狗跳，吓得猪仔在猪栏里乱窜……母亲放下手中的碗，揭起围兜的下摆擦干手，打开西厢房的双合木门，迎了出来，笑眯眯地叫停阉猪师傅的吆喝声。为了阉割两头猪，吆喝声和母亲的叫喊声撞在了一起。

阉猪前，母亲搬出一条长木凳置于屋檐下，随后又端来了茶。母亲这样热情，无非是想让阉猪师傅手脚麻利点，顺溜地把猪仔阉割干净，别留下后患，让猪仔在发情前彻底断了交欢之欲。应该说猪仔压根不知道交欢有啥好，这种念头还未萌芽，就被彻底扼杀了。没有念想的猪仔，只好吃饱睡足，不知不觉地快速长大，长得肥头大耳。

阉猪师傅让母亲端来一盆井水。阳光下，搪瓷盆里，井水清澄透亮，阉猪师傅的脸在盆中隐约可见，禾场边的树也跳进了盆中。阉猪师傅从木匣里取出一个皮囊，极像一枚枯黄的心形树叶。从皮囊里抽出银光闪闪的心形刀，极像扑克牌中的黑桃，黑桃形的刀在阳光下释放出锋利的光芒，让围观者无不打寒噤，似乎有一股冷气从刀刃上吹来。

阉猪师傅从猪栏里拎出一头白白净净的猪仔，猪仔叫声凄厉。我曾经很多次近距离见过阉猪，而且我还是帮凶。猪仔被阉猪师傅摺在禾场上，一只脚用力踩着猪仔的侧脖，我双手按住猪仔的后腿，猪仔拼命地挣扎狂吼。阉猪师傅用左手从盆里舀些水洗净猪仔的下腹（公猪与母猪的阉割位置不同，刀口位置也不一样），然后左手两三指按住猪腹，右手拿阉猪刀划开猪皮，一道约一寸长的刀口流着血。他用手指从猪肚子里掏出一段小肠和卵子，割了卵子扔进盆里，再用手指把小肠塞回，最后用线在刀口处缝上两针，一头猪就阉割完了。动作娴熟，阉割两头猪只需十几分钟。短短的十几分钟断了猪一生的欲念，一刀改变了猪的性别，阴不阴，阳不阳。

行文至此，我想起了一道臊气味十足的菜。在我居住的城市某个小镇，有一家饭店猎奇，饭店老板到养猪场收集阉割下来的猪卵子，如获珍宝。食客对这道菜垂涎三尺，赞不绝口。这里的人信奉以物补物，吃啥补啥。许多男性食客驱车前往，排队品尝，吃几粒红烧猪卵子，喝两碗猪卵子汤。吃完喝饱，男人似乎感觉到浑身有力，荷尔蒙暴增。我也出于好奇，曾经品尝过一两次，感觉吃了一嘴的腺味。

一盆猪卵子让养猪场的猪仔全部绝育，变成了"中性猪"，当然没有"中性猪"这个词，我喜欢杜撰。然而，人为了满足自己的欲念，连猪失去性别的那一丁点儿疙瘩都不放过，用一种无耻的贪欲把一粒粒骚味十足的疙瘩含在嘴里咀嚼、吞食。那种滋味，混合着食者的欲念在燃烧。

庆幸，故乡的村民没有集全村的猪卵子烧一道菜来滋补的喜好。每次阉猪，邻居家的"四眼黑狗"都蹲在禾场边，远远地望着，守着盆中的那几粒猪卵子。

阉过的猪仔忘了疼，拼命地吃，吃饱是猪唯一的欲望。

4. 喂猪

喂猪，只有在父母亲外出的日子才轮得到我。我喂过一回猪。那一回，我和猪一样蠢。我喂过的那头猪在开膛破肚的一瞬间暴露了我的蠢和对它的伤害，母亲的责骂声也随之传来。

在小山村，喂猪是女人干的事，极少有男人去搭手。因此，割猪草是女孩儿干的活儿。老祖宗让性别和劳作对应好，遗留至今已有上百年了。比如耕田是男人和牛的事，放牛是男孩子干的活儿。

农村喂猪不缺食材。食材多种多样，漫山遍野。猪不挑食，故乡人形容猪像一个潲桶，把猪食叫作潲。各种各样的青草、红薯藤蔓、萝卜、菜叶、红薯等切碎和米糠、碎米一锅煮，煤火慢炖，青草味在灶膛间弥漫。我闻不习惯这味道，甚至头晕，现在想起那种味道还是不习惯。猪大多数时候吃熟食，估计是吃煮熟的食物不易得病。猪偶尔拱拱西瓜皮、大白菜，因此流行一种说法：一棵好白菜让猪给拱了。

我家养的猪多，猪食量大，母亲必须用一口大铁锅煮猪食，一天煮两三锅。用长木棍不断地搅拌煮熟的猪食，边搅边加入井水加快冷却，越搅越黏糊。待猪食冷却后，母亲提着猪食往猪栏走去。猪一天吃三顿，一顿都不能少，吃得比人还准时。母亲喜欢从最小的猪仔开始喂。猪听到了母亲的脚步声，闻到了猪食的青草味，急切地挤在栅栏口哼唧，饿急了会发出怪异的尖叫声。

猪喜欢拱着木盆满猪栏翻滚。父亲为了防止猪把食物拱翻，挖沟将大理石食槽置于猪栏门口，也有将食槽和石门槛连为一体的，方便倒猪食、加水。母亲给每间猪栏里的食槽加满猪食，手里拿着一根竹条，看到吃独食的霸道猪，就吓唬几下。为了让两头猪长得匀称点儿，便于同时出栏，母亲煞费苦心，尽量让每一头猪都吃饱。好比我们兄弟吃饭拣菜母亲要监管，就怕一个人吃少了，长不高。我吃得比弟弟多、比弟弟好，身高远不及弟弟。在母亲眼里，猪和人差不多，养猪和养人是一个道理。

既然说喂猪是女人干的事，那我为何要用如此多的文字来说喂猪？因为有一件事让我心中愧疚了很多年。在菜市场肉摊上，我一看到剖开的半边猪肉挂在钩子上，一种内疚感立马涌上心头。

那年，父亲在镇上教书，我读五年级，十二岁的光景。母亲养了四头猪，这四头猪平常全是母亲在喂食照料。我见过母亲喂猪，却从未亲手去尝试喂猪，最多搭把手帮母亲把铁锅架开，偶尔帮助抬猪食桶。猪食桶很笨重，再加上满满的猪食，对一个十二岁的少年而言，太沉重。

记得那年秋天，父亲住校，母亲回娘家照顾外公，母亲把喂猪这件重要的事情交给我。煤火上煮着猪食，快要熟了，母亲加了煤块，用湿煤巴封了火口，关了煤灶的进气口，用小火煮猪食，锁上门，把钥匙藏于砖缝。藏于第几块砖，我清清楚楚。放学回家，我和弟弟齐心协力把一锅猪食抬下低灶台（家中有高低两口灶），把锅架在一个四四方方的矮木座子上。我学着母亲的样子，双手握棍在锅中费力地搅拌，人小力气不足，加了几勺井水，胡乱地搅了一会儿，然后挖了几桶猪食，兄弟二人抬着木桶往一间间猪栏倒，来来回回地倒。我没用手去搅拌猪食，嫌猪食脏手，当然不知道猪食的温度，把猪食倒进食槽就算完成任务。年少无知的我不知道母亲用手搅拌猪食藏着奥妙，因而懒于探出一只手去搅拌，探探猪食的温度，没想到我这种懒惰行为给猪造成了莫大的内伤。

等母亲归来，猪食喂完，四头猪相安无事，在猪栏里呼呼大睡。第二天，我得到了母亲的表扬，说伢儿会喂猪了，她要轻松很多了。

我喂过的猪一天天变肥，似乎一股肉香味每天从猪栏那边飘来。瞧瞧，那头猪的屁股好圆润，可以卖个好价钱；那头猪的肚子很厚实，腹内的板油一定很厚，留着过年杀。

日子一天天过去，冬天来了。我们静坐在灶膛间，火炉上烤着几片红薯片。屋里的光线很暗淡，只有灶炉的光芒照射着灶膛间，时暗时亮，火舌伸出灶口舔着红薯片，空气里弥漫着一股焦香味。我们围着灶台，吃着红薯片想着一些人和事，想得深远而入神，想到过年前杀一头猪，可以饱食几顿，于是和肉相比，口中的红薯片索然寡味了。

终于落雪了，落了两天两夜，厚厚的一层。白白的雪地里染上了一团红，红得刺眼，红得让母亲心疼。

5. 杀猪

猪与屠夫一定是死对头，前世冤家。屠夫一进院子，猪就变得狂躁不安，在猪栏里乱窜乱叫，在墙根处用力地拱，总想逃出猪栏。

我家方圆二三里只有一个屠夫，他人高马大，结结实实，是杀猪的一把好手，却也有失手的时候。我见过他把邻居家的猪没杀死，猪在堂屋里流着血转了几圈，鲜血满地，几人把猪按在地上，这才补了一刀。

那年冬天，已是腊月小年边，故乡下了一场大雪，足足半尺厚，山川一片银装素裹。雪停了，太阳出来了，融雪的日子更冷。我坐在灶台边伸出脚在烤浸湿的布鞋底，灶膛间弥漫着臭气，足以熏晕一家人。母亲走了进来，唠叨了几声，让我帮忙去抬大木桶。

母亲在屋檐下支起了一个临时的土灶，架起一口大铁锅，在锅里倒了两担山塘水，从杂屋的鸡笼旁抱出一捆柴。站在雪地里，阳光刺得眼睛眩晕，我从禾场边抓起一团雪捏紧，向田地里扔去，落在灌木丛中，传来飕飕风声，积雪纷纷坠落。母亲一手提锹，一手提扫帚，在堂屋前铲雪、扫雪。一会儿工夫，母亲在堂屋前铲了块一丈见方的地方。泥地上浸润过雪水，在阳光下闪耀着光芒，雪白的世界里，出现了一块褐色的斑点。随后，全村人的脚印和这个褐色的斑点连接，以这个斑点为中心，通向各家各户。东边来的第一排脚印是屠夫留下的，又大又深；南边留下的是母亲的脚印，雨鞋底上的花纹清晰可见；西边来的是邻居润香家的脚印，一深一浅（润香的母亲几年前落下腿疾，一脚重一脚轻）；北边留下了我们全家人的脚印，大的大，小的小。

一个屠夫杀死一头猪，在我的故乡很少有屠夫敢冒这样的险。我见过很多次屠夫杀猪，往往有三五个壮实的男人帮忙。别说杀一头猪，把一头两百多斤的肥猪从猪栏里拽出来，至少要集三四人全身之力。

屠夫一进家门，我像闻到一股浓浓的肉香味从猪栏那边吹来，满脑子是猪身上的各个器官。往年杀猪那天，母亲会叫上亲戚和最近的一两户邻居家的当家的，烧上两桌"杀猪菜"招待乡邻和至亲。吃完，每人打包一份新鲜的猪血回家，顺带捎点儿猪肠、猪肺等。猪肝、猪腰子是不卖的，也不送人，留着全家人慢慢吃。我一想到可以饱餐几顿猪肉，顿觉玩雪无趣，在土灶口蹲着，执一根烧火棍帮忙烧开水，往灶膛里加几把柴，烧几把猛火。水在锅里翻滚着，唱着歌。

屠夫带上三个男人走进猪栏，关上栅栏。两头猪在猪栏里乱窜乱拱，发出反抗的叫声。母亲在门口指着一头最肥的猪，正是我喂过食的那头猪。屠夫用铁钩钩住了最肥的猪的嘴往外拖，另一头猪吓得靠在墙根一动不动地喘气。另外三个男人一起上，两人各抓一只猪耳，一人拽着猪尾，连拉带拽把一头两百多斤的肥猪拖出猪栏，拽到了堂屋前那一块铲过雪的地方，雪地里留下一条乱糟糟的拖痕。两条长凳是杀猪的刑台，一个大脸盆里放了半瓦罐盐，母亲手中拿着一个装满井水的瓢。

四人把猪按在长凳上，猪在做垂死挣扎。白刀子进红刀子出，一股鲜红的猪血喷涌而出注入脸盆，也溅了一地。猪抖动着四只蹄子，极力地扭动着头，嘴里流着血、喘着气。母亲向装猪血的盆中加了两勺井水，转身走开了，她眼眶有点儿发红——这是她亲手养大的猪，有感情。

猪经过开水煺毛、洗净，倒挂在木梯子上，斜靠着墙，一头又白又肥的猪变成了一堆诱人的肉，泛着油光。砍下猪头，在剖开腹的一瞬间，屠夫傻眼了，只见猪下水上挂着十几个大大小小的透明水泡，哗啦啦落入木盆中，他不由自主地惊叫了一声。母亲从里屋走了出来，村民围了上来。当大家都不知其原因时，母亲的责骂声传来，那是骂我的。"猪蠢，你比猪还蠢，猪要被你烫死了。你来数一数多少个水泡。"第一次听到母亲骂我比猪蠢。我争辩说猪更蠢，那么烫还吞食。

等母亲的责骂声停了，我怯怯地走向木盆。几条狗围着木盆转，想叼走一个猪心或一叶猪肺、一截猪大肠。我守着木盆大致数了一下，十几个大水泡附在猪的内脏上，胀鼓鼓的。联想到那种烫伤后的疼痛感，我的心立马疼痛起来。几十年后的今天，这种隐隐发痛的内疚感依然存在。

在猪腹部的内壁上也发现了两三个水泡。母亲说估计卖掉的那两头猪的肚子里也有水泡。村民调侃"肚子里装有水泡的猪要打秤些（重些），水可以卖个肉价钱"。母亲和我没有露出一丝笑容。

那天早上的那顿杀猪菜，母亲没有烧好，味寡得很。屠夫背着竹筐走了，他带走了一张厚实的猪皮和一串猪小肠。来买肉的乡邻踏雪而归，有的买走猪头，有的买走了猪后蹄，有的买走了几斤猪腿肉……一头猪被瓜分了。留下猪心、猪肠、猪肝、猪肺和一块十几斤的猪腿肉。

雪地里的脚印乱了，通向各家各户；雪白雪白的雪染上了红——猪血的红，越走越浅，消失了，留下一串串或深或浅的脚印，雪白雪白地迎接新年。

6. 卖猪后的茫然

我家有一杆很粗的秤，称过我，也称过猪。

在故乡，有很长一段时间，猪代表着一个家庭的财富，甚至超过牛。牛是用来耕田的，极少牵出去卖，大部分村民等着生猪出栏变成绿花花的票子。

在拖拉机还未入村的年头，村民送猪到镇上不轻松，因为这活宝会挣扎，一旦逃脱，村民要费很多力气。村民把猪捆在独轮车子上，沿着山路送到镇上，猪叫声和车轮声，一点儿也不和谐。借不到独轮车的人家，请两个有力气的男人用竹杠抬，费上大半天，把猪送到镇上。后来，我家养的猪大部分卖给猪贩子了，装上停在村口的拖拉机运到镇上。猪贩子集各家各户的猪，装上大货车发往广东，赚取高额的差价。

在用铁笼子装猪没有普及的年月，故乡人卖猪称猪用绳索捆，把猪五花大绑。猪大多数时候不听话，刚捆紧，两三个男人一起上，甚至三四个男人帮着钩起钩子，架起秤杆，立在两条长木凳上准备起肩，猪却扭动几下，挣脱绳索逃跑了。猪永远跑不过人，被抓住后重新五花大绑，由三四个男人抬起，勉强过了秤，算好钱再抬上拖拉机。记得我家卖过最肥的猪重达三百四十多斤，四个男人抬起过秤，秤砣快挂到秤杆的尖端了。末了，五六个男人费了九牛二虎之力才把这头肥猪弄上拖拉机。此后，再怎么养猪，母亲都没有喂出一头更重、更肥的猪。

随着经济的发展，社会的进步，从小镇通往故乡的路加宽不少，运猪不再用手扶拖拉机，有了农用三轮车。每辆进村收猪的三轮车上都挂着一个铁笼子，专门用来称猪。

有了四四方方的铁笼子，称生猪少了用绳索五花大绑的烦琐。然而，把一头成年生猪赶进铁笼子却要大费周折，让村民绞尽脑汁。我们都说猪蠢，其实猪一点儿都不蠢，只是样子憨厚，看起来让人觉得蠢。把铁笼子堵在猪栏门口，猪死活不入笼子。用美食诱惑，猪会变得无比清高，瞅也不瞅。况且卖猪前，猪已经吃得饱饱的了，因为猪食可以当生猪卖，这笔账谁都会算，即使被猪贩子扣除两三斤猪食，也合算。用竹条子赶，猪在猪栏里乱窜，贴着墙角一动不动地朝人喘气，让人无计可施。即便窜到了门口，也绝不往外跑，转了几圈又挨着最里边的墙根喘着气，让人干着急。

我家卖过很多头猪，没有一头猪是自愿走进铁笼子的。赶了几圈后，无果，只能三个人进猪栏，两边一人拎一只猪耳朵往前拽，后面一个人提着猪尾巴用力推，猪被硬生生地弄进铁笼子。这样一来，抬猪称猪变得简单，不用担心猪扭来扭去称不准，更不用担心猪逃脱。以前抬猪，用绳索绑，猪一路不停地叫，其声凄厉；用铁笼子抬猪，猪变得沉默，沉默得不像一头即将远行的猪。

猪找到了伙伴，几头猪哼哼唧唧地聊天：你是谁家的猪？你又是谁家的猪？他们要送我们去哪里？主人怎么能这样啊！陪他好几个月，要杀要剐也是在主人的眼前，甚少他会怜悯我，死后让我转世留在这山村做只鸟或做条鱼，多好啊！可是，主人把我卖到千里之外，任人宰割，摆在肉案上被陌生人挑肥拣瘦；还有，那几个不良的商贩，向我肚子里拼命地灌水，肚子快撑破了，迷迷糊糊中挨了一刀，就死了。

猪在车斗里发牢骚，想跳出来，一张大网网住了它们肥壮的身体，一路烟尘，远离了生养它们的地方。

猪本身不知道故乡，好事者给了猪一个故乡，在肉制品上标上了原产地——某某县。一个默默无闻的小县养的猪在广东的名气很大，这里产的猪肉香味浓郁，经过各种炒烤煎炖变作一道道美味。于是，某某县成了养猪大县，那是很多年前的事。

我离开故乡二十多年了。前些年，故乡人一如既往地养猪，想把"养猪大县"这块金字招牌做大。家家户户养猪，每家养殖规模都不大，少则两三头，多则十来头，可谓众人养猪共致富。当村民做着养猪发财致富梦时，猪瘟扫荡了每一间猪栏，那一年的猪瘟让全村的猪几乎死光。村民的发财致富梦彻底破碎。

猪瘟过后，村民又陆续养猪，但养猪的劲头儿大减。那一次的损失让许多村民扼腕叹息：好不容易等到生猪可以出栏，无奈地看着大大小小的猪倒下，拖进山里掩埋。

我家已经十几年不喂猪，母亲嫌喂猪太臭、太脏。几年前，我要母亲喂一头猪，过年杀猪吃，母亲没有听我的建议，从此我不再提养猪的事。以前，过着贫苦的日子，猪肉是稀罕物。后来，家中生活品质进入小康，猪肉成了平常物，每天早晨有商贩挑着担，走村串户地吆喝，想称就称。

如今我家的猪栏不关猪，关了一房子空气和几只蜘蛛，蛛网瑟瑟，尘埃落满。我每次回家经过猪栏门口，那种哼哼唧唧的声音再也听不到了，猪栏安安静静的。从去年起没有商贩挑担走村串户吆喝了，母亲为了买一块肉坐车去小镇的集市，来来回回要几小时，于是猪肉又成了我家餐桌上的稀罕物。还有那个杀过无数头猪的屠夫老了，他没有带一个徒弟，杀猪刀废弃很多年，刀刃上应该已经锈迹斑斑了。

　　《说文解字》中说"宀为屋也"，"豕为猪也"，两字合写为"家"字。如今在我的故乡，猪成了一种稀有动物。农村的屋前舍后，鸡的数量有可能变多了，也有可能变少了，狗还是两三条，没有牛，更没有新的牲畜。没有猪的故乡变得特别安静，无一点儿生机，猪在我的故乡销声匿迹了。猪叫声留在我记忆里，哼哼唧唧……想起那可爱的猪拱，我好吃的毛病又犯了，猪拱熏干是一道下酒的美味。

　　猪与人相处了几千年，或许上万年。猪是人类的朋友，猪从没把人类当朋友。

鸡群守候的村庄

鸡犬相闻，鸡和犬二者共存，方可让人感受到小山村浓厚的乡土气息。如今，猪圈空了许多年，一群鸡守候着村庄。鸡成了小山村最有生命力的群体，繁衍生息，大大小小一群，数量比村里的人多，无忧无虑地啄着食，优雅地迈着步。下蛋后的母鸡向主人炫耀，"咯咯嗒""咯咯嗒"；公鸡时不时仰起脖子啼叫几声，连天接地，洪亮悦耳。母鸡是最勤劳的家禽，带着一群小鸡在竹林里觅食，偶尔停住脚，侧着头，非常警惕地听，随时可能把小鸡护在翅膀下，伸长脖子准备战斗，抑或带着小鸡逃跑。

1. 鸡舍与鸡屎

在我家还只有一间半土砖屋的时候，父亲砌了三间杂屋——一间茅房和两间猪圈，只好把鸡舍砌在阶矶的角落里。几块土砖垒成的鸡舍，紧挨着墙角，上面盖了几块厚重的木板，木板上又压上几块毛石或一些杂物。一窝鸡也就七八只，挤在小小的鸡舍里过夜。用一块青砖和木板严严实实地堵住鸡舍的门洞，防止野猫或黄鼠狼。清晨，鸡叫三遍，母亲起床后第一件事——移开鸡舍洞口的青砖或木板——放鸡（湘中俚语）。母亲从不会忘记放鸡，儿时的我偶尔帮母亲放鸡——大抵是母亲生病或外出时。洞口的青砖和木板被移去，鸡群从鸡舍探出头张望，刚开始显得非常警觉，一旦走出鸡舍，便飞快地拍着翅膀往禾场边的树林跑去，好像囚鸟出笼般兴奋。公鸡拍打着翅膀，站在土坡上，仰起脖子长啼。母亲便和我站在鸡舍旁，一只一只地数，一旦发觉数量不对，母亲让我单膝跪在鸡舍的洞口往里看，黑黢黢的，什么也看不见。我从西厢房床头的枕下拿出手电筒，朝鸡舍里照，发现一两只雏鸡不肯出来，也就放心了。母亲在禾场上撒下几把瘪谷子或碎米，荷锄去地里忙农活儿。儿时的我好奇心重，又喜欢惹事，寻来细竹竿往鸡舍里乱捣，吓得雏鸡在鸡舍里边叫边退缩，趁我不注意，从洞口蹿了出来，拍着翅膀飞快地逃向树林，发出惊恐万分的尖叫声。

鸡舍离房子近，一到夏天，鸡舍散发出的臭味被西南风裹挟着，从屋檐下往四面八方弥散，一阵又一阵，源源不断。于是，我们炒菜的香辣味飘进了鸡舍，鸡舍里的鸡屎味也钻进灶膛间。苍蝇最喜欢在鸡舍边落脚，时不时落在鸡屎上，又落在人的臂膀上，甚至落在睡着了的小孩子嘴上。故乡人很有趣，把苍蝇分为"饭苍蝇"和"粪苍蝇"，从名字上可以看出，故乡人对"饭苍蝇"是可以容忍的。

农村养鸡不可日夜圈于鸡舍。鸡属于无拘无束的家禽，喜欢到处乱跑，树林、坟地、山塘边、禾场、稻田、菜地……边啄食边拉屎。于是，禾场上、堂屋里、厢房间、阶矶下，一坨坨鸡屎非常显眼，东一堆，西一堆，让人无处落脚。我走路稍不留意，布鞋底就踩了一坨鸡屎，只好在土灰或草地上反复地摩擦着鞋底。用力擦后，靠着土墙单脚独立，脱了布鞋闻闻，奇臭无比，再用力擦鞋底，甚至跺脚直到鸡屎臭味淡去。穿上沾了鸡屎的鞋，驱赶着几只刚刚进入屋子的鸡，破口大骂，弄得鸡飞狗跳。骂完，我提着锄头或锨，从灶膛间的火炉下铲些柴灰，盖住鸡屎，利用柴灰把鸡屎吸干，用锄头或锨铲一遍，再打扫干净。母亲说，我小时候有好几次摔得满身鸡屎，气得她边给我换衣服，边骂鸡：瞎眼鸡，乱屙屎。

老人戏谑小孩儿：没吃过鸡屎的小孩儿，说话口齿不清。这是大人调侃作弄小孩子的话，当然不可信。那年月，大人忙于干农活儿，把小孩子圈在"座栏"里（座栏，专门圈坐小孩子的木家具，方便小孩儿坐着玩耍，省去抱小孩儿的辛劳，家家户户都有）。无人看护时，常有小孩子从"座栏"里爬出来，或席地而坐，或满地爬行，抓到啥都会往嘴里塞，免不了抓到鸡屎。

后来，父亲在西厢房的西边加盖了一间半红砖半土砖的平房，阶矶下的鸡舍终于拆除。母亲从镇上买了一个又大又长的鸡笼子，用竹子做的，放在新砌的西厢房门角落，靠近窗户的墙根。这样一来，我们全家人与鸡同住，鸡笼子、架子床、饭厅挤在西厢房南边的一小间里。鸡屎味、饭菜味、油镬味混在一起，多么复杂的人间生活气息啊！

人和家禽相处数千年，没有找到一种共同的语言。也许人听不懂鸡的语言，而鸡听懂了人的召唤。晚上醒觉时，我毫无睡意，看着一轮明月升过了木窗，一片雪白的月光闯了进来，把鸡笼子照亮。我常常听到鸡群窃窃私语，睁大眼睛看着黑黢黢的屋顶，看着月光在窗前移动着脚步，我没有一丝恐惧。我感觉到我有"通神的魔力"，听懂了鸡群的言语。鸡好像在埋怨母亲把它们关起来，它们讨论着昨天邻居家的那只大公鸡被杀了。一窗寒冷的月光照进来，它们哆嗦着挤来挤去。你一言，它一语，它们商量好，如果哪天主人要杀它们了，它们会派一个不畏惧死亡的勇士最后一个出笼，昂首挺胸地赴死。鸡群在数落着人类的数宗罪，甚至商量好把鸡蛋藏在草垛里，不让主人发现，或者不生蛋，整天悠闲地啄着食，唱着歌。鸡群讨论了一宿，也许是累了，也许知道我睡着了，变得安静。半夜，公鸡偶尔用一声啼叫捉弄我，睡眼惺忪的我，蒙蒙眬眬中醒来，窗外依旧月光如水。鸡群听着我的呼吸声，立而闭目养神，等待着黎明的到来，用一声又一声高亢的反抗声把我从梦里唤醒。它们告诉全村的人，也许是告诉全村的鸡：天亮了，天亮了。它们等待着开笼的那一刻，尽情地撒欢儿、奔跑、啼叫、啄食……

又过了几年，父亲在西厢房的西边加盖了一间红砖房，在红砖房的西边盖了五间有阁楼的杂屋，母亲把鸡笼子放在最南边的一间杂屋里。从此，我们告别了与鸡群共睡一屋的窘境，再也闻不到让人头晕的鸡屎臭味，再也听不到鸡群的窃窃私语了。

每搬一次鸡舍，鸡总是不习惯归笼。搬笼第一天傍晚，天色渐渐地暗下来，小山村被夜色吞噬，一切都模糊了。鸡眼中的山村变得更加模糊。湘中有俚语形容天黑为"打鸡眼了"。听说，黑夜中，鸡的视力比人差。搬了新的鸡舍，夜色中的鸡群更加慌乱，不知道归笼，也不敢走进陌生的鸡舍。于是，鸡群挤在西厢房的门角落，在老鸡舍处缩成一团，挨挨挤挤。母亲一手拎一只叫声清亮的鸡，塞进杂屋的鸡笼子里，十几只鸡全部归笼后，锁上双合门，母亲忙着做晚饭。两三天后，大部分鸡再也不会聚集在西厢房的门角落里，而是走进了新鸡舍，一两只极笨的鸡仍然在入夜时躲在西厢房的门角落。反反复复几天下来，鸡群习惯了新的鸡舍，顺利地归宿。家里有多少只鸡，母亲每晚要都数一遍；鸡全部归笼了，母亲才会放心地关门。如果发现少一只鸡，母亲一定要发动全家去找，打着手电筒在坟地、树林里寻，直到寻了一地鸡毛，才忧伤地詈骂而归。入夜时，我们兄妹三人不归家，母亲不会这么着急地到处找寻，她知道小山村就这么大，我们跑不远。

每隔一段时间，母亲会清扫鸡舍。干鸡屎是最好的有机肥，撒在菜地里，长出的蔬菜又大又鲜。在少肥料的年月，母亲把干鸡屎拌柴灰撒在稻田里，稻子长得又高又粗，稻穗粗大，谷粒饱满。只可惜鸡屎的量太少，不够撒一两分地，因此母亲往往把鸡屎倒进猪便池里，和着猪粪挑进田地里，肥了一茬又一茬庄稼。

小叔从我家东边搬走后，我家拆除了三间土砖老宅，在原地修建了三间楼房。西边两间厢房仍然保留着，和楼房连成一体，最西边的杂屋与西厢房只隔着一条水沟。二十几年来，鸡舍一直在最西边的杂屋里。鸡舍里，母亲用废旧的竹筐做了三个鸡窝，方便母鸡下蛋。

等到我家禾场平整后铺了水泥，四周用不锈钢栅栏围住后，终于把鸡群隔离在禾场外，竹园、坟地、斜坡成了鸡群的乐园。从此，禾场上、室内再无鸡屎，走路再也不用担心踩鸡屎了。偶尔一两只瘦小的雏鸡想穿过栅栏，被卡在栅栏处挣扎，进退两难。

2. 母鸡与鸡仔

先有鸡，还是先有蛋？对这个问题，我不想绕来绕去。我从小只知道，家中先有母鸡，母鸡生蛋再孵一窝毛茸茸、超可爱的小鸡。

母亲在每年的春秋两季，让母鸡孵两窝小鸡仔。在漆黑的夜里，母亲凭多年的经验挑选合适的鸡蛋孵小鸡，每一个鸡蛋都要用手电筒照一照，甄别一下是否受精。不过，准确率不是特别高，毕竟有一层蛋壳掩盖着。小时候，我不知道何为受精蛋，也分不清楚。现在，把鸡蛋打在碗中，我便可以一眼区分鸡蛋是否受精。

有了受精的鸡蛋，还得靠母鸡抱窝孵蛋。因此，母亲只能等到鸡群中有母鸡抱窝了，才着手挑选鸡蛋。每次准备二三十个受精蛋，若是自家的不够，就问邻居家换或借。后来，有了电，用白炽灯泡孵小鸡，更加容易方便了。

故乡人把抱窝的母鸡叫"抱鸡婆"，多么有意思又富有地方特色的名字。母鸡抱窝也叫恋巢，即母鸡的就巢性。母鸡出现抱窝的征兆非常好判断：母鸡在抱窝前羽毛蓬松，特别是颈部羽毛会竖起，而且还会发出异样的叫声，并具有攻击性。于是，故乡人把不梳头发、不修边幅的女人，会冠以"抱鸡婆"之名。多么形象生动的比喻，令我感叹故乡人的幽默与生活紧密相连。

　　母亲一旦发现有母鸡整天趴在窝里，不下蛋，成了"抱鸡婆"，孵小鸡的时机就到了。母亲在鸡窝里放上二三十个鸡蛋，让"抱鸡婆"履行一次做母亲的责任。母亲最怕鸡群里出现两只"抱鸡婆"，因为那时家中粮食不多，不可能喂太多的鸡，孵一窝小鸡足矣。因此，两只"抱鸡婆"必定会争窝打架。为了缓解这种争斗，母亲想了很多办法，二者只能取其一。为了让一只细心点儿的、不是特别肥的"抱鸡婆"安心孵小鸡，母亲把另一只羽毛蓬松、咕咕叫的"抱鸡婆"用麻绳拴在树荫下。拴了几天，"抱鸡婆"还是斗志昂扬，随时可能钻进鸡窝。人类有时候为了达到某种目的，必须剥夺许多动物的天性。

　　母亲为了让另一只不孵蛋的"抱鸡婆"早点儿下蛋，做一只会向主人炫耀的好鸡，于是让我很多次拎着"抱鸡婆"往山塘里扔。刚开春的山塘，水色浑浊泛黄，应该还是冰冷的。故乡人极少养鸭子，养鸭子要有水塘或河流，无河流、少山塘的山村，养一群鸭子必定招来烦恼。我从小知道鸭子不怕水，鸡虽然怕水，却是游泳的好手。我拎着"抱鸡婆"的翅膀，立在山塘边，执一根细竹竿，用力地把"抱鸡婆"扔进山塘中间。受到惊吓的"抱鸡婆"展开翅膀飞了一段距离，拍打着水面，溅起一阵水花，荡起一片涟漪，落入水中。惊慌失措的"抱鸡婆"在水中乱了方寸，全身浸在水中，露出头，双脚踩着水，往岸边游了过来，等它靠近岸边，又被我用竹竿赶进了山塘中央。不一会儿，"抱鸡婆"游过山塘，在水面划开一条波痕，从对面的岸边爬了上来，抖了抖羽毛，躲在灌木丛里，待到全身干透了，又回到鸡舍旁，发出"咕咕咕……"的叫声。隔日，"抱鸡婆"又被我扔进山塘。我每次都同情那只被我或被我母亲扔进山塘的鸡。看到它那落汤鸡的样子，看到它渴望上岸的惊悚样，我想收手又怕被母亲骂，最终我还是心软了，把"抱鸡婆"按在水里浸湿，放手，让它尽快上岸。

　　几天后，"抱鸡婆"仍然一副不达目的决不罢休的样子，和孵蛋的母鸡斗。最后，母亲用上了"水牢"这种"刑罚"，把"抱鸡婆"双脚拴绳，用竹筐罩在有水的浅沟里。关了数日还真有效果，"抱鸡婆"不再抱窝，也不抢窝，回归到了鸡群，成了一只"正常鸡"。

那时，鸡蛋非常难得，不可以浪费。母鸡孵蛋有一段时间了，母亲怕未受精的鸡蛋混入而导致变质，把正在孵小鸡的蛋一个一个放进装有温水的搪瓷脸盆里试，发现鸡蛋在水中浮着颤动，证明生命在孕育，放回鸡窝继续孵。如果一动不动，再用灯光照，确认没有孕育生命，收起来等着吃。

鸡蛋在"抱鸡婆"温暖的羽翼下孵化，二十一天后，便有小鸡"啾啾啾"的叫声从鸡舍传来。放学归来的我，隐约听到小鸡的叫声，兴奋地扔掉书包往鸡窝边跑。我侧耳倾听，真有鸡仔的叫声从"抱鸡婆"的羽翼下传出，清脆悦耳——终于等到生命破壳而出。我拎开"抱鸡婆"，见鸡窝里有两三个蛋破了个小口，金黄色的喙躲在蛋壳里，张开小嘴在叫。多么神奇的生命啊！傍晚时，一只、两只、三只……湿漉漉的鸡仔从蛋壳里滚了出来，战战兢兢地站起来，躲在"抱鸡婆"的羽翼下，利用"抱鸡婆"的体温捂干湿润的身体。

刚来到人世间的小生命，稚嫩、可爱，胆怯地从"抱鸡婆"的翅膀下探出头，看了看这个陌生的世界，又躲进了"抱鸡婆"的翅膀下，发出"啾啾"的叫声。一窝鸡蛋，基本上都可以孵出小鸡，偶尔会遇到一两枚蛋被"抱鸡婆"的爪子踩破而夭折，也有刚孵出的小鸡命丧于"抱鸡婆"的脚爪下，这种意外的夭折让人心疼。刚做妈妈的"抱鸡婆"没有经验情有可原。一窝鸡蛋孵出二十来只小鸡，把母亲高兴坏了，抓来米，端来一小碟水，把鸡仔圈在竹筐里喂养，几天后，才可以让"抱鸡婆"带着小鸡外出啄食。

鸡仔在"抱鸡婆"的带领下，穿过禾场，走进竹林，边啄食边追逐。我有时突发奇想，想抓一只可爱的鸡仔捧在手心里。当我蹲下靠近鸡仔，准备伸手去捉时，凶猛的"抱鸡婆"飞快地奔过来啄我的手，吓得我收回手拔腿就跑。小时候，我趁"抱鸡婆"不注意，捧着鸡仔在手心里玩。鸡仔娇小瘦弱，毛茸茸的，着实让我喜欢。我甚至用嘴对着鸡仔的嘴亲了又亲。

小鸡在一天天不停的鸣叫声中长大。"初生牛犊不怕虎"，小鸡在"抱鸡婆"的带领下，跳过门槛，往堂屋里、厢房里跑。我很多次坐在堂屋门口的石台阶上看小鸡怎样翻过又高又宽的门槛。"抱鸡婆"轻而易举地跳上了门槛，钻进了堂屋，小鸡被挡在门槛外徘徊，跃跃欲试地拍着翅膀。有的凭借着惊人的力量一次就跳上门槛，跳进了堂屋。有的偏偏差那么一点儿，身体碰在门槛的边沿，滑了下去，又振翅重新一试，跳上了门槛。大部分小鸡凭借着飞翔的本能跳进了堂屋，留下两三只羸弱的小鸡在门槛外着急地尖叫，逡巡而不知所措。于是，我伸出手帮了一把，让小鸡和"抱鸡婆"相聚。

一个雨天的下午，我坐在堂屋门口的石台阶上写作业，几只小鸡跑过来躲雨，在阶矶下像家人一样大模大样地到处走动，在我的脚边转悠，东啄啄西啄啄。我想它们应该通了人性，扭动着小脑袋，正视着我的眼睛，想和我说几句话呢。见我不理它们，它们低着头，意味深长地啄着我的鞋子——一双军绿色的解放鞋。我停下了手中的笔，想捉住一只小鸡，和它来一次亲密无间的对话。然而当我放下笔、伸出双手的那一刻，它们从我的脚边散开了，脚步那么轻快。

母亲怕我家的小鸡与邻居家的混淆，就给毛茸茸的小鸡涂上红色或绿色做标记。在我家的竹园子里，"抱鸡婆"带着一群花花绿绿的小鸡啄食、嬉戏、追逐。我总感觉做了记号的小鸡变丑了，那一团红色或绿色极不协调。也许是小鸡渐渐地长大了，长出了一根根黑色或褐色的羽毛，失去了小鸡原来的那份稚嫩与可爱。小鸡长大后，不再要"抱鸡婆"带，这种几十天的情感，在人的干预下消失了，"抱鸡婆"和小鸡形同陌路。从此，小鸡不再依恋"抱鸡婆"的翅膀，无拘无束地成长，早出晚归，中午在树林里打个盹。

一场场春雨后，农田变得更加丰盈、翠绿。小公鸡变得活跃，长出浅浅的鸡冠；小母鸡长得活泼灵动，有了羽翼丰满之态。

小鸡快速地长大。公鸡变得更加健壮，羽毛变得瑰玮而修长，脖子变得油亮光滑，羞涩地扯着嗓子学打鸣。鸡群一天天壮大起来，在竹园里欢快地生活、鸣唱。

3. 公鸡与阉割

山里人把公鸡称为"叫鸡"，给喜欢叫喊、声音大的男人取绰号"叫鸡公"。

在我家竹园子里，一群鸡在觅食。一只雏鸡啄来了一条大青虫，也许是雏鸡胆子小，把扭来扭去的青虫放在泥地上。另一只母鸡身手敏捷，叼起大青虫往禾场上跑，后面跟了一群鸡，追逐着，你啄一下，它啄一下，给大青虫来个五马分尸。

母亲喂养的一群雏鸡，多则七八只公鸡，少则三五只。小公鸡快长大了，趾高气扬地在竹园里走动，如同一个个血气方刚的少年，浑身有力量、有斗志、有气势，向主人和鸡群释放出活力十足又青涩的光芒，随时准备仰起脖子向上苍喊一声——我长大了。

我见过几个月大的小公鸡学打鸣，如同娃儿咿呀学话。一只没长大的公鸡站在土坡上，听到远处传来嘹亮的啼叫声，它听懂了那清亮高亢的叫声里饱含兴奋的雄性激素，好像是隔着几丘田和一个山塘的距离和它讲话。于是，小公鸡清了清喉咙，仰起脖子想回应一声。由于力道不足，它虽鼓足劲儿喊了一声，却不成调，它多么尴尬又羞涩呀。它又鼓起勇气叫了两声，还是一声长一声破，嘶哑、不成腔调。也许它听到了鸡群的讥笑和大公鸡的责骂，灰溜溜地跑进竹林，消失了。

半大不小的我像一只充满活力的小公鸡。公鸡鸣叫激发出我的音乐天赋，我手指合成空心圆拳凑近嘴，扯着嗓子学公鸡打鸣，声音经过口腔与手指的环绕传出，活像一只小公鸡刚学会打鸣。一声长，一声短，一个小山村的清晨被我们这群半大不小的娃儿给唱砸了，吓得公鸡躲在竹林里不敢出来。我突然想起了周扒皮半夜学鸡叫的故事。周扒皮一定得到了口技师傅的指点，把一声声嘹亮的鸡叫声模仿得如此逼真，让一群贫苦的长工半夜起来干活儿。

　　雏鸡群中的公鸡，大多数是不幸的，因为它们不可能全部成为让鸡群俯首称臣的王子。一个鸡群一般只有一两个长得艳丽无比的王子。小公鸡还未学会打鸣就被主人找来阉鸡师傅割了卵子，成了清心寡欲者，成了村民口中的"骟鸡"，它们羽毛不再鲜艳夺目，疯狂地吃，拼命地长，其体形远远超过打鸣的公鸡。我见过阉割的残忍，且我还是帮凶，帮忙按着鸡翅膀。阉过的公鸡，蔫了一样，没有往日的雄姿，缩着身子，趴在竹林子里一动不动。在故乡我没有专门吃过阉割下来的鸡卵子，只有等到母亲做辣椒生炒公鸡肉这道菜时，我才有这口福。那两粒白乎乎、软糯的鸡卵子，我吃一粒，我弟弟吃一粒。听母亲说，吃了补身体长得高大，却不知其有特殊的用意。吃了那么多粒鸡卵子的我，没有长成魁梧的身躯，反而遗传了父亲的基因，成了村民口里的"矮子"。待我到了异乡谋生，路边的小餐馆里，一碟碟鸡卵子整齐地摆在橱柜里等着清蒸，满足好吃的食客的尝鲜之欲。我就想，那只不过给身体增加了无用的胆固醇而已。

　　没有遭遇阉割的公鸡，终于有一天不再扯着嗓子发出羞涩的啼叫。它身披华丽又高贵的羽毛向鸡群喧嚷，它才是真正的王子。那几声喷薄而出的啼叫，穿过阒寂的山村直通云霄，在大地上回荡，一声接一声地和邻居家的公鸡比赛，想让村民来评判谁是真正的王者。

　　有一年，我家养了一只凶猛的公鸡，体形比邻居家的公鸡大一圈，金黄色的脚，猩红的鸡冠又大又挺，毛羽异常艳丽，尤其是尾翼又长又粗，翘在风中轻轻地晃动，如一位高贵的王子。它站在土坡上，仰起脖子一声啼叫，声音传遍整个山村。它那种清亮悦耳的叫声，至今还在我的脑海里萦绕，好像整个山村的人是它叫醒的，天也是它叫亮的，山村里的袅袅炊烟也是它叫起的。它是百鸟争鸣的领唱者。它的叫声和狗的吠声，在山村里奏响了一曲和谐的二重唱。它脚步轻盈而高傲，举手投足之间都透露出一种势不可挡的气焰，那高涨的气焰在它的啼叫声里喷薄而出。它的叫声引起了邻居家公鸡的不满，一声未停，另一声在百米外响起。两只公鸡交替着鸣叫，不分上下。于是，两只公鸡发出挑衅的信号。邻居家那只胆大、凶猛的公鸡径直穿过树林，和我家的公鸡在禾场上不期而遇，上演了一场斗鸡。斗得羽毛乱飞，斗得翅膀扑腾，斗得伤痕累累，斗得邻居家的公鸡甘拜下风，灰溜溜地跑了。从此，邻居家的公鸡不敢侵犯我家的鸡群，不敢跑进我家的禾场啄谷子，甚至不敢越过一条水沟。我家的公鸡从此一战成名，山村里的其他公鸡都安分守己地围着自家的鸡群转悠，不敢僭越半步，更不会越过土坡偷袭我家的母鸡。它们一看到我家那只凶猛的公鸡便飞快地朝土坡奔去，拍着翅膀逃回了各自的鸡群。

偶尔有些年月，也许是母亲看走了眼，把一只扶不起的公鸡留着做种，羸弱、胆怯，整天守在竹园子里，不敢走进邻居家的鸡群，更不敢侵犯邻居家的母鸡。邻居家的公鸡趾高气扬地走过我家禾场，向竹林边的鸡群走来，吓得我家那只毫无斗志的公鸡到处乱窜，还发出怪异的尖叫声，被家里的母鸡嘲笑，发出一阵阵"咯咯嗒"的喧哗。少不更事的我，通常会捡起石头或土块赶跑邻居家的公鸡，竹园里的鸡群又恢复了安详。

日历在鸡的歌唱声里，一页页撕去，丢在茅房边的废纸堆里。时光留在村口的树梢上，一寸一寸地长高。阉过的公鸡羽毛渐渐地丰盈，尾毛变得更加柔长，成了一只秀美而少雄性激素的肥鸡，其性和母鸡一样温和。而我经常跑去鸡舍，等着母鸡下一个热乎乎的鸡蛋，等着母鸡从鸡窝里起身欢唱，那几声欢快的"咯咯嗒"在屋檐下环绕，飘进了灶膛间。

4.鸡蛋

对于鸡蛋的特殊情感，我可以写一万字，甚至更多。

小时候，我没听说过"鸡蛋与高墙"背后的寓意，也不知道"鸡蛋与石头"的哲学思想。我知道鸡蛋是用来吃的，有很多种吃法；鸡蛋可以卖钱，交学费；鸡蛋还可以孵出小鸡……

在我的童年生活里，鸡蛋象征着生日和改善生活；象征着即将离开故乡，出一次远门；象征着一次考试后的奖励；象征着新的生命、新的希望……

儿时家贫，母亲为了给我们兄妹三人改善生活，只能盼着母鸡多下几个蛋。母亲经常说，鸡蛋还在鸡肚子里，我们就盼着下锅。当然，我们不可能天天有鸡蛋吃，只有考试成绩好，母亲才会奖励一个鸡蛋——煎荷包蛋或水煮蛋。

鸡蛋是家中的财富，全部由母亲掌管。我们私下里煮鸡蛋吃，她清清楚楚，数落我们一番后，就把鸡蛋换个地方收起来。鸡蛋被母亲藏起来，但她没想到鸡窝里有鸡在生蛋，我们跑到鸡窝旁，等着母鸡下蛋，下了就偷吃，结果照样被母亲发觉。

母亲发现一只黑褐色的芦花鸡好久没下蛋了。早上放鸡出笼时，母亲在鸡笼子门口守着那只"不下蛋"的芦花鸡，一把拎了起来，一手抓住翅膀，一手摸了摸鸡屁眼，说有蛋在鸡屁眼里。随后她把那只芦花鸡扔在禾场外的泥地上，让我在后面悄悄地跟着。我像一名超级侦探，为了一只不在家里下蛋的芦花鸡，用了一上午的时光守着它。我立在竹园子边，不敢离开半步，眼睛也不敢眨一下。这是母亲交给我的任务，完成好，母亲承诺把芦花鸡下的蛋煎给我吃。快日上三竿了，我实在有点儿乏力，眼睛在阳光底下睁不开了，昏昏欲睡地打着哈欠，正准备打退堂鼓，却见那只芦花鸡从竹林里走了出来，朝邻居家的方向走去。它非常警觉地边走边停下来左顾右盼，我躲在草堆后，躲在破墙边，一路跟随，终于看见芦花鸡跑进了邻居家的鸡舍。我蹑手蹑脚地走到邻居家的鸡舍门口，探出头从门洞里往黑黢黢的鸡舍打量，果然发现我家的芦花鸡正趴在邻居家的鸡窝里。我听从母亲的告诫，不可惊扰到芦花鸡，于是一路向家狂奔，向母亲报告侦察的结果。母亲没有马上赶往邻居家的鸡舍，而是忙了一会儿家务，感觉到芦花鸡快要下蛋了，才放下抹布朝邻居家的鸡舍走去。母亲在邻居的眼皮子底下，拎回了芦花鸡，捡回了鸡蛋。母亲在鸡头上拍了几下，芦花鸡发出委屈的尖叫声，末了，母亲把芦花鸡扔进灰屋子里，骂了几句，关了几天禁闭。

后来，又有过一只不肯在自家鸡窝下蛋的鸡被我跟踪，我发现母鸡飞上了草垛，在草垛上做了窝。我搬来梯子爬上草垛，在草垛的凹处，一窝雪白雪白的鸡蛋，整整齐齐地挤在一起，有十几个，这真是一个意外的收获。打那以后我时不时爬上禾场外的几个草垛，偶尔能收获几个鸡蛋。

记得十二岁那年，我第一次出远门，和小叔坐火车去冷水江玩。那天，第一次见母亲如此大方，一清早煮了十几个鸡蛋用布包好，让我带在路上吃。那天清晨天还没有亮，我和小叔在晨雾中走，我们打着手电筒，穿过故乡的田间小路，越走越亮，步行十几里，终于走进火车站赶上了火车。我背包里装着一壶冷开水和十几个鸡蛋，还有几件换洗的衣服。第一次坐火车，不懂规矩，也没有座位，我成了别人眼中的乡巴佬儿。我和小叔蹲在过道里，剥了几个鸡蛋果腹。那鸡蛋的香味，停在我唇齿间几十年从未淡去。

考上大学那年，在上学报到那天，父亲送我去学校，母亲煮了二十几个鸡蛋塞进我的背包，捉了两只母鸡塞进蛇皮袋里。母亲让我把那两只鸡送给我就读大学的龙老师，龙老师和我父亲有点儿交情。可以说，我是带着二十几个鸡蛋和两只鸡上大学的乡下伢子。至今我清楚地记得：一只黑灰色的芦花鸡、一只黄褐色的母鸡，被我拎上了大巴车。我和父亲坐在同一排，鸡放在座位底下，挨着我的脚，很安静地散发出淡淡的鸡屎味。那年月，无人计较带几只鸡，大巴车上也允许带活物去走亲访友。那时的大巴车没有空调，脏兮兮的，窗户全部打开，抽烟、嗑瓜子……无人管束更不会被禁止。父亲管好口袋里的学费和生活费，我管好脚边的两只鸡。

毕业后，我又带着母亲煮好的鸡蛋去千里之外谋生。那次分别，鸡蛋的香味与泪水的咸味交织在一起，很复杂的味道在唇齿间涌动。父亲送我到车站，我的行囊里除了几件旧衣服和几本破书，还有二十几个温暖的鸡蛋。在火车上，我剥开了鸡蛋，它散发出故乡的芳香，在车厢里飘荡，填满了我那张欲说还休的嘴。我带着二十几个鸡蛋一路东进。陌生的风景从车窗外闪过，此刻，我把故乡抛在千里之外。我背着行囊走进了一个陌生的城市（并在此生活工作至今），鸡蛋的营养在我的血脉里化作母亲给我的动力，化作浓厚的思乡之情。

在异地成家后，每次我回到故乡，母亲都会收集上两三百个鸡蛋，在我离开故乡前的晚上装箱（一个装过饮料的废纸箱），用胶带把箱底封牢，最底层铺一层薄薄的糠或谷壳，鸡蛋整齐地排在糠上，再盖上一层糠，放一层鸡蛋，一层糠，一层蛋……直到把纸箱装满，才用胶带封好。用这样的方法装鸡蛋，几经周转也不易损坏。每年春节我都是用这样的方法从故乡带回裹满母亲的爱与艰辛的鸡蛋，那是母亲带给我的小家庭的营养与念想。

鸡蛋带着故乡泥土的芬芳，一路颠簸来到千里之外的异乡，在冰箱里待上数月。每敲开一个鸡蛋，思乡的情感在锅里沸腾，在嘴里慢慢地漾开，我回味故乡的春夏秋冬，回味母亲的爱，感受蛋壳里裹着的那份不可分割的亲情。因此，我想这么说：父母在，家就在，鸡蛋就在。等到哪一天，我再也不能从故乡带回鸡蛋，我就和故乡从此阔别。我不敢想象那一天什么时候到来，但那一天迟早会来。此刻，我的眼眶已经湿润，热泪从两颊滑下。

5. 杀鸡

那个年代日子过得紧巴巴，家里有一群鸡，少则十几只，多则二十来只，就非常珍贵。不是过年过节、父母亲过生日，母亲不会杀鸡，更不会为了改善生活或打牙祭杀一只鸡。即使是过节，母亲也不会杀一只会下蛋的母鸡。公鸡和阉鸡，还有不下蛋的母鸡会成为餐桌上的佳肴。

儿时的我除了盼着过年过节，也盼着父母亲过生日，那时，我们才有鸡肉解馋。清晨，母亲从鸡舍里抓出一只大公鸡——刚给小山村报晓的公鸡，它没有想到死神已经来到。如果是一只不下蛋的母鸡，留着也是糟蹋粮食，死得其所。

鸡在母亲的手中挣扎，叫声凄苦，吓得鸡群四散，躲进竹林里。年少的我躲在母亲的身后，见母亲麻利地一手拎着鸡翅膀，伸出两根手指抓住鸡冠，另一只手在鸡脖子下扯细毛。鸡毛从母亲的手中飘落，随风飞到空中，又落下。鸡脖子上露出一块粉红的鸡皮方便下刀。母亲每扯一根鸡毛，鸡惨叫一声，我闭一下眼睛。我从小怕鸡，是因为幼时我在灶膛间追赶着两只母鸡玩儿，鸡跳上窗台，被我突如其来的一惊，扑腾一下向我飞来，鸡爪从我嫩滑的脸颊划过，留下一道血痕，一道浅浅的伤疤至今留在我的脸颊上。

无菜招待客人的年月，家里最怕亲戚突然来访——这种情况极少。母亲客气几句，留客人吃饭，没想到客人一口答应了，这让母亲非常为难。家中无鱼无肉，几个鸡蛋不成菜，也上不了台面，这样一来鸡群就遭殃了。

想在竹园子里捉一只鸡谈何容易，更何况还是抓一只雄姿英发、脚步矫健的公鸡。一群鸡也就一两只公鸡或阉鸡，为了抓一只鸡我们全家总动员。我执一根竹竿守在竹林里，不让鸡群跑进竹林。母亲先是在禾场上撒一把米，鸡群拍着翅膀飞快地聚在一起啄食。公鸡最警觉，时不时抬起头来张望。我放慢脚步悄悄地向鸡群靠近，在我靠拢时鸡群迅速散去，跑向竹园，奔向坟地，尤其是公鸡，早已逃之夭夭。鸡群惦记着那把米，不一会儿又向禾场走来。我和弟弟看中了一只在禾场外的公鸡，二人围堵它。鸡跑得比人快，稍不留意公鸡躲进竹林子里，或躲进灌木丛中，让人无计可施。我们用竹竿敲打，把受惊吓的公鸡赶出来，再追着它屋前屋后跑。鸡肯定跑不过人，人跑累了会踉跄，鸡也会踉跄，在公鸡踉跄倒地的那一瞬间，我眼疾手快地扑了上去，公鸡被我按住翅膀，压在胸前。我拎起惊恐万分的公鸡，拍拍身上的灰尘，想着肥大的鸡腿飘着香味，刚才抓鸡时被树枝刮痛的手臂也就不怎么痛了。为了抓一只公鸡，弄得鸡飞狗跳，吓得鸡群不敢归笼，实属无奈之举。

穷苦年月，鸡毛、鸡内金，还有团鱼壳（甲鱼壳），都是母亲用来换针线、我们换糖吃的宝贝。一个老爷爷挑着担，挨家挨户地吆喝，"收长头发，收鸡毛，收团鱼壳，收鸡内金"。听到老爷爷的吆喝声，我们从堂屋里跑出来，从窗台上取出鸡内金、团鱼壳，母亲拎出一袋鸡毛。老爷爷数了数，称了称，换了针线，换了糖。这是我童年时最美好、最甜蜜的回忆。

故乡人喜欢用坛子煨土鸡，加红枣，那是给大人过生日，或给生病的人补元气和营养的滋补品。用小火慢慢煨，煨出的鸡肉细嫩，汤汁鲜美、浓稠，是一道最养生的美味。这些年有了高压锅，用它炖出的鸡，远远不如往昔用坛子煨出的鸡入味，少了小火慢煨和持久等候，其味索然。用半年左右的小公鸡肉炒辣椒，其味最鲜。至今一想到故乡的辣椒炒仔鸡，就垂涎欲滴。

我从记事起，就知道小叔从来不吃鸡肉，他好像一辈子都没有吃过鸡肉。我不知其缘由，也未问过小叔，时间久了也就习以为常了。饭桌上，我们把鸡肉放在离小叔最远的一边，并提醒他那是鸡肉。小叔年轻时更讲究，家中炒过鸡肉的铁锅要反复洗几遍才放心地炒其他菜，否则他会埋怨。小叔随着年龄的增长，仍然保持着不吃鸡肉的习惯，只是对洗铁锅没有往昔那么苛刻了。

鸡肉是乡间招待客人的美味，宴席上少不了，年夜饭上少不了，过节也少不了。因此，鸡在乡下的售价一直没有便宜过，甚至高过猪肉。一窝鸡可以卖不少钱，是一笔不小的财富，因此必然会被贼惦记着。

6. 偷鸡贼，黄鼠狼与狗

小小山村，经常听到一句歇后语：黄鼠狼给鸡拜年——没安好心。孩子们用这句话讽刺玩伴，嘲笑玩伴坏心眼儿。

我在故乡生活了十八年，很少见黄鼠狼偷鸡，见过一回豺狗子偷鸡。那年，我十一二岁的光景，从对面山上跑来一只豺狗子，想偷农田对面村民家的鸡，被父亲的吆喝声吓跑了，从此没有一只豺狗子下山偷鸡。我家东边邻居家，有一年，无端地每天少一只鸡，他们怀疑是村里人偷吃了，于是到处寻，想寻找一堆鸡毛或鸡骨头，找出偷鸡者。在村里寻了几天，枉费力气。最后，在他家屋檐前的石头缝里发现了黄鼠狼的踪迹，他们用烟熏，逮住了偷鸡贼，以锄头击毙。从那以后我再也没有见过黄鼠狼。

故乡，黄鼠狼极少，偷鸡贼却常有。

记得，黄鼠狼销声匿迹之后，村民养的鸡经常还会莫名其妙地少几只，而且是好几户人家都少，有的少一两只，有的少五六只。村里发动全村人寻找黄鼠狼，找了几天不见黄鼠狼的踪影；在对面的山林搜山，也不见豺狗子的影子。于是，家家紧闭鸡舍的门窗，在鸡舍的角落里布了老鼠夹子、落锁，静待黄鼠狼自投罗网。然而，十天半个月过去了，鸡没有少过，也没有逮到黄鼠狼。时间一久村民松懈了，收了老鼠夹（怕夹住鸡）。不久后，又有几户人家少了鸡，村民怀疑遭贼了，也怀疑邻居家的"四眼黑狗"。有个村民见"四眼黑狗"几天前在他家的鸡舍门口转悠，而且还追着一只母鸡跑，吓得鸡群东躲西藏。村中很多小孩儿被这条狗咬过，村民恨透了它，都想置它于死地，只是一直没有找到由头。我十岁那年被这条恶狗咬过，咬在右腿上，裤子被咬出一个大洞，腿上两条牙痕,鲜血淋淋。那年代的人愚昧,被狗咬了没想过要打狂犬疫苗——现在回想起来,多么后怕啊!没有证据证明"四眼黑狗"偷鸡,村民奈何不了一条恶狗。最后,狗主人和村民吵了一架后不了了之。村民开始留意这条四眼狗(那时,村中只有一条狗),看它扑鸡、追鸡纯属好玩也就放心了。

终于在一个夜里,村民全体出动,在邻居家逮到了偷鸡贼——邻村的一个单身汉——三根。三根父母早亡,小时候靠亲戚救济过日子,长大后经常干些小偷小摸的事。那时的人们没有法律意识。时值初秋,村民脱光了三根的上衣,把他双手反绑,再用麻绳捆在村口的一株泡桐树上。全村的男女老少都来看热闹了。三根蓬头垢面,满嘴脏话,有村民准备往三根嘴里喂鸡屎,被村里的老者制止,只好用一只袜子塞住了三根的嘴。把他偷来的五六只鸡用麻绳拴好,挂在他的脖子上。鸡叫两三声,三根扭动几下,鸡无辜地跟着三根受罚。村民本来想带着三根游村示众,村长赶来,制止了这一行为,好话说了一上午,村民才肯把三根放了。满头鸡毛、一身鸡屎味的三根抱着衣服,跟着村长走了,消失在田间小道上。据说,此后三根仍然干些偷鸡摸狗的事,只是没有以前那么猖狂了,再也没有来我家附近偷鸡。再后来,三根把邻村生产队的一头耕牛偷去卖了,两天后,牛被追回来了,三根进监狱了,据说判了八年。

三根偷鸡被村民逮到后,小山村里的鸡安宁了许多年,村民家没有丢过一只鸡。"夜不闭户"从词典里跳出来,落在小山村的每家鸡舍里,鸡舍再也不用落锁了。

小山村安宁了二十几年之后,一天夜里,偷鸡贼走进了我家的鸡舍。家中的一窝鸡,大大小小三十来只,全部被贼偷去。

母亲在电话里说,那天早上她推开西边杂屋的双合门,准备去放鸡。她看着空空的鸡笼子,血压突然上升,头晕目眩。她不敢相信自己的眼睛。这么多年来,我家只丢过一次鸡,那次少了五只,应该是三根偷的。如今三根已亡,何人偷鸡？母亲跑进竹园子看，以为鸡群早已逃出觅食，但竹园子里安安静静。母亲后悔那夜没有落锁，怪父亲睡得太死（父亲睡在最西边一间厢房，离鸡舍十几米），又怪她自己不好，半夜隐隐约约地听到脚步声，为何不起来看一下！最后怪鸡太蠢为何不叫（母亲不知道偷鸡贼不会让鸡叫）！

母亲看着空空的鸡舍，抱怨了一大圈，忍不住破口大骂，足足骂了一上午，差点儿落泪。

我知道母亲和鸡的感情。自鸡被偷光的那天起，母亲伤心了半年之久，变得异常孤独。于是，我妹妹买了一窝半大不小的鸡仔，又买了几只下蛋的母鸡送回家，让母亲喂养，母亲的心情才有所好转。等到竹园子里大鸡小鸡成群时，母亲终于不再说起那次家中鸡被偷光的往事。

小山村的村民大抵是淳朴的，极少干偷鸡摸狗的事。家中的鸡被偷，肯定不是本村或邻村的居民所为，应该是骑摩托车的职业盗贼。他们不仅偷鸡，还偷西瓜等农作物，甚至带上渔网偷山塘里的草鱼。

小偷儿固然可恨，但只能防患于未然。母亲不会报警，也不可能报警，她知道没有人会理丢几只鸡的人。于是，母亲加固了鸡舍双合木门的锁，用两把铜锁锁住，半夜醒来，开门看看鸡舍，方可安稳入睡。

家中鸡群被小偷儿一窝端的那年春节，我带到异乡的鸡蛋是母亲从亲戚和邻居家收集的。母亲为了让孙子吃上正宗的土鸡蛋，真是煞费苦心啊！

那年春节，我带着裹满浓浓乡情的鸡蛋去了异乡。当汽车发动的那一刻，我望着汽车反光镜里的父母亲，依依不舍。

7. 老人和鸡守着村庄

我离开故乡二十多年了，然而随着年龄的增长，我对故乡的思念与日俱增。我想起了父母亲，想起了故乡的山和田，想起了故乡的山塘，想起了母亲养的鸡，想起了儿时做过的傻事——钓鸡。

当你看到"钓鸡"这个词时一定很纳闷，这是我杜撰的新词。

我十五六岁那年，家中承包了村中最大的那口山塘。暑假期间，割完鱼草的我，趁机找点儿乐子消遣——钓鱼。我怕父母亲骂，偷偷地买了鱼线、鱼钩，在竹园子里选了几根手指粗又笔直的竹竿去掉枝叶，弯成一根韧性很好的钓竿。我绝不会跑去自家的山塘钓鱼，怕挨打，而是趁中午村民回家午休，偷偷摸摸地溜到我家西边邻村的山塘钓鱼，戴着斗笠躲在草丛里。晒一个中午，偶尔有所收获，钓到草鱼立马放生，钓到鲫鱼立马拎回——鲫鱼是野生的，不会被村民当作偷鱼贼。很多次空手而归，扛着钓竿回家。

回家，随手把钓竿置于门角落，让它和几根大小不一的竹竿为伍，想着傍晚还要去试试运气，未取下鱼钩上的蚯蚓。之后和几个玩伴一起在禾场上玩耍，打纸板、掷算珠、弹玻璃球……我早忘了钓鱼的事。

玩够了回家时，我发现门角落有一只母鸡在挣扎，嘴中含着一根鱼线。糟了，我知道闯祸了：贪吃的鸡误食了鱼钩上的蚯蚓，被钩住了。我蹲下身子，按住鸡头，抓住鸡脖子，想把鱼钩取出。我拉了拉鱼线，鸡张开嘴发出恐怖的声音，鸡把鱼钩吞得太深，我无能为力，不知所措地立在门边傻傻地看着。我知道是祸躲不过。母亲回家那刻，责骂声响起，她边修理我边找邻居帮忙。后来，母亲把鱼线剪断，在邻居的指导下，用剪刀给鸡做了"剖胃手术"，取出鱼钩再缝几针，鸡从死亡的边缘被救活了。我突然想起，过去鸡偷吃了拌过农药的谷种或豆种，母亲用"剖胃手术"救活过几只鸡。

在我的印象中，我钓过两回鸡，我弟弟钓过一回，毫无疑问我们都遭了打。不服气的我被母亲用扫帚追着打，我说鸡蠢，母亲说我蠢。我现在回想起那两只被我钓住的母鸡，还觉得好笑又心有余悸，发觉那时候我竟如此鲁莽、有趣。

如今，鸡成为我家唯一的家禽，也是小山村里数量最多的禽类。三十几户人家，每一栋民房的周围，除了打纸牌的吆喝声，便是鸡群在禾场边的追逐声。

我每年回故乡的次数屈指可数。每次回家，鸡群遭殃，母亲要杀两三只鸡给我补养身体。母亲对鸡的特殊感情，我很难用言语表达出来。一年夏天，我带儿子回故乡。儿子和侄儿顽皮，不知从哪里找来了弹弓，用小石子打树叶。不知是有意还是无意的，我儿子用弹弓打伤一只母鸡，刚好被母亲看见。母亲告诉我，那只被我儿子打伤的鸡，瘸着躲进了竹林。母亲为此心痛了一下午。傍晚时，母亲还惦记着那只受伤的鸡是否回笼，如果没回笼，她会打着手电筒到竹林里找。某年返回异乡前的一天下午，母亲说，邻居家的狗叼走了一只雏鸡，幸亏她发现及时从狗嘴里夺回受惊吓的雏鸡。

鸡在母亲心目中的地位无法用其他家禽替代。母亲太寂寞了，儿孙不在身边，有鸡群相守，可以打发时光，还可以源源不断地给我和住在县城的妹妹提供鸡蛋。因此，空荡荡的小山村，没有牛，没有猪，但绝对少不了鸡群。

鸡把生命与蛋献给了人类，它们依靠人类给予粮食，无忧无虑地守着宁静的山村。有鸡与狗的小山村，保留了最后一丝乡村气息，躲进时光的角落里，慢慢变老、荒凉。小山村在每天的鸡鸣声中醒来，公鸡用嘹亮的歌声问候清晨。

我离开故乡二十几载，故乡却从来没有抛弃我，她以宽广的农田、巍峨的山峰、畅通的道路敞开胸怀随时接纳我。母亲喂养的一群鸡在竹林里撒欢儿，她守着一个到处是空房子的家，守了一个又一个春秋，守候着远走他乡的游子归来。

母亲的生日

　　今天是母亲的生日，我因暑假带儿回故乡在即，又因琐事缠身，所以母亲生日这天我回不了故乡，无法陪她过生日，于是入夜时又想起母亲。

　　夜雨渐渐地模糊了我的窗户：一边是夜如墨染，一边是灯明人静；一头儿是江南水乡，一头儿是梦里故乡。浮想联翩，半世倥偬，半生飘零。

　　往年，每逢母亲过生日，我都会提前几天向父亲的银行卡里汇款，并在她生日那天通过电话送去祝福，顺便聊聊家长里短，问今天谁会来吃生日宴，问我妹妹几点到家……有时，我抛下繁杂的工作，匆匆踏上西行的列车，孑然一身回故乡陪母亲过生日。

　　故乡人习惯用农历，他们只记农历生日，也只过农历生日。此外，子女一定要记牢父母的生日，否则会遭乡邻闲言碎语。条件允许，尽可能回家陪父母过生日，不管礼多礼少，故乡人最看重心意与孝道。有一年，母亲过生日那天，我忘了打电话问候，也忘了寄钱回家，过了很长一段时间突然想起，怯怯地给母亲打电话表示歉意，电话里被父亲斥责一顿。从此，我再也不会忘记母亲的生日了。至今，那种愧疚感还时常在我的心头涌动。每年端午节一过，母亲的生日临近，我怕工作忙，抽不出时间回故乡，甚至怕忘了打电话给她，加上平常用阳历，故我在手机日历中设置母亲生日提示。当然，我更喜欢母亲生日恰逢暑假，能带着我儿一起回故乡小住几日。这样一来母亲能见到她心心念念的孙子，我能喝上几杯母亲酿的米烧酒，躺在故乡的怀里，听着蛙鼓虫鸣入睡。

我们兄妹三人成家立业后，母亲过生日家中就热闹起来，灶膛间里香味最浓，炊烟袅袅，各种佳肴摆上灶台，让人垂涎欲滴。母亲为了一顿生日宴，杀鸡剖鱼，烹炒煎炸，把亲人迎来送去，里里外外，忙碌一整天。如果逢母亲整岁做寿，得请厨师，从邻居家借来桌凳，大摆筵席款待乡邻和亲戚。鞭炮声声，热热闹闹，还要请镇上的电影放映队放几个晚上的露天电影以酬谢乡邻。

儿时的我，除了盼着过年过节，就是盼着父母过生日。他们生日那天，有大鱼大肉解馋。母亲张罗着饭菜，时不时吩咐我站在我家西边的坡上张望。农田中，一条乡间小路，曲折蜿蜒，通往母亲的娘家。乡间五月农事忙，放牛拔草又施肥。田垄里一片翠绿，欣欣向荣，高低起伏的梯田，如一块块碧玉镶嵌在山脚下，水塘像镜子一样装满蓝天和白云。麻雀乱飞，如一阵箭雨从田间飞过，落在屋檐上，叽叽喳喳叫个不停，惹起公鸡愤怒地仰着脖子啼叫。我一遍又一遍地张望，盼来了外公和舅舅，等来了姨妈和姨父。父亲请来了大叔和小叔。一桌丰盛的菜肴，一壶母亲酿的米烧酒，一家人围着八仙桌享受生日大餐。孩子们不能上正桌，另起一桌，像一群叽叽喳喳的麻雀，吵闹不休。饭后，母亲忙里忙外，给客人倒水洗手、洗脸，一杯烟熏茶，一碟南瓜子，亲人围坐在一起边嗑瓜子边聊天儿。客人经过短暂的休憩，才慢慢悠悠地离去。外公喜欢酒后睡上一觉才离去。外公的呼噜声像铁匠铺的风箱声，忽高忽低。母亲给每人捎上一袋儿糖果儿，沿着田埂一路相送，等亲人绕过水塘，母亲才转身回家，家里还有一堆家务在等着她做。

几年前，外公和舅舅相继去世，我们兄弟二人离家遥远，陪母亲过生日的亲人越来越少。最近两三年，我怕母亲孤单失落，曾经风尘仆仆地赶回故乡，说是陪她过生日，反而给她平添数日的劳累。母亲喜欢听村里人夸我孝顺，我却羞愧难当：把家安在千里之外，一年回家次数屈指可数，何孝之有？我曾经把父母接来异乡住了大半年。他们因语言不通无法和当地人交流，又没有亲戚，他们嫌城里人情味淡薄，关门闭户，如坐牢笼，又念家中的几亩田地，舍不得几间平房，吵着要回故乡。我们兄弟二人花巨资在老屋旁造了楼房，修了庭院。父母一直希望我们兄弟有一人在身边，然而我们各居异乡，庆幸我妹妹在县城，家中大小事务全由她料理。

母亲今年六十五岁，疾病缠身，却不肯休养，照样种田种菜，养鸡养鱼。以前她还要照看我弟的两个小孩儿，其劳累之苦可想而知。她背已驼，腿变形，发斑白，眼昏花。母亲老了，我却回不到故乡，只能无奈地叹息。母亲一向乐观豁达，对于家人来与不来，都坦然对待。

今年，在母亲生日前几天，我给住在县城的妹妹去了数次电话，让她务必抽空回家。尽管是工作日，又逢她单位搬办公场所，妹妹还是应诺一定回家陪母亲过生日。中午，母亲在电话中告知，她准备了一桌饭菜，让父亲请来了小叔，我妹妹与妹夫将带着小女儿赶回家（简单地吃过中饭，又得匆匆驱车回县城工作）。姨妈在镇上帮人煮饭炒菜，中午走不开，第一次缺席。明年起，我一定回故乡陪母亲过生日，就算只有一两天，也得回。不想让母亲过一个孤单的生日，她希望儿孙满堂，子孝孙贤。我希望父母亲健康长寿，有亲人陪伴，不寂寞，不孤独。

今夜，我似乎看到远在千里的母亲，站在杂屋的鸡舍旁数鸡，查看鸡是否全部归宿。母亲数了几十年，从未出过差错。我常常想起故乡的一幕，这一幕在我脑海里重复过无数遍：母亲把西边杂屋里的火炉换好蜂窝煤，封住了进气口，炉口一团蓝色的火焰在黑暗的墙角舞动；母亲在火炉上放了一把装满井水的铝壶，壶体通身发黑，蓝色的火焰狂吻着黝黑的壶底，火苗钻出了炉口的缝隙，在昏暗的房间里一闪一闪的；母亲关了灯，合上了双合门，怕鸡舍遭贼，又加了把铜锁。鸡在黑暗的房间里窃窃私语，火炉的火热吻着一壶冰冷的井水，让它慢慢地变热。

　　母亲累了，该休息了；故乡远了，我该回家了。

　　母亲的生日，少了我的归来，多了两份思念。母亲守着家园，守着故乡的山水，等着我们兄妹三人归来。待到儿女归巢时，母亲笑得最开心。

　　我在这个特殊的日子，慢慢回忆，夜深人静，搁笔却辗转难眠。母亲若安好，异乡即便是大雨倾盆，我心也是晴天。

母亲的布鞋

深秋一场雨，江南骤冷，冬天的脚步随之悄然而来。冰冷的脚在初冬的雨里行走，没有一丝温热。此刻，好想穿上一双母亲做的布鞋，感觉母亲的温暖。

几天前，吾妻在收拾鞋箱时，拿出了我母亲送给她的棉鞋穿上，暖暖的。很多年来，她对母亲做的布鞋情有独钟，知道布鞋非常保暖舒服。吾妻说，今年春节回乡时，她一定要带上一双新的布鞋回浙江。

一双新布鞋，得花费母亲多少工夫！针针线线是温情，线线针针是慈爱。吾妻或许不知做布鞋的工序十分烦琐，然而，母亲做布鞋的场景已经烙印在我的脑海，永远抹不掉。从蹒跚学步到飞快奔跑，从小山村走向城市，从湘中山区走到江南水乡，我都穿过母亲做的布鞋。年轻时，我嫌母亲做的布鞋不时尚，对它不屑一顾。如今，我已爱上了母亲做的布鞋，每年冬天离不开一双温暖我脚的布鞋。

母亲为我们做的布鞋，是千层底布鞋，用麻绳千针万线纳底，黑灯芯绒做面，款式笨拙，却非常保暖。年少家贫，买不起鞋，我们脚上穿的鞋全是母亲亲手制作的：春秋穿单鞋，冬天穿棉鞋。为了让我们穿得舒适，母亲每年都要做十几双布鞋。

母亲不识字，却珍藏着几本书，从来不让我们把这些书拿出来看。她在书中夹着各种尺寸的、各种样式的纸质鞋底样和鞋面样，成对地夹在一起。每年秋天是母亲最忙碌的时候。劳作之余，她把旧床单或破衣服撕成一条条方形，用糨糊把一块块旧棉布粘在门板上，一层又一层均匀地粘在一起。五颜六色的棉布在阳光下非常醒目，粘好的棉布在门板上晒干，揭下来，硬如薄木片。

鞋底布浆好后，母亲从书中找出各种鞋样，经过仔细对比，拿出尺寸适合我们的鞋底样，把鞋底样放在浆好的底布上，剪出一个个比底样略大一圈的鞋底布，再把八九张鞋底布用糨糊粘在一起，厚厚的一沓。十几双鞋底压在门板下，加上石头，经过一宿的挤压，鞋底靠糨糊硬化成形。按鞋底样大小切齐毛边，经过贴白布、麻绳走圈、千针万线纳底、包边、上鞋面、捶打等十几道工序，一双布鞋就做好了。制作一双布鞋的工序可谓繁多，所用工具不少，用时较长，在此不一一表述。

往昔，母亲纳鞋底的麻线是用奶奶的苎麻园里的新苎麻做的。苎麻在秋天收割，经过浸泡、剥皮、刮皮、蒸煮、敲打、水洗、晾干、剥丝、手搓等工序方可制成一根根麻线。手工制作的麻线，强度高，缺点是粗细不均匀，在纳鞋底时经常卡住，得用针钻柄把麻绳绕几圈，再用力拉才可把麻线拉过来。自从苎麻园改为农田后，母亲纳鞋底的麻线只能从镇上集市购买了。

母亲含辛茹苦地打理家务，干农活儿。即使是冬天，农事早已结束，她也不会有空闲的时间，不是织毛衣，就是纳鞋底。母亲纳鞋底，习惯从鞋底尖开始，用针钻在硬邦邦的鞋底上钻一个洞，再用顶针把穿好麻绳的针顶过去，抽出针，拉紧麻绳。后来，有了带钩的针钻引线，母亲省很多力。一针针、一线线纳过的鞋底，绳线密密麻麻，针脚整齐有序，如千军万马列阵。好奇的我曾在母亲的指导下纳过鞋底，看似有模有样，但纳完的鞋底，针脚线长短不一，排列无序，奇丑无比，害得母亲得把麻绳一针针拆下，再一针一线纳上。小时候看母亲纳鞋底，她时不时把针尖在头发上擦一下，我以为她头痒，很好奇，不懂，也不问缘由。成年后，我才知道人的头发上有油脂能起到润滑作用。

　　我记忆最深刻的是母亲把布鞋做好后，让我们试穿。新做的布鞋太紧，母亲一手握鞋，一手按住我们的脚，我们把脚用力往鞋里钻，费尽九牛二虎之力终于穿了进去，幸好我年少，筋骨软，否则脚就要折了。我每次试穿新鞋，母亲都要按按鞋尖，如果鞋尖空了一小截，母亲会露出笑容；如果脚指头顶到了鞋尖，母亲就把布鞋的鞋面拆下来，把鞋面放大一小圈，再重新上鞋面，试鞋，可谓用心良苦。

　　做好的布鞋被母亲收在木柜里，等除夕的晚上拿出来，放在我们床边的木凳上。大年初一早上，我们穿上全新的布鞋和新衣服去拜年，踏着春风，神气十足，足底生风，步伐铿锵有力。新做的布鞋刚上脚，很紧，也很保暖，慢慢地，越穿越松，越穿越舒服。关键是穿上母亲做的布鞋，一点儿都不臭脚。

　　我穿上母亲做的布鞋，走在乡间的小路上，走进学堂。一到冬天，穷乡僻壤之地，天寒地冻，教室如一个冰窟，越坐越冷，幸好穿着母亲做的布鞋，脚上少生了许多冻疮。年少无知，不懂得爱惜，布鞋在我们的脚下被踩蹿：在泥上走，在水中行，有时在乡间小道上踢着石头玩儿。不用多久，一双崭新的灯芯绒布鞋，鞋底发霉，张开了嘴，鞋尖破了洞，露出了脚趾。鞋破了，母亲心疼。夜深之时，母亲趁我们睡着了，把有破洞的鞋面用新的灯芯绒补好，再把浸了水的布鞋放在灶台边沿烘干。第二天早上，我们又能穿上干爽的布鞋，破洞也没了，鞋底张开的嘴也闭合了。我佩服母亲的手，补过的布鞋左右对称，一点儿都不丑。布鞋底最容易磨破，为了增强布鞋底的耐磨性，母亲让修鞋师傅在布鞋的前后两端钉上橡胶薄片（以前农村经常有修鞋钉鞋的工匠），一来可以防水，二来增加耐磨性，只是时间一久，鞋钉有点儿硌脚。

　　最近几年，母亲年纪大了，手易酸，纳不了鞋底，但为了让我们在异地有双温暖的布鞋穿，她让村里年纪小点儿的堂客帮忙做。她从木柜中把那两本泛黄的书拿出来，从中翻出鞋样，每个鞋样上写了我们的名字。母亲虽然不认识字，却认识我们兄妹三人的名字。现在，她眼睛老花，看东西模模糊糊，只好让父亲戴上老花镜帮忙看。两人经过认真比对后才交给邻居，生怕弄错，真是煞费苦心。

经过母亲指点，同村几个堂客做的布鞋也非常精致，手艺往往就是这样代代相传的。母亲依旧会把新做的布鞋收在木柜里，春节时拿出来给我们穿。时光如梭，几十年过去了，鞋还是那样的鞋，脚却从小脚丫长成了大脚板，母亲的满头青丝变为苍苍白发。脸也皱了，背也驼了，腿也瘸了，那个曾经容光焕发、身躯硬朗的母亲真的老了。我每次端详母亲的脸，都会有一种莫名的心酸涌上心头，无以言表，想要流泪。

带着母亲做的布鞋，我来到千里之外的他乡。

慈母手中线，游子脚上鞋。线密是浓情，两足永怀念。

父亲的帕金森病

　　四年前的秋天，得知父亲确诊为帕金森病时，我愕然，不能接受。帕金森病如魔鬼般钻进父亲的神经里，也钻入我的心房，隐痛如钝刀割肉。我在将近一年的时间里，查资料，问名医，还通过网络问远隔重洋的同学。结果都是只能靠药物和锻炼控制病情，别无他法。那时，我奢望找到灵丹妙药，或神医华佗再世，以开颅之术，用仙草炮制神药祛除这种冠以洋名字的疾病。

　　父亲从湖南省湘雅医院拿到确诊报告那天，尽管我不在身边，但我想父亲已经接受了这个事实。我妹妹说，父亲没有露出一丝恐惧和抱怨，很坦然，开了药，没有多问，直接回家。

　　思绪把我拉回到二十多年前，那年父亲因头疼到县人民医院就医。在医院，医生在父亲的鼻腔内发现了肿块，由于医疗器械跟不上，医生建议我父亲到长沙去就诊。母亲询问得知，医生怀疑父亲是鼻咽癌。在谈癌色变的年代，这把父亲吓得半死，也让母亲心急如焚，父亲变得非常消沉、低迷，感觉到死神已经向他走来，他突然多了很多从未有过的抱怨与牢骚，感叹命运多舛，又担心我们兄妹三人尚未成家。家人好说歹说，他方肯去长沙看病。我陪他到湖南省湘雅医院、湖南省附属二医院、湖南省肿瘤医院，化验、问诊、排查。

　　陪父亲在省附属二医院看病的经历，过了二十多年，我依然记得非常清楚。为了等一位所谓的专家看病，排队一上午，好不容易轮到我们，临近中午，医生告知午后再来。下午，医生对父亲的病情做一番简单的询问后，开了一张肿块取样活检通知单。事后，父亲描述了那次活检经历。他说，医生从他鼻腔里用钳子野蛮地扯取一块肉，那种钻心的疼，让他眼泪直流，捂着鼻子默默地忍受。这种以钳取肉的方法，就算没有亲身经历过的人，想想都会疼得颤抖。病理送检后，我把父亲送上回乡的汽车，透过车窗，望着父亲，我从他的眼神中看到了绝望。几天后，我去医院取病理报告，病理结果描述含糊不清，建议再次检查。对医学一窍不通的我，以为父亲这次厄运难逃，全家人慌乱不知所措。回乡后，父亲心有不甘，我陪他到湖南省肿瘤医院就诊。全家人准备让他住院做抗癌治疗，但病理检查结果出来，显示是块囊肿，不用手术，让人虚惊一场。那一次全家人又惊又喜。

六七年前，父亲因为经常身体乏力、头晕等症状去县人民医院就医，医生说父亲小脑萎缩严重，考虑为阿尔茨海默病。医生的话不可不信，也不可全信。我担心父亲几年后失忆，不认识家人。于是，听医生之言，让他多打牌，多用脑。后来病情加重，父亲在我弟与我妹的陪护下，去长沙看病。父亲被医院确诊为帕金森病，我怀疑这份确诊报告的准确性。我认为父亲的病根在酒，他喝了一辈子的酒，酒伤了脑神经。我家族中没有这种帕金森病病根，父亲的病很可能与酒有千丝万缕的联系。

父亲嗜酒如命，医生告诫他戒酒戒烟。刚开始，无酒不欢的他把每天早上必喝的酒停了，烟也减少了。缺少陪伴的父亲终究是寂寞的，一两个月后，身体稍有好转，于是烟酒照样，甚至变本加厉。父亲好酒，这让母亲又恨又恼，好几次在电话中和我说她再也不酿米烧酒了。家中无酒，父亲停了一段时间饮酒，但他天天唠叨，母亲又酿了一两缸米烧酒。母亲知道父亲就那么一点儿爱好，不想剥夺，故父亲喝酒也是停停喝喝。

我每次回到故乡，父亲便步履蹒跚地提着一壶米烧酒，从里厢房走出，笑呵呵地来到八仙桌前。他知道我馋酒，尤其喜欢故乡的米烧酒。我担心他那微微颤动的右手上的酒壶掉落，接过酒壶，父子俩各斟一碗，边喝边聊。父亲举起筷子搛菜时，想尽量不抖动，但不管是有意识还是无意识的，都很难做到，因此他极少搛颗粒状食物，怕搛不起而平添烦恼。尽管有了药物控制，病情恶化不是很快，但我担心父亲迟早会有一天因拿不稳筷子而改用调羹。

曾经，父亲用右手在黑板上疾书，在寒门学子前写出一行行清秀、隽美的粉笔字。父亲在自家的谷箩、竹匾、斗笠、木桶等农具上写过苍劲有力的毛笔字。堂屋神龛上的对联和祖训都是父亲提笔书写的，红纸黑字，颜筋柳骨，大小均匀，力透纸背。家中西厢房的水泥墙上，隐隐约约可见父亲当年写下的粉笔字，大多记录气象和村中邻居财物来往账目等。至今，家中部分农具上还有父亲墨书的姓名，字迹清晰秀美。父亲曾经告诉我们，他以前用石灰浆在修整过的塘岸上写过标语，字比竹匾还大，一个个大字四平八稳，方方正正。然而，几十年后，父亲这双灵巧的手变得如此笨拙，不听使唤，连进食都变得如此艰难，更别说提笔写字了。父亲把这种痛苦埋在心底，在我们兄妹三人面前从不表露。

四平八稳，方方正正，这是父亲做人的原则。父亲性格倔强，死要面子，从不低头，也不求人。如今，他尽管手颤抖得厉害，走路步履有点儿慢，但依然是刚正不阿，耿直而不多言，在村中极少有人说他的闲话，被附近的村民尊称为"先生"。

自从父亲得了这种病后，或许是药物导致嗜睡而变胖，我们兄妹三人鼓励他去打牌，尽量少睡。然而，父亲打牌没有节制，废寝忘食，惹得母亲恼火，在电话中和我诉苦，要我劝父亲打牌要适度，要劳逸结合，不能顾此失彼。这两年，父亲极少在村里打牌，每天守着一台破旧的老电视机，从早看到晚，看累了睡一觉，偶尔串串门儿，观牌不语。母亲说他年龄越大越舍不得钱，输了钱心疼。加上村中老人相继去世，打牌很难凑齐四人，父亲打牌的机会变少了，因此每年春节期间，我们兄妹三人陪父亲打几次牌。他抓牌、理牌的右手微颤，没有以前那么娴熟，然尚且能控制住牌，打牌的思路清晰，我不是他的对手。每次他右手抽出一张牌，三指捏住，在我们眼前晃动，又理了理牌，重新抽出一张，犹豫不决，牌瑟瑟发抖。在我们的催促下，他才轻轻地向牌桌上落下一张牌。不像他年轻时，抽出一张牌，爽快地甩在牌桌上，落地有声。

最近，朴素、节俭的父亲变得孤僻，不喜欢与人来往，每日粗茶淡饭，靠一堆杂七杂八的药养命，以家为中心，行走半径不会超过五百米。稍远的亲戚家有喜丧之事，一概不参加，让母亲全权代表，他独自一人在家简单地吃点儿剩菜或稀粥。我特别喜欢喝父亲煮的粥，那香甜在我舌尖上驻留。每次上午给家中打电话数次，他才会从西厢房慢慢悠悠地走到东厢房接听电话。听到父亲浑厚的声音，我已知母亲外出走亲戚或忙于轻巧的农活儿。父亲脚步没有以前灵便，在农村走亲戚，靠脚走，父亲不会贪图一顿饭菜而劳其筋骨，反而觉得在家里待着，舒服、安稳。包括去我妹妹家，我妹妹开车来接他，他也会拒绝，除非有重要的筵席。

沉默寡言的父亲，在我们兄妹三人面前总是微笑，却让母亲吃尽了苦头儿，他经常向母亲发一些莫名其妙的怒火。今年春天，又到油菜收割的季节，母亲一人割完一亩多油菜，晾晒了好几日，准备去田垄上抖菜籽，想让父亲搭把手，父亲极不情愿地去了。说句实话，抖菜籽这种农活儿又脏又累，让我去帮忙，或许我也吃不消，何况已年过古稀且多病的父亲。父亲在田垄上边干活儿边喋喋不休地抱怨，母亲只能忍着。我每次在电话中劝母亲不要再种农作物，母亲满口答应。但一到开春，母亲看着农田荒废，不舍（农民的禀性离不开土地），于是又荷锄戴笠，种上了西瓜、红薯、豆角、丝瓜、豌豆等农作物。忙不过来时，母亲又要父亲帮忙，因而闹得面红耳赤，惹得母亲发毒誓再不求父亲搭手。

父亲的记忆力，因为这病严重衰退。一次，我在电话中和他说了一件关于我弟的事。父亲把这件事告诉从镇上赶集回家的母亲，几天后，母亲把这件事告诉了我妹妹。他们两人再次谈及此事时，父亲因为健忘而矢口否认，还发毒誓说不是他说的（我当时还告诉他不要讲给母亲听，然后，他把我的话原原本本地说给母亲听，几天后全忘了），并和母亲大吵一架，让我哭笑不得。父亲真的老了，早已不是那个上完一周的课还能步行七八千米路回家，卷起裤脚干农活儿，隔日又迎着曙光步行七八千米路回校讲课的父亲。他不愿远离家乡。前年，在我的请求下，带着他去了一趟北京。时值盛夏，浑身衣服被汗水湿透，让他吃尽了苦头。在长城脚下，我差点儿把他丢失。我在长城脚下的人海中寻找他的身影，数次往返于景区内，差点儿急哭。庆幸，在通往长城的另一条路上，我看到他坐在一块岩石上发呆。现在回想起来，我仍热泪盈眶。

很多年前听母亲说，父亲经常在噩梦中胡言乱语，甚至会发出怪异的叫声。我虽然没有听到他梦魇中的言语，但从母亲的描述中，我得知父亲半夜里发出的声音极其恐怖，时而语句清晰，时而含糊不清。母亲半夜被惊醒，打开手电筒，唤父亲的名字，把他从梦中喊醒，几分钟后方可平静。父亲的梦魇，一度让我极度恐惧，甚至让我怀疑父亲中了蛊。唯物论和医学告诉我，父亲的梦魇一定和脑袋里的亿万个细胞病变有关，或许是帕金森病让他的脑神经在梦中彻底紊乱，从而发出怪异吓人的叫唤声。父亲的梦魇，我们在他跟前闭口不谈，免得他胡思乱想。

帕金森病如一座大山压在父亲的身上，让他的晚年生活质量大打折扣，这让远在异乡的我非常内疚。我该回故乡了，不想有"树欲静而风不止，子欲养而亲不待"的遗憾。父爱如山，父亲为了不让我们担心而坚强地负病前行。"哀哀父母，生我劬劳……哀哀父母，生我劳瘁。"父亲用一双厚重的手托举着我走向人生，用严慈相济的方式修整我，让我有所学、有所食、有所衣……让我懂得了做父亲的责任。一组神奇的密码构建一个家族的符号，他们流着同样的血，讲着同样的方言。父亲是一座山，父亲是一条河，山河构建父子关系，一对平凡的组合，不可分割，也不可推倒重置。

每次读到朱自清的《背影》，我都会想起父亲送我上大学的那一幕，想起父亲转身上了长途大巴车的回望，隔着车窗向我挥手，那是我第一次和父亲离别。大学毕业后，我为了生计，远走他乡，父亲送我到镇上，我从他坚定的眼神中看到了鼓励和欣慰。于是，我在异乡拼搏，曾经让他失望过，如今让他知足地笑了。

暑假临近，我想到马上要带着吾儿踏上列车回乡，心情顿觉轻松惬意。今夜，给父亲打个电话问好。或许他不知道有父亲节这个节日，但我会说：父亲节快乐，等我归来。

那些年，碗中錾痕如歌

　　錾痕犹新，岁月如歌。每次回到故乡，八仙桌上，瓷碗、小酒杯里都荡漾着一个清晰的字，工工整整地躺在清澈如泉的酒水中。这个刻满记忆的字，小时候是最忌讳讲出来的，这个字就是我父亲的名字。父亲的名字怎么能随口乱叫呢？这个字在我家的碗中安安静静地待了几十年，有些字迹甚至超过我的年龄。这个字象征着父亲是一家之主，也标志着这是我家的财物，不可与别人家混淆。字痕没有岁月的陈旧感，清晰如錾刀刚走过。可是，岁月的痕迹无情地爬上了父亲的额头，也染白了他稀疏的头发。

　　物资匮乏的年代，没有冰箱和消毒柜，小山村每户人家的灶膛间里有一个掉漆的旧碗柜，柜脚被老鼠啃过，染上了岁月的沧桑感。老鼠的"杰作"作为一段历史痕迹保留下来，诉说着一个年代的贫穷与困苦。碗柜的中间一格，盖叠着大大小小二三十个瓷碗，年岁各不相同：有父亲分家那年从奶奶那里分来的，碗内壁刻着爷爷的名字，后来变成父母吵架时的牺牲品；碗柜里的瓷碗大部分刻着父亲的名字；那些没有任何字迹的青花瓷碗，应该是母亲新补进的。

　　尽管那个年代农村很贫穷，但小山村也免不了办酒席，少则七八桌，多则二三十桌，靠一两户人家的碗筷无法满足筵席所需。八仙桌靠一家一户地借，碗筷得集全村之总和，方可应付。各家各户借来多少碗筷都登记在册。尽管瓷碗大多数各不相同，但难免有一模一样的。东家的碗缺口子，西家的碗有细裂痕，归还时难以区分，导致张冠李戴而产生矛盾。为了避免矛盾，村民干脆在自家的瓷碗内壁底部请人錾上主人的名字，谁家的碗，一目了然。

我最怕打碎瓷碗，毛手毛脚的我不小心打碎瓷碗的时候，自然逃不过母亲的责骂。那年代，瓷碗也是很珍贵的。一只瓷碗落地摔碎声响起，随之而来的是一阵哭声——往往以哭声求得父母的谅解与怜悯。有时瓷碗落地不破，碗在地上滚了几圈，完好无损地停了下来，饭菜撒一地。迅速捡起碗，边清扫边听母亲唠叨，也免不了饿肚子而快快不乐地站着，看着家人津津有味地吃饭。认罚是最基本的，否则会遭一顿毒打——楠竹笋子炒肉（用细竹枝抽人）。

印象最深的一次是，我不小心打碎了饭碗，趁父母没注意，便以迅雷不及掩耳之势把碎瓷片和饭菜打扫干净，偷偷倒入坟地，又重新装了一碗饭若无其事地吃。我以为可以瞒天过海，忐忑不安地等待母亲烧好最后一个菜，母亲刚落座准备吃饭，我便被弟弟出卖了。母亲质问我，我一副死猪不怕开水烫的样子，矢口否认。母亲的眼睛很厉害，她在桌子下看到了瓷片碎渣和油腻印。眼看瞒不住了，我本想弃碗而逃，却被父亲一把拽住，在墙角罚站一小时，看着他们吃饭。我的眼泪像珠子般簌簌而下。饭后，父亲问我错在何处，我回答摔碎了碗。父亲说摔碎碗不算错。我流着泪看着父亲严厉的脸，不敢出声。父亲告诉我，生活中难免摔碎碗，以后还会有，切记不可说谎，要做一个诚实的人。

父亲告诫我，一个人连饭碗都抓不住，是对土地和粮食的不敬，怎么能做好其他事情？以后不会有出息。之后的几十年里，我吃饭时，一定要一手端碗，一手夹菜，养成了一种习惯。也用父亲的言语告诫我儿，要端起碗来吃饭，这是对食物的尊重，这是对大地的感恩，只有懂得尊重和感恩的人才值得别人尊敬。

我们兄妹三人打碎了碗，遭一顿臭骂，过后忘得一干二净。但父母年轻时吵架摔碗的声音，已经刻录在我的脑海里，"噼里啪啦"的清脆声粉碎了我年幼的心灵。飞溅的碎瓷片，如雪花般撒满整个灶膛间。我站在门外，远远地看着父母摔碗，如同看一场摔碗比赛，看谁最卖力，谁摔得最响，谁摔得最多。一碗柜的瓷碗被他们歇斯底里地彻底摔碎，我看到了他们的心在流血，已经够穷的了，碗也是用钱买来的，事后他们肯定会后悔。从母亲的哭声里，我似懂非懂地明白了一些道理。随后，父亲扛起锄头默默地向田间走去；母亲上床睡觉或回娘家；我拿起笤帚流着眼泪，吃力地把碎瓷片扫进筊箕里，倒在我家西边的坟地，希望父母再也见不到这些碎瓷片，以免不乐。瓷片上一个个完整的黑字特别扎心，如同瓷片上锋利的棱角刺疼了我的眼睛。我拣上一两块刻有父亲名字的瓷片，放在碗柜下，以后用来刨芋头、丝瓜、土豆等。

现在回想起父母吵架摔碗的一幕，我仍然难受，却又觉得好笑。他们吵架后第二天，我放学回家，发现碗柜里盖叠着几十个规格大小不一的瓷碗，崭新崭新的，或青花小瓷碗，或描红白瓷碗。这时候的父母又重归于好，一切又回归平静。来时风雨满楼，去时风平浪静。不用一两载，碗又粉身碎骨。反反复复，如果没有记错的话，他们这种摔碗式的吵架至少有三次。

父母吵完架，一柜子的瓷碗难得有几个幸免于难。母亲从集市上买来了新碗，经过开水煮沸洗净后才用。新瓷碗没有做记号前，母亲不肯借给邻居家使用，即便是送给邻居家一碗杀猪菜，也会把菜倒进邻居家的碗里，把空碗端回。为了不被村里的人说闲话，母亲天天盼着錾碗师傅出现。

一位老师傅背着一个布袋子，在小山村里吆喝："錾碗喽！錾碗喽！"那洪亮而有穿透力的声音在小山村回荡。随后，吆喝声变成了碗中一个个细小的文字，静静地躺着，诉说着一个个乡村故事。

母亲听到了錾碗师傅的吆喝声，停住手中的家务活儿，从堂屋门口迎了出来，叫住了錾碗师傅。

母亲从灶膛间搬出一条长凳，暗红色的，下半部分的颜色明显深过凳子的上半部分。母亲把凳子放在堂屋外的阶矶下，又折回灶膛间，端来一小瓷碗热茶递给錾碗师傅。母亲和錾碗师傅说了几句，问好价格，转身进了厢房，从谷仓旁提起谷箩，在碗柜中挑出没有錾过字的二三十只瓷碗。母亲小心翼翼地把碗叠进谷箩里，端起谷箩步履缓缓地走向堂屋外，再轻轻地把谷箩放在錾碗师傅的身旁。

錾碗师傅喝好了茶，嘴中不停地嚼着茶叶（吃茶），从布袋子内取出了细细的钢錾刀和铁锤子。他双腿跨坐在木凳子的一头儿，顺手从谷箩里拿出一只碗，仔细地看了看碗的内壁，看是否有裂纹，随后把瓷碗放在两腿之间，弓着背，低着头，左手三指捉錾刀，右手紧握铁锤子。随着铁锤子轻轻地敲击錾刀，錾刀的尖端在碗底内壁走动，一个点一个点组成了模糊的线条，点横撇捺组成了一个"文"字，隐隐约约。此时，錾碗师傅周围聚集了我们兄妹三人和村里的孩子，好几个小脑袋在錾碗师傅的面前晃动。錾碗师傅问我们是什么字，孩子们摇头晃脑地乱猜，无一人猜对。随后，錾碗师傅从布口袋中取出一瓶黑乎乎似墨汁的东西，涂在瓷碗内壁錾过的地方，一两分钟后，他用一块脏兮兮的抹布擦去墨汁，一个清晰的字呈现在我们眼前，孩子们异口同声地读出了这个字——我们早就忘了忌讳直呼父亲的名字。好奇的我用手指摸了摸碗内壁的字痕，有种粗糙不平的感觉。我用手蘸了点儿口水去擦拭，字似乎长在了碗壁上，墨汁浸入了瓷片内部，永不褪色。

一个碗錾好了，錾碗师傅把碗递给斗大的字不识一筐的母亲过目。其实母亲认识父亲的名字，当然也认识她自己和我们兄妹三人的名字。母亲端详了一番，递给父亲或邻居过目，一般会要求錾碗师傅把字体大小稍作调整后再錾刻。一个记号而已，管它美丑呢。随着轻快而有规律的金属声在小山村响起，錾刀在碗底"吱吱"地滑动，一个又一个重复的名字隐约出现。我们兄妹三人抢着在碗底涂墨汁、擦墨汁，见证了一个个"文"字像变魔术一样出现，那种抹不掉的欣喜装点着年少时的童趣。

　　碗錾完了，錾碗师傅收拾好工具，擦了擦手，清点完数目，从母亲手中接过几张皱皱巴巴的面值一两角的钱币，起身走了。随后，小山村又响起了他那洪亮的吆喝声，如同金属的撞击声响过，在小山村的每家每户錾刻下岁月的痕迹，古老沧桑，最终消失在时光的隧道里。

　　时过境迁，随着小山村越来越富裕，村中办酒席有了专用的租借碗筷，无须挨家挨户地借碗，从而导致錾碗这门手艺退出了历史舞台，尘封在我们的记忆深处。如今，在老家，看到錾有父亲名字的瓷碗，我会想起錾碗师傅手中的錾刀。它如此坚硬锋利，像施魔法般在瓷碗上留下一个个平凡的名字，如同在父亲的脸上刻下了岁月的印痕。几十年后，錾碗师傅的身影消失了，他那洪亮的吆喝声不会再在小山村响起。可是，他錾碗的金属声偶尔会在我的脑海里闪过，随之一同闪现的还有父亲的告诫，如同他把父亲的告诫刻在我的心上，一生不忘。

姨母的缝纫机

我从小就佩服我姨母，手巧，会做各种美味佳肴——大多数是乡间流传的本帮菜肴。乡村食材经过她烹饪，香辣可口，可谓色香味俱全。她给我父亲量身定做的中山装和的确良衬衫，挺括合身。她给我做的中山装，针脚匀称，棱角分明，我一直穿到大学毕业那一年。她让我们全家衣有所穿，不用去邻县的裁缝铺量体裁衣。母亲不用催促，姨母会以最快的速度把衣服送来。

我上大学报到的那一天，正逢金秋十月，秋风送爽。湘江边，象牙塔，我穿着姨母做的中山装走进校园。藏青色的中山装，涤棉斜纹卡其布，笔挺笔挺的。这身衣服是姨母新做的，尽管和其他同学相比，显得有点儿土，但是我毫不在乎，因为姨母做这件衣服花了不少心血，非常合身，我很喜欢。我的自卑感不是来自服装，而是我的普通话（有着浓厚的方言腔调）。在我珍藏的很多张照片中，我的着装不管是中山装，还是白衬衫，很多出自我姨母之手。

大学期间，我羡慕同学穿西装、打领带，洋气、潇洒，他们流露出一种无法形容的优越感，似乎高人一等。我的生活费已足够让父母头疼了，因此家中没有闲钱给我购买西装衬衫，只能穿姨母做的衣裳。羡慕归羡慕，积攒归积攒。省吃俭用，日积月累，我好不容易攒够了一套西服钱，在同学的陪同下，我在湘潭市中心一家卖低档服饰的街边小店试穿一套很不得体的西装，讨价还价，舍不得买，更担心父亲责备，但在同学的怂恿下，狠下心，穿上西装——"鸟枪换炮"。假期我穿着西装回家，忐忑不安，因为我身形矮小，穿最小尺码的也大了一圈，肯定不合身，果然被父亲一顿训斥。大学期间，我再不敢买西服。为了参加学校的活动或去邻校访友，经常借同学的西服穿。我记得借穿过一件红色的西服，很艳，但不俗气。西服是我同寝室同学的，我们身高相差不大，西服尚且合身，走在校园里，如一团火在移动，回头率相当高。我衣柜里叠着的衣服大多是我姨母亲手缝制的，样式不入流，入不了同学的眼，我却钟情于这些款式的衣服。我认为衣服最大的作用是遮体与保暖，我没有钱买时髦的衣服，将就着穿，总不能赤身裸体在校园里狂奔。

20 世纪 80 年代中，姨母嫁到了邻村的一户人家。姨父家一贫如洗，且和一个双胞胎兄弟住一起，一人一间土砖瓦房，灶膛间共用，进厢房必须穿过灶膛间。厢房不到三十平方米，房间里除了一张红漆架子床像样点儿，其余的都是一些简单的桌凳。平常吃饭，他们在卧室里置一张小方桌，四条矮凳，将就着。只有逢年过节来客人吃饭时，姨父才把卧室里的东西挪开或搬出，勉强放一张八仙桌，所以窗台下的那台老式缝纫机经常被移来移去。

这台老式蝴蝶牌缝纫机是姨母的宝贝，她不许任何人靠近，更不许任何人乱摸。那个年代，缝纫机非常珍贵，周边几个村庄也就两三台。这台缝纫机是姨母的嫁妆。我们一家人的衣裳全靠姨母和那台缝纫机。姨母缝衣裳的手艺是邻县裁缝铺的师傅手把手教的。听母亲说，姨母跟着师傅学了不到两年就出师了。我们村里有个妇女学了五年才勉强出师，她的手艺远不如我姨母。姨母心灵手巧，又肯用功，经常忙到深夜。我们兄妹三人身体长得快，衣裳要量身定做。姨母用软皮尺给我们每人量袖长、肩宽、腰围、臀围、身长等，把名字和尺寸写在小本子上，画出很多纸样板。母亲去镇上买来各种布料，让姨母帮我们做中山装、棉袄、衬衫、长裤、短裤等，春夏秋冬装，厚的薄的，一套又一套。

姨母做衣服的裁衣台是把门板取下，用两条长木凳架起的，上面铺了底布。

做衣服时，她先铺布料，抚平，按纸样板用画粉画出轮廓（尺寸非常精准），然后手握一把大剪刀沿着画粉线裁剪，落剪快，不犹豫。一条条、一块块布料被裁好，姨母用画粉编上前后左右片，扎好。姨母轻快地踩动缝纫机，脚踏板上下摆动，带动大轮，大轮通过皮带带动缝纫机上的小飞轮旋转，缝纫针带着细线上下跳动。姨母轻盈地推动着叠加在一起的布料过针脚。随着针与线有节奏地跳动，缝纫机发出"嗒嗒"声，上下线把两块面料缝在一起。姨母低着头不断地踩缝纫机让布料过针脚，一条条裤子、一件件衬衫、一套套中山装在她的缝纫机上完成了。缝好的衣服，先不熨烫，让我们试穿。如果非常合身、得体，再用熨斗把衣服熨平，熨出褶，熨得有模有样，最后再钉上纽扣。

大年初一，我们穿上母亲做的新布鞋，穿上姨母做的新衣裳去给乡邻拜年，那时幸福感与温暖感遍布全身，姨母每次做完衣裳，都要把缝纫机收拾得干干净净，注入少许缝纫机油（那时候基本上用变压器油代替，也能起到润滑作用），防止缝纫机的齿轮生锈，最后套上一个布罩防尘。

我们小时候很少见到缝纫机，好奇心泛滥，喜欢摸缝纫机上那块光滑的面板。金黄色的面板，布满清晰的木纹，那种光滑度在其他任何家具上是见不到的。喜欢摸缝纫机上那只栩栩如生的蝴蝶，感觉吹一口气，这只蝴蝶就会惊醒，从缝纫机面板上飞起来。有时候，我喜欢玩缝纫机的底线轴套、缝纫针和线团，但都会被姨母无情地收走。一个顽皮的小孩儿趁姨母走开，揭开布罩，踩踏缝纫机，让缝纫机空转，针脚上下上下跳动，速度极快，他以此为乐。哪知乐极生悲，一不小心，旁边的小孩儿伸手去抓针脚，手指被缝纫针扎穿，嗷嗷大叫。踩踏缝纫机的小孩儿怕挨揍，早已逃之夭夭。剩下那个被扎了手指的小孩儿动弹不得，侧着脑袋，手指被缝纫针扎穿，卡在针脚下，哭天喊地。现在想起这一幕，我的心还在颤抖。

姨母为了对付这帮熊孩子，用完缝纫机，只好把皮带松掉，把缝纫针取下。

有时候难免忘记取针或松皮带，或者是被哪个熊孩子装上了皮带和针，手指被扎的熊孩子不长记性，好了伤疤忘了疼，难免再次被扎。小时候，我经常拿姨母缝纫机抽屉里的画粉，以画粉代替粉笔，在墙上或地上乱写乱画。现在想起这些往事，仍然觉得好笑，笑我们那年代的孩子太无知，也无聊。

后来，姨母搬进了大房子。随着服饰的变革与流行，农村量身定做衣服的人极少了，姨母没有舍得把那台旧式的蝴蝶牌缝纫机扔掉。衣服破了，或者开线了，姨母就用这台缝纫机修修补补，保持着节俭本色。

父亲穿不惯买来的棉袄，也不喜欢穿夹克衫，更不喜欢穿西装，只喜欢穿姨母做的衬衫和中山装。这些年，庆幸姨母家的那台老式缝纫机还在，姨母的手还是那么巧，母亲每年到镇上扯几尺布料，送到姨母家，让姨母在空闲的时候帮我父亲做几套衣裳，也满足了我父亲的穿衣风格，几十年不变。

这些年，我每年去姨母家拜年，品尝完她做的美味佳肴，便跑进她家的东厢房，仔细端详着那台老式的蝴蝶牌缝纫机，摸摸它的面板和机身。那只金灿灿的蝴蝶镶嵌在机身上，依然那么灵动如飞。立在窗台下的缝纫机，虽然经过了岁月的打磨，但它的面板依然光滑如新。机身略有锈蚀，轻轻地踏动踏板，它有节奏地响起，像一首老歌，歌中是姨母的青春年华。这首歌给我们带来幸福与温暖。

或许是机缘巧合，或是命中注定，我读了纺织大学。我半辈子和服装面料纠缠在一起，经常出入各大服装厂。缝纫机更新换代尤其快，技术越来越先进。在服装厂的车间里，每当看到年轻的姑娘踩着电动缝纫机，发出有节奏的“嗒嗒”声，我的思绪就随着缝纫机的响声回到了故乡，回到了年少时的那段旖旎岁月。看着她们年轻的身姿，我似乎看到了姨母年轻时的模样，她在窗前为我们缝制衣裳，低头不语。

千针万线出巧手，千言万语难言表。他乡异地又念起，薄衫寒意常相忆。

时光荏苒，恍若隔世。如今，姨母老了，缝纫机也老了。漂泊异乡的我如一叶浮萍，错把他乡当故乡，不知何日归家洗客袍。

我很多年不穿姨母做的中山装了，已穿惯了西装与衬衫。偶尔有过穿中山装的念头，但这念头在脑海中一闪而过，终究没有勇气返璞归真。

鞭炮

　　清晨，一阵鞭炮声把我从梦中吵醒。我居住的城市，三环以内禁放烟花爆竹数年，我家恰在三环之边沿，偶尔能听到鞭炮声。居民平常燃放鞭炮，无非是办婚宴、搬家、购新车，为了图个吉利，尚能让人接受，绝不是我故乡燃放鞭炮乃为攀比之类。

　　说实话，我不太喜欢在城市里随便燃放鞭炮的行为，有几分讨厌，甚至鄙视。鞭炮声扰民，污染空气，鞭炮灰飞溅难以打扫。我尤其不能容忍在小区里燃放鞭炮的行为。刚洗完的车，落一车身的鞭炮灰，令人十分不快，又不好意思和燃放者争论，毕竟人家办喜事，应该理解、包容，最多快快不乐地抱怨几句，最后辛苦环卫工人打扫路面，我再洗一回车。在湖南某个城市，我见过居民把点燃的鞭炮置于一个废弃的铁桶内，让其在铁桶内炸响，鞭炮纸屑不会乱飞，易打扫。这是一种比较折中的方法，值得借鉴。

　　儿时的我特别喜爱鞭炮，可谓奉为至宝，对放鞭炮兴趣盎然。

　　我的故乡地处湘中农村，风俗繁多，加上湖南盛产鞭炮烟花且价格低廉，因此燃放烟花鞭炮的日子特别多。如过年、结婚、搬家过火、打地基、上梁、寿辰、孩子满月、丧事、清明祭祖等日子，无不燃放鞭炮。尤其是春节，为增加节日气氛，家家户户燃放，你家放罢我家登场，似乎有攀比之风。办丧事鞭炮燃放量也相当大，为了让方圆数里的人都知道他家有人作古登仙，便用鞭炮声来告知天下，办一场热热闹闹的白事。

往昔，我特别盼着过年，或盼着村中有人结婚、做寿，甚至盼着村里有老人去世。这样一来，我就有鞭炮可放，心中乐开了花，忘乎所以。真是童子无知啊。平常的日子，我很难得到一串鞭炮。

贫苦的年代，父母亲不可能拿钱给我买鞭炮玩。只有村中有人办事，趁燃放鞭炮时捡点儿零散的鞭炮，满足玩心。那时候的鞭炮质量不如现在的鞭炮，一串长长的鞭炮往往放一半便会熄火。如果是结婚的日子，主人认为不吉利，会把没放完的鞭炮收起来。我们经常在放完的鞭炮纸屑中寻找，要是能找到一小串鞭炮，那一定会高兴得手舞足蹈，在同伴面前炫耀半天。在鞭炮纸屑中一无所获，那也是常有的事。

我围着放鞭炮的大人转悠，想要讨取一小串鞭炮是很难的。大人怕小孩燃放鞭炮出事，烧坏衣服是小事，万一炸伤手或炸伤眼睛，那可担不起责任。我得鞭炮之心太急，不管那么多，根本不怕鞭炮。实在得不到鞭炮，就从地上燃放的鞭炮串中抢。大人点燃一长串鞭炮，我盯着燃爆的鞭炮冒着浓烟，发出震耳的响声，纸屑飞溅。我捂着耳朵，眯着眼睛，等待燃放鞭炮的人把最后一小段鞭炮扔在地上的那一刹那，我飞快地用脚踩灭燃爆着的鞭炮。有时候越踩炸得越快，眼看只有最后一小截鞭炮，我眼疾手快地从鞭炮末端摘取一段，放入口袋逃之夭夭，躲开大人的责骂。晚上回家自然逃不过母亲的打骂，皮肉之苦，习以为常。记得有一次，一户村民家做寿，我趁大人不注意，从地上摘取一段熄灭的鞭炮放入口袋。可能是操之过急，那一小段鞭炮没有完全熄灭，最后"噼里啪啦"地在我口袋中炸开了花，把一件刚穿不久的棉衣烧坏了。回家后被母亲追着打，从东厢房追到西厢房，最后我从后门逃脱。

我把摘来的一小串鞭炮，小心翼翼地拆下来，如同拆女孩儿的辫子。将拆下的小鞭炮和引线装进火柴盒里，点一根香，一个个地燃放。那鞭炮声清亮动听，好像来自远古的声音，久久不绝。鞭炮最有趣的玩法，一定是把点着的鞭炮扔入塘泥中，尤其是大一点儿的鞭炮，有威力，把泥巴炸得四处乱飞。我们为博得一乐，不怕泥巴溅到头发上和脸上，也从未考虑过危险。鞭炮在泥巴里炸出一个深深的大坑，冒着白烟，引来一阵阵惊叹与嘘声。最过分的做法是，把鞭炮插入新鲜的牛粪中，小心谨慎地点燃引线，之后我们跑得比兔子还快，远远地看着牛粪被炸上天。那一瞬间，我们不知有多开心。万一碰到哑炮，胆再肥也不敢靠近，搞不好，刚一靠近，一声巨响，来个满脸牛粪，那会成为村中的笑柄，遭人嘲笑很久。为了玩出新花样，把点燃的鞭炮迅速盖上一个废弃的小搪瓷盆，"砰"的一声把搪瓷盆炸飞，笑声也在山谷里飞扬。乡下小孩儿玩鞭炮的花样很多。简单的生活，简单的人生，简单的日子，快乐的生活。

没有炸响的一些鞭炮被折断，把火药挤出堆成一小堆，四周再围上一小圈折断成八字形的小鞭炮，把引线埋在小火药堆里。点燃引线，随着引线的"吱吱"声，一瞬间燃起五颜六色的火焰，冒着浓烟。稚嫩的脸上泛着笑容，也沾了些许火药的黑，像一只快乐的花狸猫。

后来，随着农村条件越来越好，一到过年，可以用压岁钱买鞭炮了。每年春节，我一定去姑妈家拜年，姑妈家在邻县的小镇上，二表哥经常给我买很多盒小鞭炮。那种鞭炮比普通的鞭炮大，一小串一小串的，五颜六色，每串二十来个。我喜欢拆下来一个一个地放，尽管也可以一小串一小串地放，但是我不会这样做的。这种小串的鞭炮，乡下叫"电光炮"，燃放时发出一道闪亮的强光，仿佛一道光弧闪过天空，驻留在眼底，久久不去。这种鞭炮响声特别大，引线燃烧非常快，爆炸威力大，极其危险。那时候为了满足一时之欢，也无安全意识，从不计较危险。现在想来，有点儿后怕。

再后来，农村发生了翻天覆地的变化，家中有余粮，手中有闲钱。过年时，家家户户放鞭炮，有些富裕的家庭开始燃放烟花。湘中小山村过年时，鞭炮声从凌晨开始响起，此起彼伏，一直闹腾到天亮。太多的鞭炮声入耳，让人分不清到底是东边在放，还是西边在响，其实方圆几里都淹没在鞭炮声中，人们都沉浸在春节的喜悦和美好的祝福中。

近些年，湘中小山村过年以燃放烟花为主。为了增加热闹的气氛，鞭炮作为附属燃放品，虽然是必不可少的，但或许因为鞭炮放完纸屑多，灰尘多，不易清扫，且不及烟花那么绚丽多彩，于是鞭炮慢慢地不受村民青睐了。

吾儿每年回到湘中小山村过年，对烟花鞭炮也是爱不释手，各种烟花鞭炮都要玩一遍，一天不把身边的烟花放完，不肯罢休，希望没完没了地放烟花鞭炮，那种对一瞬之美的追求特别强烈。从他身上，我看到了儿时的我，惊人地相似，不得不感叹基因的力量太神奇、太强大。或许是烟花鞭炮的诱惑力太大？不得而知，可能两者皆有。

然而，在江南水乡生活久了，为了响应政府的号召，这十来年我没怎么燃放过烟花鞭炮，渐渐地也不喜欢放烟花鞭炮，觉得那是在烧钱。我甚至有点儿讨厌平常动不动就放鞭炮的行为。

王安石诗云："爆竹声中一岁除，春风送暖入屠苏。千门万户曈曈日，总把新桃换旧符。"每年回到故乡，我还是要遵从旧俗，拜年、祭祀时放点儿鞭炮增加气氛，希望这习俗传承下去。

宁静的小山村，炊烟袅袅，酒香阵阵，故乡迎来了新年。在一片祥瑞气氛中，在万家团圆之时，在一阵阵震耳欲聋的鞭炮声中，我安然入睡；又在此起彼伏的鞭炮声中醒来，在一杯杯淡酒中品味故乡的年味，回味故乡的人和事。那时候，最开心的人，一个是母亲，一个是吾儿。母亲在鞭炮声中忙着接待前来拜年的客人，吾儿在鞭炮声中点燃了五花八门的烟花，他的笑容胜过朵朵烟花。

走亲戚

回湘中小山村过年，一定要带着鞭炮、提着礼物走亲戚，给长辈拜年。

湘中小山村，民风淳朴，走亲戚带的礼物，都是当地的野土特产，如鸡蛋、糍粑、米酒、茶叶、糖果等。不求礼物多高贵、多时尚，礼轻情意重，故乡人看重的是亲情和友谊。这习俗几十年来没有多大变化，礼尚往来，人之常情。

前些年，外公、舅舅相继去世。逢年过节，我们陪母亲回娘家，给外公、舅舅上一炷香，顺便看望一下年迈的舅妈，让母亲心里得以慰藉。我们陪母亲回娘家时，母亲走在最前面，她那种急切的心情，我们都能理解。

每次到舅妈家，舅妈家的小黄狗总是热情地迎接母亲，在她身边不停地转悠，伸出舌头舔舐母亲的鞋面，或仰着头张望，眼睛清澄透亮。临别时，母亲往往走在最后面，步履蹒跚，不停地回头张望。小黄狗要跟着母亲走很长一段路，母亲把它轰回去，它又赶上来，来回往复，和我小时候一样。看到这一幕，我脸上漾出淡淡的微笑。儿时的我为了跟着母亲走亲戚演绎出一幕幕可笑的场面，和眼前的小黄狗有几分相似。

我家的亲戚大部分居住在河对岸的邻县，一河之隔，口音却不同，我经常被外公村里的人揶揄，他们编了顺口溜嘲笑我说话的腔调。那时候，亲戚来往不是特别频繁，母亲要走的亲戚极少，在我的印象中，她回娘家的次数相对要多些。

每逢母亲走亲戚，我会悄悄跟在后面，走着走着就被母亲发现了。母亲停在田埂上，我停在山脚边，母亲不走，我也停住脚步。僵持多次，母亲站在山塘边，我已站在田埂上，母亲往回走一段，我后退一段。拉锯似的，来来回回，最后母亲像赶鸭子似的把我轰回家，我因此快快不乐，甚至伤心落泪。有时，母亲发火，中途折返，放下包袱，佯装出门干农活儿，趁我不注意，偷偷地溜走。我至今依然记得非常清晰，如同刻在脑海中。

我的倔强偶尔能有效果，真能跟着母亲走几回亲戚。生来好动的我，脑瓜儿也转得快，一旦知道母亲要走亲戚，便帮母亲提篮子、拎礼物，讨好她。母亲去外公家或堂姨家，讨好或耍赖能起作用；去其他亲戚家，免谈。为了达到目的，我要各种无赖，在地上打滚儿，或坐在地上大哭，甚至有时候抱着母亲的腿，不让她走。母亲走一步，我屁股在地上挪动一下。母亲心情好的时候，会掰开我的手，迅速跑远，急得我在后面追赶并跺脚，号啕大哭。母亲知道我哭累了自然会回家，便不理睬，头也不回地向前走去。一旦碰上母亲心情不好，她便就地取材，操起细竹枝一顿猛抽，我头上、手上瞬间起了红色的抽痕，又疼又痒，久久不会消退。我捂着头连滚带爬地逃，哭哭啼啼、灰溜溜地回家。有时我干脆走在母亲的前面，母亲实在没有办法，犟不过我，碰到父亲开口通融几句，我便跟着母亲走一回亲戚。我心里美滋滋的，还会哼着歌，边走边扭，惹得母亲又气又笑。年幼的心灵，离不开母亲的呵护，就像小鸡一样跟在母亲的身边，感觉只有待在母亲的身边，才会无比快乐。

母亲走亲戚，有时被亲戚挽留吃晚饭，盛情难却，只好留下。然而母亲迟迟不归，让我们兄妹三人等得着急难受，时不时站在房屋西边土坡上或田埂边，朝农田里的一条小路眺望，急切地盼望着。年幼时的那种等待，可谓望眼欲穿。傍晚时，母亲的身影一旦出现在我家西边的田埂上，我总是第一个发现，顺便告诉父亲和弟弟妹妹。大家欢呼雀跃，站在田埂上等。如果是下雨天，我便更加频繁地站在土坡的最高处张望。一旦发现母亲冒着雨，在泥泞中快速地行走，我便戴上斗笠，拿着桐油伞飞快地向她跑去，怕母亲淋雨生病。

天黑了，小山村安静下来，大地被黑夜吞噬，月亮像一个玉盘挂在天宇，星空像挂满了银币的藤萝，一闪一闪，家家户户亮起了灯。母亲走亲戚还未归，我站在门口望了又望，久久未见母亲的身影，被经过的邻居骗得流眼泪，真以为母亲晚上不会回来了。父亲看到了一定嘲笑我，说我蠢。夜色越来越暗，为了早点儿见到母亲，父亲让我们兄弟提着手电筒去接母亲（母亲极少在亲戚家过夜）。我们走过田埂，小心翼翼地走过山塘（怕滑入山塘，也怕老鼠和蛇出没）。兄弟做伴壮胆，一前一后相互照应着，黑夜也没那么恐怖了。我们走在青石板路上，怕被凸起的石块绊倒，更怕冰冷的小动物滑过脚背——那种感觉令人毛骨悚然。小路的两旁全是水田，初春时节，月明之夜，水田极像一口装满月光的山塘，也像一块镜子，镜中荡起一闪一闪的光斑。蛙声嘹亮，虫声起伏。我们无暇欣赏，只关心脚下的石板路，生怕一脚踩空，跌入稻田。我们时不时停下脚步，抬头张望，眼前一片朦朦胧胧的景象，却不见有人影移动，于是加快脚步前行，希望快点儿接到母亲。

在黑夜中行走，灯光最吸引人的眼睛，也最温暖人心。远处，一个光点在移动，像萤火虫一样在田间游动，越走越远，最后消失在茫茫的黑夜中，让人怅然若失。有时灯光越来越近，充满希望，直到擦身而过，发现不是夜出抓青蛙的村民，就是赶路的人。认识的叫一声，不认识的相互干咳一声，证明我是人，不是鬼（故乡人夜行有这种讲究），情绪瞬间低落，心里发怵。

随着几个光点消失，还没见到母亲的身影，我和弟弟哼起儿歌，歌声在田野里四处飘荡，想让母亲远远地听见我们的歌声加快回家的脚步，也能驱散恐惧。黑夜，无边无际，吞噬了一切，除了蛙声和虫声，还能听到自己的心跳声，让我惴惴不安。如果听到路边草丛中有声响，立刻战战兢兢，不敢前行，在路边呆呆地等，直到响声消失，方敢迈出脚步。盼星星盼月亮，终于听到母亲的呼喊声从远处传来，恐慌的心才安静下来，不再害怕。我们朝着母亲晃了晃手电筒，光束在田野里跳跃，我们迎上去帮忙提篮子，背袋子。见到母亲，我们早就把下午被母亲轰回家的不愉快的记忆抛到九霄云外。我们走在前，母亲跟在后，一路说笑着回家。如果偶尔吃上母亲从亲戚家捎回的糖果或糕点，晚上的梦也是甜的。

年少不更事，非常不理解母亲走亲戚时为何不带我们，甚至生过怨恨。现在我已为人父，终于明白母亲的不易。母亲是个好面子之人，生怕我们在亲戚家顽皮给她丢脸，另外物资紧缺的年头，多去一人要多吃一份粮。更怕我们走不动，要她背，万一走丢或掉进山塘里，将追悔莫及。为了防患于未然，母亲干脆把我们留在家中，省事。

几十年过去，那个倔强不懂事的少年长大了，母亲老了。我离开故乡二十几载，如今一想到年少时求母亲带我走亲戚的哭闹场景，便情不自禁地大笑，笑年少时的无知与滑稽。

每次回到故乡，陪着母亲走亲戚，我的思绪便不知不觉回到儿时，眉间一丝笑意掩盖不住脸上的沧桑。可惜外公、舅舅去世多年，家中可走的亲戚越来越少。通往外公家的那条路还在，曲曲折折，蜿蜒于田地间，路边的野花一路芬芳，我心中却多了一份忧愁：时光匆匆，那条路，我不知还能陪母亲走几回。

深夜，偶尔会想起那些年的趣事和傻事，不由叹息。那时候傻傻地看着月亮走我也走。害怕月光女神割耳的谎言会成真，不敢指点月亮，亵渎月宫里的神仙。我和弟弟提着手电筒走在乡间的小路上，那份恐惧感早已消失，那份期盼与惊喜，历历在目。

身在异乡，无亲戚可走，这是一件很悲凉的事，尤其是节假日。

辑 四

故土之遥

　　我不知道从哪里来，又要到哪里去。到人世间跟跟跄跄地走一回，最终，又从人世间消逝。

　　我从故土来，故土养育了我，远离故土成了我一生的痛。在异乡的土地上生活越久越有一种莫名的陌生感，我是入侵者，还是流浪者？如一叶浮萍在异乡的风雨中飘摇，缺少了故土的那份亲切感和归属感。随着年岁的增长，叶落归根的思想越来越强烈，它在我不算年轻的胸膛里乱窜，有时窜进我的梦里。梦中，我像一匹野马，在故土上奔跑，奔向田野，奔向山间的林荫小道，奔向年少时的旖旎岁月……

重述故土

1. 山与石、姓氏

320 国道穿过湖南，必须经过一个叫青树坪的小镇。这里的人从小镇出发，往东直达上海，往西可去昆明，当然也可以南下广东，北上东三省，甚至可以漂洋过海去异国他乡。小镇位于湘中，在双峰县境西部，交通尚且便利。这里的人质朴、勤劳、勇敢、正直，这里的人说话口音晦涩难懂……关于小镇名字的由来，我从来没有去了解，打小我就被外公村里的人打趣为"湘乡拐子"（双峰以前属于湘乡县），烙上了双峰人的印记，于是双峰青树坪成了我的故乡。上学时，每次填写籍贯，我都毫不犹豫地填上"双峰"，有时还加上"青树坪"。而我所熟知的故土充其量也就是一个巴掌大的小山村，从村东头到村西头，不足二里（一千米）。

从青树坪镇集市的十字马路往南走，在三角子园的岔路口往西南方向，有一条蜿蜒曲折、高低起伏的水泥马路通往我的故乡。这条路我走了几十年，闭着眼也能走回家。一个只有三十几户人家的小山村，大部分人复姓欧阳，据说我宗族欧阳氏祖籍在江西吉安。几百年前，我们的祖先从江西迁入湖南，隐姓定居于此，繁衍生息。关于祖辈将复姓"欧阳"改为"阳"是何年何时，村中从未有人提起，只见坟地的石碑上、泛黄的族谱上、堂屋神龛里赫然以"欧阳氏"展现。也许是这块土地上没有出过一个名人，一群草民用不着计较身份证上的姓氏，认为姓名仅仅是一个代号而已。他们以为只要心中不忘祖宗姓氏，族谱上不改姓氏便可，也许他们早已忘了一句古话："男子汉，大丈夫，行不改名，坐不改姓。"包括我。虽然我一直有改姓"欧阳"的想法，但也许是名字用惯了，几十年来，我终究没有改姓"欧阳"。村民中除复姓欧阳外，还有贺姓、彭姓、刘姓，这三个姓氏的子孙像禾苗分蘖一样——尤其是贺姓，人丁兴旺，家族人口越来越多，而复姓欧阳的人越来越少。其缘由不出两点：其一是姓欧阳的老人相继离去，其二是欧阳家族的年轻人逃离了故土——我就是其中的一个。

这里的民房集中在一个山坳里，每栋民房都不相连，几乎是独栋独户的人家，即使是亲兄弟也不共一堵墙。两堵墙之间，或留一条可容纳成人侧身而过的弄堂，或留一条通往邻居家的过道。有时，亲兄弟为了争一尺宅基地，反目为仇的事也会发生。两兄弟在屋檐上比高低，你檐角高一寸，我屋顶再加高一尺，好像一定要压制住对方。以往，这里一个家族的人大多共用一个堂屋，厢房一间连一间，分东西厢房，有天井，虽然是土砖瓦房，但还算比较牢固。大约经历了一百多年的风雨，老宅子陈旧破败，摇摇欲坠，于是这些土砖老宅子被后辈们遗弃，在风雨中圮废坍塌了。十几年前，村民推倒旧宅，各自择地新建了楼房。

我家面山而住，可谓开门见山。以前，我家是一间半土砖瓦房，三间杂屋，小叔家住东头，我家住西头。后来，小叔家搬到了马路边，另建了三间楼房，我家拆除老宅子新建了五间楼房。我一直不明白父亲为何要守着这块临近坟地的宅子不肯搬到马路边。当年，我再三建议父亲把新宅子建在马路边，方便出入，但拗不过父亲，也就依了他。人是讲感情的，在一块土地上住习惯了，换了新地方，不适应，也许换了新地方还会导致诸事不顺，睡不安稳。我知道父亲已经离不开这块土地了，他对这块土地的依赖已经远胜过我这个在异乡生活多年的逃离者。

　　站在我家对面的山顶上，向四周眺望，房子被一群青山包围，崇山峻岭，像凝固的浪花，一浪赶一浪，波澜起伏。山上长满了松树和杉树，偶尔有一丛楠竹和几株樟树、枫树。山不高，沿着田埂往东山走，山间有两条小路：一条通往石山，一条通往山顶的坟山。石山产石头，石头从山崖边露出狰狞的面孔，如一群野兽卧在泥土里，错落有致，石缝里长满竹子和灌木、青苔，也长几棵歪歪扭扭的松树。石匠用铁钎在巨石上打洞灌入炸药，炸开巨石，再用铁镐撬开石块，运回小山村，用来砌墙、铺地。石头出了深山便有了生命。独轮车上装着一块大约两三百斤的嶙峋怪石，一个村民在前，肩上套根绳索，身体前倾着拉车，另一个村民套着肩带担起独轮车车把，双手扶住独轮车的车把，颤颤悠悠、一步一步地下山。独轮车吱吱呀呀地唱着歌，滚出了山沟沟，长满棱角的不规则石块随意倒在村口的禾场边。一块大石头经过石匠的锤与凿，打成一副石磨，也可以打成一套石门槛，还可以打成一对石臼。大部分石头经过稍微平整、开条，成了房屋的地基石。

　　沿着另一条山路往上走，是坟山，山顶埋着我的太爷爷、爷爷、奶奶、堂爷爷、大叔，以后还会埋着我的父亲、母亲、小叔。将来的某一天，我客死他乡，可能埋不进山顶这片红土地，成了无人祭奠供飨的孤魂后，也许会魂归故里。我从小就怕往这座山顶跑。在山头挖红薯或割草，天色微暗，我就灰溜溜地从山顶跑下来，不敢回头看，三步并作两步往家跑。年幼无知而胆怯，殊不知祖先是会保佑子孙平安无事的。听父亲说，一位风水先生看过这座山，从高处看这座山像一只展翅的凤凰，故名凤形山。我一直不明白那位风水先生既不是神仙，如何飞上天从高处来鸟瞰这座山？也许风水先生有一套观山川河流的神功？

凤形山下有一条沟叫烧水岩，烧水岩有一眼清泉从石头缝里汩汩流出，泉水不大却够一村人饮用。泉水穿过乱石，流成了一条小溪，小溪旁的野草非常茂盛，四季常青，泉水从不断流，一路欢唱着流进了山塘。我小时候经常在小溪的草丛里摸虾和小鱼，偶尔逮到过几只石蟹。

看牛娃喜欢赶着牛往山上跑，山上野草丛生，适合牛群奔跑。稍不留意，牛吃了一蔸红薯或几丛麦苗，看牛娃怕大人骂，气不过，在牛背上猛抽几下，告诫牛不能再犯，牛似乎听懂了，抬头发出"哞哞"的叫声。傍晚，看牛娃赶着吃饱了的牛群往山下跑，牛群在山间小道上狂奔，扬起一片尘土。隐隐约约的牛蹄声，如千军万马奔腾而来。五六头牛从山头撞了下来，跨过小溪直奔山塘，吓得山塘里的鲢鱼跃出水面。平静的水面欢腾起来，水面闪动着一道道银色的光芒，水声哗哗，水花朵朵。牛群一旦入水，便不会轻易上岸，于是看牛娃往水中扔石子。牛群露出鼻孔喷着水雾，挑衅着看牛娃，好像在说有本事你下来。气急败坏的看牛娃不断地向水中扔石头，却无济于事，索性让牛游尽兴，尽兴了它们会自动爬上岸。它们也知道天色已晚，该回牛栏休息了。看牛娃与牛群离去，山塘又恢复了平静。几根牛尾拍打着节拍，走进了夕阳，一群牛蝇在牛背上飞舞。牛群穿过山林，走过田埂，隐藏在炊烟袅袅的小山村的暮色里。山间偶尔传来布谷鸟儿空灵的叫声；几只白鹭低低地掠过山塘，消失在树林中；一群麻雀叽叽喳喳地掉落在屋檐上，好像受到了惊吓，瞬间又飞向农田或山林。

小山村的西边有一座不长树木的光头山。山上全是麻石子，几乎没有一块像样的土壤。也许是石块还在演化中，数万年后，石块变成了土壤，会长出一大片树林。山上只长茅草和灌木。夏天，茅草开出一片雪白雪白的绒花；秋天，遍野的茅草变成了金黄色，如翻滚的麦浪，一浪赶着一浪四处激荡。

太阳从东山升起，照亮了小山村的每一寸土地，我总感觉这里的早晨是世界上第一个早晨，这里的黄昏是世界上最后一个黄昏。太阳从西山的山坳里落下，落日余晖的最后一缕光线庄严地告别后，人间万物顿时暗淡下来，小山村在黄昏中安静下来。天空变成了云青色，西山披上了一层绛紫色，田地也披上了黄装，一切都随着青灰色的太阳隐没。不久后，东山上泛起了月光，这便是繁星下无边的夜色。有时暴风雨穿透黑夜，闪电的光芒在田野上蛇行，使天空变成一片惨白，而刺眼的闪光便洒向这片天地，并投入我的眼帘。

西山有一条小路通向山顶。我们曾经为了追寻落日，沿着两边长满茅草的山路爬上了山顶。当我们到达山顶时，夕阳躲进了更远的山后，我们在山顶呼喊太阳早点儿回来。第二天，太阳又从东边回来了。往昔，一群孩子在西山的茅草丛中挖野葱和"老鼠屎"（中药天葵子），每人拎着一个小竹篮，竹篮子里放一把短柄小锄头。我们翻遍了西山的每一块有土壤的地方。山上的草丛里有很多蚱蜢和蚂蚁，偶尔有一两条蛇从灌木丛中的石缝里爬出，吐着信子闪进草丛。蜥蜴最敏捷，在草丛中一闪，便钻进石头缝里，逃之夭夭。

夏初，西山上的茅草开花了。漫山遍野都是波浪滚滚的雪白羽花，如同给山峦盖上了一层薄雪。风吹过，茅草富有弹性地伏倒，像浪花一样起伏翻腾，沙沙作响，雪白雪白的浪潮忽而涌向山顶，忽而又涌向山脚。风吹过的地方，茅草就像做祷告一样弯下腰，一道黑黝黝的幽径就会在茅草雪白的头顶浮留半天。

最让人兴奋的事莫过于在初冬的午后点燃山脚下的干茅草，火势顺风往山顶蹿，火光滔天，大地升腾起一股连天接地的烟雾，黑色的灰烬四处飘荡，纷纷扬扬。草丛里偶尔窜出一两只野兔，必成囊中之物，这绝对是一份意外的惊喜。火势到达山顶戛然而止，来年春天，西山又长出一片欣欣向荣的碧青。"野火烧不尽，春风吹又生"，这句诗在故乡的西山吟诵了几百年。

这里的每一座山，每一块石头都有生命。深山产石头，石头是山峦的骨架。因此，故乡人骗一些熊孩子，说他们不是从娘胎里出来的，而是从石头缝里长出来的。这些熊孩子真以为他们像孙悟空一样，是从石头缝里蹦出来的，有一身本领可以在这片土地上横行。

2. 田与土

不论是登上东山还是西山，往下看，村庄像一块白玉镶嵌在绿树丛中，也像是被一声口令聚拢起来，显得很紧密。但其实村庄里的房屋是散乱的、毫无规律的，大的大，小的小，新旧交错。这是一个老式的湘中小山村，依山而建，屋宇零乱，人烟稀少。房屋大多数是两层或假三层的"湘式"楼房——"湘式"楼房这个名称是我杜撰的，大部分房屋分三间，中间为堂屋，两边是厢房、厨房、杂屋等。如今，在马路边出现了新式的小洋房，不管小洋房多么洋气、时髦，一定有一方堂屋，堂屋里有神龛，供奉着祖先的牌位、长辈的遗像，也供奉着菩萨的牌位。黛瓦白墙（部分小洋房盖上了琉璃瓦），房屋的外墙大部分贴上雪白的瓷砖，堂屋的门头上嵌入一块瓷砖匾，匾中的文字大抵是堂号或祈福词，诸如云龙堂、出入平安、厚德载物、子孝孙贤等，而我家堂屋的门匾上是"家和万事兴"五个大字。

这里的人信奉土地，他们相信土地里可以长出一个个长盛不衰的春天，土地里能够收获一个个丰厚的秋天。这里的人，脸色和土壤的颜色很接近，红土地，黄皮肤，与生俱来的和谐。他们面朝红土背朝天，用一双粗壮的手托举起一家人的生活，用厚实的肩膀挑起一个家庭的重担，负重而行，活到土埋朽骨。他们一生离不开土地。他们把土地奉为神灵，每家每户都供奉着土地菩萨。土地菩萨的牌位嵌在堂屋神龛下最中间的墙壁上，接近土地的地方。这里的人祭天祭地，祭祖宗，三杯水酒洒在土地上化作天地间的灵气，祈求年年丰收，岁岁平安。土地菩萨深藏于土地，故乡人敬称他为土地公公。母亲每次敬土地公公时，我就会想起《西游记》里的土地神，想笑却不敢笑，怕菩萨怪罪。

故乡山多地少。山不高，在群山怀抱的山谷中有一块带子状的平地，上下延伸极像群山间的一条深沟，宽的宽，窄的窄。平地上有一片祖辈开垦出的农田，农田中央有一条沟渠，以沟渠划分南北，渠北是邻村，渠南是我村。沟渠两边的农田是村中最肥沃的土地，灌溉也非常便利，田地平整，四四方方，阡陌交错。因此，这些农田成了村民眼中的宝地。村里每五年重新分一次田，抓阄时，大家都想抓到这里的一亩半分农田。僧多粥少的年代，为了公平起见，他们把肥沃的农田和贫瘠的农田搭配在一起抓阄。在我的印象中，我家只抓中过一回沟渠边的农田，而且是靠近机耕路的一大块农田，足足有两亩。父亲把农田分割成几块，一小块种上糯谷，其他的按时间先后种上粳稻，让水稻成熟有小小的时间差，便于分批次收割。除了这一大块平地之外，故乡的大部分农田依山而垦，那是老祖宗留给我们的宝贵遗产。层层叠叠的梯田绕着山脚铺展延伸，高高低低，形状大多数是两头尖的带状，有的如一弯月牙儿，有的扭成了"S"形，也有梯形的方块，极少有方方正正的。依山而垦的农田中央，凹进去一口口山塘，山塘里蓄满水用于灌溉农田。小山村没有河流，因为有了山塘，孩子们度过了一个又一个欢乐而又凉爽的夏天。

故乡的农田大部分集中在东山的山脚下。西山上有一片最美的梯田，数量不多，梯田一层层爬到山顶，山顶有一口两三亩见方的山塘。这口山塘极少有装满水的年月，一到夏天水位很快消耗到最低，鱼儿在浅浅的水中挣扎着，有时生无可恋地翻着白肚。西山的这片梯田贫瘠低产，土壤里石块很多，极易板结硬化，故水稻产量低，油菜长不高，连小麦也嫌弃——稀稀落落，东一堆，西一堆。

门前一片农田，屋后一片山，田连田，山连山，而我家门前的那片农田属于西边的邻村。有时，一沟屋檐水流进农田，冲坏了禾苗，或鸡群偷偷地跑到田边啄食稻谷，也有鸭群溜进了农田撞倒了禾苗。田主赶鸡驱鸭之余，站在田埂上指桑骂槐。如果另一方不搭理，便不了了之，最多把鸡鸭圈起来；一旦被骂的这一方搭理或回骂，那么一场湘中式农村吵架便拉开了序幕。各种难听的话肆无忌惮地骂出，在空旷的田野里飞，只要想得到，一定会出口，拉锯式，几个回合后，骂累了便各自归家。吵架过后的很长一段时间，这两户人家互不搭理。当然，他们也不会记仇太深，日子一久，趁村里办红白事，或过年过节，一方先开口搭理另一方，相互说几句客套话，一来二去又重归于好，好像什么事都没有发生过。

故乡人给每块农田取了名字，在名字的末尾加一个丘字，代代相传。至今，我还记得一部分农田的名字，如高旷丘、破丘、长丘、弯丘等，大部分根据形状命名，名字没有特殊的含义，叫习惯而已。村民对村里的每一丘田了如指掌，也知道哪丘田适合种油菜，哪丘田适合种西瓜，还知道哪丘田不耐旱，甚至知道哪丘田有泥潭，哪丘田的泥巴适合做土砖……他们按照每丘田的土质种上各种农作物。当然，每丘农田都适合种水稻，早晚两季，再加种一季油菜。

故乡人除了种田，还在山上开垦了很多旱地。他们按照给农田取名的方式给山间的每一块旱地取名。这些名字也是千奇百怪，无任何寓意，可惜我现在想不起这些土地的名字了。故乡的旱地集中在东边的山头及山腰，一层层往山上叠加，四四方方的土地周边用石块砌成界线，赤黄色的沙土地很适合种红薯、花生、土豆、萝卜、小麦、荞麦等。故乡人按季节在旱地种上各种杂粮，杂粮能缓解家中米粮不足的困境。这些旱地，红薯的种植面积最大，漫山遍野的红薯藤如同给土地盖了一层绿色的厚被子。我最喜欢故乡土豆开花和荞麦开花的季节。土豆地里开出了一大片淡紫色的小喇叭花，蜜蜂在每个小喇叭里哼着古老的歌谣，昆虫藏在花朵里爬来爬去。待到暮春时节，故乡的山冈上，荞麦花开如雪。

我曾经左肩背着竹筐，右手握着茅草刀，在故乡的山坳坳里逡巡，寻找一块野草最茂盛的土地蹲下，割满一大筐草。孩子们在山间割草，村民荷锄在山头劳作，锄地声和孩子们的欢声笑语在山谷里荡漾。有时，山风吹过松林，阵阵松涛荡过耳际，侧耳倾听，仿佛一首古老的摇篮曲在山间唱响。躺在草坡上，看着湛蓝的天空飞过一朵朵白云，那些堆积如山的白云在天空翻滚着，飘来飘去，变幻莫测。我们发挥童年时丰富的想象力观云：那朵像一头羊，这朵像一条狗，这边飘来了一群牛，好像每一朵云都能被想象成一种牲畜。云朵散去，夕阳沉落，孩子们在山间的小路上狂奔，奔向落日余晖映红的小山村，奔向梦里。月亮神割耳朵的恐惧在梦里浮现，睡梦中摸了摸耳朵又酣然入睡。

故乡人早已把田地当成家产，传了几百年。父亲说，很久以前故乡也有地主，大地主家的农田多达上百亩，小地主家也有四五十亩。地主家的田地是他们祖辈用真金白银买来的，据说每一块田地都有一张地契。地主不种田，请长工或短工帮忙打理农田，或者把一部分田地租给贫民种，收取高昂的租金。听姑妈说，我太爷爷当年有过几十亩田地，做生意赚了银两，把银两换成了田地。后来，因为太爷爷手松，做生意失败而导致家道中落，他变卖了大部分田地。他死后，把余下的田地分给了儿子，每个儿子分了不到五亩。他们靠田地吃饭，于是田地成了他们生命中最重要的财产。新中国成立后，田地被政府收回，村民吃了很多年的集体大锅饭。20 世纪 80 年代初土地重新分配，我七岁那年分到了七分田，离开故乡那年，我的七分田又被村上收回，分给了其他人家。

春天到了，农田里开出了金黄色的花海，浓郁的花香在田野上随着微风四处飘散，飘进了一扇扇窗户。一头牛拉着犁在农田里转圈，泥土翻滚着，一群乌鸦落在犁过的田地里啄食，牛铃的叮当声在田间响过，村民的吆喝声在牛背上掠过，交织成一首简单、质朴的劳动者之歌。一场春雨过后，犁过的农田装满了水，在阳光下熠熠生辉，如同一面面不规则的大镜子嵌在山腰间，镜子里装满了蓝天与白云，偶尔飞过一群鸟。

这时候的土地在孕育生命，故乡人向农田里撒下希望的种子，种子在泥土里发芽，钻出地面长成一片喜人的庄稼。于是，故乡焕然一新，村民感觉这块土地从未老去，依然保持着千百年来的模样。

3. 河流与水渠

小山村没有大的河流经过，只有一条水渠从邻县的水库百转千回而来。有一条河从山沟沟的南边流过来，在离小山村两里外的地方转了个大弯，好像故意躲避这里的村民，向东弯向了邻县。故乡人在此生活了几百年，没有等到一条河流。几万年后，沧海桑田，也许河流会改道，流经这个小山村。

我生来惧怕河流，尽管那是一条窄窄的河道，一旦发威，其力量也不可小觑。我见过邻县那条小河发怒，洪流浩浩荡荡而来，气势汹汹而去。雨季来临，电闪雷鸣，大雨倾盆，几天几夜不停歇，河道越来越宽，河水漫过河堤，淹没了成片的水稻田，让宽阔的道路隐藏起来，让房屋只留下一个小小的檐角。那满河的泥沙翻滚着，一个个漩涡在河面上打滚，顺着水流向下游奔去，浊浪滚滚，赤红色成了这里的主色调。原来河畔的老柳树如今已在洪流中摇晃，几乎要卧倒随波而去。雨过天晴，洪水退去，泥浆沉积在农田里，禾苗卧倒，甚至被泥浆掩埋。乡村小道若隐若现，上面积满了泥浆，房子也露出了本来的面目，只是沾满了赤色的泥浆。河道两边的树木面目全非，挂满了杂草和垃圾，如一个个衣衫褴褛的乞丐在河边照镜子。

当然，河流大多数时候是安静的、温和的、清澈的。河中长满了水草，水草随着水流轻轻地摆动，如一条条绿色的丝带在空中飘荡。一群鸭子从河面游过，激起层层涟漪，太阳把落山前的夕晖尽情地挥洒在河面上，波光粼粼。几只斑鸠低低地飞过河面，翅膀发出一阵轻微的颤音，钻进了树林；几只鹅在河岸上一摇一摆地喧闹；一个村民从河里舀满一担水，吃力地爬上河堤，沿着河边的田埂走向菜地……这儿宛如一幅风景秀丽的乡村山居图在沿河两岸展开。风停水平如镜，镜子里冒出来一个个气泡，气泡从河底升起，在河面上破裂成一个个标准圆，一个个同心圆在河面泛开，让平静的河流有了生机，这些圆圈是大自然的神来之笔，不用费神地一遍又一遍地展现。如果向河流中掷一枚小石子，刚才的平静瞬间消失在"咕咚"的水声里。石子落水溅起水花，激起一个个同心圆，一个圆挤着另一个圆向河面伸展，越来越大，越来越平，直到波纹荡平，河面又恢复了平静。如果下一场暴雨，雨脚落到河面上，冒起一片密密麻麻的水泡。刚开始，水面还是一个个很规则的同心圆，雨越下越急，整个河面一片凌乱，激起了层层微波细漪，密密匝匝。躲雨的人沿着河边狂奔，奔向河岸边的屋檐下或茅草棚里，跺去脚上的泥巴，掸去头发上和身上的雨珠，看着雨点从天空落下，在河面谱写一曲欢快的歌。雨丝为弦，河面为谱，风的手指在一张硕大的竖琴上弹奏，一首大自然之歌在隆隆的雷声里愈演愈烈。雷声隐去，雨脚戛然而止，太阳从云层射出一束束光芒，照亮了整个河面，河面又成了一面镜子，镜子里有云层，有太阳，有树木，还有无边无际的湛蓝。

有河流一定有鱼，河流成了鱼的家园，鱼成了河流的使者。一条河因为有鱼才有生命力，鱼离不开水，水中不能无鱼，只有恶臭难闻的水沟里无鱼。在故乡，只要有水的地方便有鱼。以前，每逢河水初涨的春天，外公在河边支一张硕大的罾网，每隔几分钟扳起罾网，罾网缓缓地露出水面形成一个漏斗形，有鱼儿游过，不幸落入网中，在罾网里跳跃、翻滚。外公一手扶着罾网，一手拿着搪瓷盆在网中抄鱼，轻轻一舀，鱼儿全部被舀进了盆，顺手把鱼儿倒进挂在腰间的竹篓里，再把罾网放入河中。来来回回，半天下来能捕获一篓子鱼儿。大部分是小的杂鱼，如果运气好，也能捕到草鱼和鲢鱼。

我喜欢跟着堂爷爷和堂叔去河边钓鱼，钓者自得其乐。记得每到夏天，故乡的雨季退去，我们选择一个风平浪静的下午，扛着鱼竿，拎着竹篓，捎上一包蚯蚓，穿过农田来到河边钓鱼。那时钓鱼全凭运气，不知道钓鱼前要打窝。我们在河边寻找一处阴凉的地方——最好是河湾处，有水草。我们穿好鱼线，挂好鱼钩，再调整好浮子（用高粱秆儿做的浮子），装上蚯蚓，向河中抛出一饵希望，坐在草地上等着鱼儿上钩。我是急性子耐不住寂寞，看到浮子在水中动了动，说明有某种生物在钓丝的那一端觅食，却又迟迟无法确定。我急忙起身，紧张地握起鱼竿一拽，鱼钩从水中跃出，鱼线从空中闪过，发出呼的响声，鱼钩空空如也。我顺着鱼线拎起鱼钩，再调整好或换好蚯蚓，又向河中央甩去，鱼钩沉入水中，浮子僵住了，一动不动。钓不到鱼，我就看他们钓鱼，偶尔有一两条小鲫鱼或黄刺鱼上钩，让我欢呼雀跃。黄刺鱼凶猛，一旦上钩便挣扎不停，被拎到草地上，鱼儿跳跃着，翻滚着，我们不敢轻易下手。这种鱼身上有三根锋利的长刺如三把尖刀，稍有不慎会被扎伤手指。为了捉住在草地上跳动的黄刺鱼，我们用脚轻轻地踩住它，也不敢用力，怕鱼背上的长刺刺穿凉鞋伤了足底，也怕用力过度把鱼儿踩死，只能用脚轻轻地踩或用手拿凉鞋按住，小心翼翼地取出鱼钩，把鱼儿装进竹篓浸在农田的水沟里。当夕阳把余晖投向了河面，河面泛起了一层金光，河畔老柳树的影子越拉越长，迈向了河中央，再爬上对岸。暮色在河面上升腾，河面由暗红变成了灰青色，等到太阳在山头隐去，河面变得更加深沉、安静。一群乌鸦呱呱地叫着，落在河边的柳树上，蝉声一声比一声高，让原本安静的河面顿时热闹起来。我们收好鱼竿，拎着几条瘦小的鱼儿穿过农田回家。如今，那两个陪着我钓鱼的人在人世间走丢了，灵魂化作了两条鱼游进邻县的那一条清流。

　　有河流经过的地方，一定有桥连接两岸。桥是连接两村的使者。河面上那座老式的石拱桥，和江南水乡的石桥有几分相似。我没来江南之前，只见过邻村的石桥。来到江南后，我走过水乡的石桥，才明白故乡的石桥如此简朴。邻村的石桥是单拱桥，用大理石垒砌，桥孔呈半月形，台阶很宽也很粗犷，桥的两侧没有很高的桥栏，砌一排矮矮的石头作桥栏。我从小就很怕走石桥，怕掉进河中淹死。当然，桥上从来没有人掉进河里。石桥上长满了青苔，斑斑驳驳，让石桥看上去更加苍老，石桥的年龄真的不小了，应该有两三百年。桥头长满了青藤和灌木：青藤顺着石桥的侧面生长，在桥洞的上方形成了一道绿色的帘，随风轻轻晃动；灌木丛把根扎进石缝里，簇集在桥的两头儿，参差不齐。

临近故乡的这条河流不宽却很深，据说河中淹死过不少孩子，大部分是夏天游泳嬉闹，不幸被河水卷进了漩涡而溺亡。故乡人为了让小孩子平平安安、长命百岁，他们把小孩子过继给"桥娘"当儿子，让"桥娘"来"保佑"自己的孩子。村民迷信生存越久、越古老的物件越有灵性——比如一棵古树或一座古桥。

随着岁月的荡涤，我对邻县的那条河的记忆越来越浅，但是对故乡那条水渠的印象很深。水渠是灌溉农田的水利工程，应该是新中国成立后修筑的。水渠的源头连接水库，向周边数百平方千米的农田输送清澈的水流。水渠像一根根血管在广阔的山野爬行，蜿蜒曲折，顺着山势一路往低处走，穿过各乡各村，抵达农田。每年夏天的枯水期，村民盼不到一场雨，只能盼着邻县水库开闸放水。清澈的水流沿着水渠向四周的旷野奔腾，水流在干涸了一年的沟渠里哼着歌，如一曲跌宕起伏的乐章，绕过山丘，穿过农田，两天后流进了故乡的田野。水流在沿途不断地分流。本来还是满满的一沟渠水，经过故乡时，水位不及渠深的一半，再度分流，又继续奔向下游的乡村。

地势比水渠低的农田，灌溉非常方便，水顺着小沟哗哗地流向每一丘农田。然而，地势高出水渠的农田就得靠水车或抽水机灌溉了。关于水车的记忆，我有太多的辛酸。夏天的某一个清晨，父亲扛着一架细长的水车走向农田，在不到一米宽、约两米深的水渠里车水。车满一丘田的水，需要整整一上午，家中两亩多田大部分在水渠之上，稻子正开着花，等着水输送营养灌浆，像怀孕的婆娘等着吃饭一样，这时候的稻田不能缺水。我们冒着烈日，火急火燎地车水，把农田灌得满满的。水库放水的时间很短，大约十一二天，村民必须尽快把水渠里的水灌进山塘。然而，山塘地势更高，他们用三四架水车以接力的方式车水。先把水渠里的水车进农田，再从低的农田车进高的农田，一层层往上车，最终把水送进山塘。几天下来，人困车乏，山塘里还不到半塘水。后来，有了柴油抽水机，村民轻松了很多。两台柴油抽水机接力，一天一夜能灌满一口山塘。只是那时候的柴油机经常罢工，一旦罢工，两三天也修不好，村民急得骂娘。再后来，有了电动抽水机，而且是高功率马达，一台抽水机便可把水渠里的水引进山顶的山塘，半天就能灌满一口山塘。碰上水库不放水的年月，村民想法抗旱自救，用电动抽水机从两里外的河里抽水。村民在我家对面的山坡上架了一条长长的铁水管，直达山顶。电动抽水机把河水送到山顶，河水沿着沟渠流向山腰的山塘，流进广阔的农田，滋润着每一棵禾苗，养活了这里的人。我曾经见到一道扇形喷泉从故乡的山林里腾空而起，喷泉处隐隐约约出现了一道彩虹。那喷泉是因电动抽水机的管道接口处被高压的水流冲开，水流从缝隙喷涌而出，在山腰尽情挥洒而形成的。

风调雨顺，五谷丰登，这些美好的祝福曾经是劳作者最大的梦想。人定胜天，人与天地抗争，当然是为了更好地活着。故乡人抗旱，从古老的水车到柴油抽水机，再到电动抽水机，生产效率大大提高。科学技术是第一生产力，这句话在农村也适用。

孩子们的眼里不存在干旱与灌溉，他们只盼着水渠早点儿停水。终于等到水渠里的水退去，他们便背着鱼篓、网兜、提桶向水渠奔去。他们卷起裤管，光着脚丫子爬进水渠，在有积水的地方用石块和泥巴堵住水渠的两头儿，弓着腰用提桶舀干积水抓鱼，经常能抓到一些小鲤鱼和小鲫鱼。

河流与水渠滋养着这一块贫瘠的土地。河流像一首古老的歌，流淌了上万年。河流会发怒，也会断流，所以我对河流敬而远之，从不敢下河游泳。水渠是人与天斗的水利工程，正是那一渠奔涌而来的水救活了那些快要渴死的土地，使土地重新焕发生机。

有时，河流与水渠可望而不可即，于是那些依山而建的山塘成了故乡人最可靠的水源。这是劳动人民从现实生活中积攒的经验，未雨绸缪，学会储蓄，尤其是水。

4. 山塘

故乡的每一口山塘和每一丘田一样，都有一个很接地气的名字，如顶洪塘、破塘、干子塘、慈姑塘、担水塘等。山塘是故乡的眼睛，眼睛里装满碧青碧青的水，山塘更像一块大翡翠嵌在山顶或山腰。山塘与农田毗邻，与农田相守了几百年：农田离不开山塘里的水，山塘里的水为农田而蓄。每到雨季，地势高的农田里多出来的水顺着小沟流进山塘，让山塘变得更加丰满。

小山村有十五口山塘，对此我了如指掌，这些山塘里装满了我年少时的欢乐与艰辛。我在每口山塘边流过汗水，看山塘里的鱼儿浮出水面，游来游去，悠然自得。有时，把梦想的钓饵抛向浑浊的世界，等一尾鱼儿上钩，也把青翠的嫩草抛向水中，等着鱼儿快点儿长大。鱼儿游过的时光，充满欢乐和汗水的时光，在一口小山塘里荡漾。

三十几户人家，一百多亩农田，共用十五口山塘灌溉农田。当然，山塘也用来养鱼增加收入。十五口山塘以抓阄的方式分包给村民养鱼。那些年，我家年年养鱼。每年开春之际，父亲挑着一对木盆去集市买鱼苗，木盆用网兜围住，买来的小鱼苗在水中撒欢儿，挤来挤去，搅起一阵水花儿。从集市到小山村七八千米路，一路走来，木盆中的水越来越少，为了保证鱼儿活蹦乱跳，必须在沿途的山塘换水、加水。担回家的鱼苗经过高锰酸钾杀菌、多次冲水再放入山塘。每年三四月份，鱼儿开口食草时，就轮到我们兄妹大显身手了。于是，割鱼草成了我年少时的必修课。也是这些噩梦般的日子，让我对故土产生了抵触，奢望着农田里处处长满青草。清晨，我从梦中醒来，睡眼惺忪地背着竹筐，晕乎乎地走向农田，寻一条长着青草的田埂蹲下。我一手抓草，一手挥刀，稍有不慎，割伤左手，鲜血淋淋，留在我左手上的数条刀疤，至今清晰可见。为了不让鱼儿挨饿，我们到处割草。每天早晨一次，傍晚一次，寻遍了故乡的整个山野，割遍了村庄的每一条田埂和斜坡。那时，我们嫌青草长得太慢，接不上茬儿，没有足够的青草供我们割，于是暑假期间，我和弟弟挑着竹篾箕跑七八里路，到邻村的农田、果园割草。

一口山塘只能灌溉七八亩农田，雨水不够丰盈的年月，山塘里的水不够用。因此，村民故意把灌溉农田的放水口设在山塘内靠底的三分之一处，从而保证山塘里有足够的水养鱼。等到夏天，尤其是碰上几十天不下雨的旱季，山塘里的水位越来越低，鱼儿缺水缺氧，浮在水面张嘴吸氧，此刻最需要一场酣畅淋漓的大雨，把小山村的每一寸土地浇透，把每一口山塘灌满。雨不会轻易落下，如果有一团乌云从天空飘过，人工降雨队绝不会放过，人工降雨的炮声击落一场毛毛细雨，落入泥土瞬间消失。只能等邻县的水库开恩放水。然而，水库放水遥遥无期，水成了小山村最宝贵的资源。村民为了一池半塘水争得面红耳赤。放水与堵水，拉锯式展开，两者都是为了各自的利益，甚至抢起锄头准备干架。

山塘里孕育着生命，山塘也有可能成为生命的绝唱。年幼时，我经常看见村中的婆娘吵架，歇斯底里地大哭大闹。两人指着鼻尖骂，骂急了扭打在一起，扯头发、抓脸、用脚踢、撕咬等，可谓手、脚、口并用。吵架，必须要分出输赢，还要打一架才解气。败者越想越气，想找自家男人帮忙出头。村中男人大多数不肯出头，反而把自家婆娘痛骂一顿。于是，气急败坏的婆娘想不通，一哭二闹三上吊。上吊不可，便以投塘寻死来威胁自家的男人，也可震慑那个打架赢了的女人。村口的那口池塘成了她们投水的最佳处。她们知道在村民的眼皮底下投水不会有危险，有人会拦住，即使拦不住也会有人下水施救。其实，她们压根儿不想死，只是做做样子吓唬人，让村里人知道她的厉害，从此人人怕她，不敢惹她。

每年夏天，丰满的山塘张开嘴，吞下一大群黝黑黝黑的孩子，山塘成了孩子们的水上乐园。村中的小孩儿喜欢在担水塘游泳，也许因为这里的水质最好。往昔，村民在这里担水洗衣、洗菜、洗澡。我们盼了很久的夏天终于来临，一群孩子在大人的带领下，趁着夕阳跳进山塘。孩子们个个儿光着屁股游泳，黝黑的皮肤在夕阳下泛着光泽，宛如一条条鱼儿在水中钻来钻去，更像一群鸭子在水中嬉闹。水性好的孩子跳水、浮水、潜水，如同浪里白条，不会游泳的或初学游泳的孩子抓紧木盆的边沿用双脚打水，向山塘中央游去。村中，没有一个小孩子成年后不会游泳，虽然游泳的姿势是狗刨式，难看一点儿，却也很实用，至少在关键时刻不会被淹死。有一年夏天，我刚学会游泳，和一群孩子去邻村的山塘摸水草喂鱼，不小心滑进了深水区，喝了好多水，差点儿淹死，幸亏学会了狗刨式游泳，从深水区浮出脑袋拼命游向岸边。一群孩子挤在一口山塘里游泳，鱼儿受到惊吓四处乱跳，一条鲢鱼跃出水面，点燃了孩子们的激情。他们拍打着水面发出声响，鱼儿跃得更欢，此起彼伏，水面欢腾起来，水声与孩子们的欢笑声在田野里回荡，直达云霄。孩子们天性好水。有人说人类的祖先是鱼不是没有道理的，水中的清凉可以荡涤身上的臭汗与尘埃，消除酷暑。在水中漂浮的人，四肢放松如同悬浮空中，那份惬意溢满每一寸肌肤。这么多年过去了，我依然钟爱我那狗刨式的游泳，这是故乡给予我的一种生存技能，我不能摒弃。

山塘里的鱼是一个家庭的一半财产，鱼的产量决定一个家庭的收入，也决定了一个家庭明年是否继续承包山塘养鱼。养鱼是一件很烦心的事，一旦碰上草鱼生病，便无计可施，一条条半大不小的草鱼翻肚子死去，却找不到特效药。

曾经，我为了捞起一条生病的鱼，拿着捞网，顶着烈日，绕着山塘转了一上午。背脊发黑的鱼浮在水面慢慢地游，想在山塘边沿找一处安静的地方断气，却对人影特别敏感，一见人影便飞快地游向水中央。那时的我突发奇想，如果能把每一条鱼抓上来打一针，救活它们，像赤脚医生给人治病一样，那该多好啊！可是，鱼不是人，也不是猪或牛。夏天过完了，山塘里的草鱼死去一大半，甚至死绝，村民的希望彻底破灭，割草的热情变淡。一口山塘能产多少鱼，只能等到年底第一网下水方可揭晓。村民穿着防水裤，拖着渔网从山塘的一头往另一头捕鱼，鱼儿乱跳，跃出水面，或跃过渔网成了漏网之鱼。鱼跃人欢的年头儿，一张张被黄土和汗水浸润过的脸上露出了憨厚的笑容，那是丰收的喜悦。一筐筐活蹦乱跳的鱼被鱼贩子运到外地的集市上售卖，鱼儿走进了千家万户的厨房，成了一道道美味。他们以拖网的方式来来回回在山塘里捕鱼，大鱼被抓完后，只剩一些小鱼从网底或网边逃脱。如果来年山塘易主，过年前，塘主把山塘里的水抽干，穿上防水长裤在泥巴里摸鱼——大鱼小鱼全部捞出。下一个承包者在山塘里撒下一层石灰杀菌，山塘里的淤泥在阳光下发白，经历一个冬天，山塘里又装上了半塘浑浊的水，等待下一个春天在这里荡漾。周而复始，我与山塘相守十几年。读大学的那一年夏天，我与山塘的情结从此结束。

　　在一个无风的傍晚，我来到山塘撒一把草，坐在塘沿的泥地上张望。山塘水面如镜，浮萍挤在水面的一角。青蛙从塘沿的草丛跃进水中，"咕咚"一声，水面泛起涟漪，它又嗖地钻出水面，趴在水中一动不动，倏忽又向前游了几米，钻进了草丛。没有人注意这片水里平静或者不平静。几只水黾在水面上踩水，每个轻盈的身体后留下一路水纹，开始是一个点，然后形成三角形，再扩大、变形、荡漾、消散。这种被称为"水猴子"的小虫子，似微不足道的我，在大片的绿色背景下，被慢慢地染色。我的眼里全是水虫和草的情景，这是写实风格的挂图。这是最平常不过的乡村一角的景色，也是每一口山塘最常见的景色。

逃离故土

1. 小学、中学与农事

　　从小我学习成绩一般，从没想过有一天能上大学，连梦里都不敢想。村里大部分孩子不爱学习，那些比我大几岁的孩子读到初中毕业就去学手艺，如木匠、篾匠、泥瓦工、石匠之类，学好一门手艺能外出务工挣钱，养家糊口。不学手艺的孩子跟着父母亲学种田，成年后娶个邻村的女子，过着父辈们一样的日子，日出而作，日落而息。

　　我父亲是村里的第一个高中毕业生，碰上"文化大革命"，高考取消，父亲回到乡村中学教书（民办教师）。村中第二个高中生是我堂叔，堂叔高考失利，复读了三年仍然落榜，无奈之下，回家种了两年田，娶了一泼辣婆娘。后来，他顶了他父亲的职去煤矿做了几年矿工（他们兄弟为争顶职之事，大打出手，闹得鸡犬不宁）。煤矿关的那年，在矿区失去半截拇指的他又回乡做了农民。第三个高中生是邻居彭家的大儿子，他比我大五六岁，懂的比我多。村中还有一个比我大十岁、按辈分我应该叫堂爷爷的年轻人考上了中专，这让村民羡慕不已。那年夏天，他家办了一场宴席答谢亲朋好友，其实是在炫耀。鞭炮声声，锣鼓喧天，好不热闹，夜里还请人放了一场露天电影酬谢乡邻。他中专毕业后极少回故乡，他是第一个逃离故乡的年轻人。

村里大部分女孩子小学或初中毕业后就辍学了。村中重男轻女的思想根深蒂固，又无处不在。他们喜欢把"嫁出去的女，泼出去的水"挂在嘴边。女孩子会不会读书，父母压根儿不在乎，村里从来没有嫁不出去的女孩子。辍学的女孩子帮着父母干农活儿或外出打工，十五六岁就有媒婆来说媒定亲，两户人家相处一两年，如果合适，待到女孩子十七八岁便嫁过去，生一堆娃儿。外出打工的女孩子一旦经不住诱惑，便会误入歧途。记得村中有个女孩子在异地卖淫被抓（据说是被人逼迫的），公安局寄信到村里要她父母去领人。她父母是文盲，不识"淫"字，稀里糊涂、火急火燎地拿着信问识字的邻居。纸包不住火，消息悄悄地在村子里传开了。两年后，这件事渐渐地平息，她家照样有媒婆来说媒，不久后，那女孩子嫁到了十几里外的村子，照样生儿育女，过日子。

乡村小学离家不到二里，我每天沿着乡间小路去上学，风雨无阻，但实属无奈，好像是帮父母亲去上学，坐牢一样受老师管束。有一年春天，我因为家庭作业没写完，怕被批评与罚站，第一次逃学。我和同村的几个同学在上学途中折返，趁人不备，偷偷地钻过开满油菜花的农田，爬到东山上玩了一天。下午，我们分批下山，溜回家吃了几口剩饭，若无其事地背着竹筐去割草。那天晚上，我被堂妹告了状，挨了一顿打，从此不敢再逃学。

小学三年级时，我成绩很好。我的语文老师姓罗，是从镇上来的年轻人，个子不高，戴着眼镜，面目清秀，讲一口不太标准的普通话。罗老师的父亲和我父亲在镇上同一所高中教书（我父亲于20世纪80年代初考入湖南教育学院平江分院进修大专，毕业后分配到镇上教高中数学），因此他特别照顾我。有次我和同学打架，哭着向罗老师告状。罗老师帮我出了一口气，他把打我的那个男生揪着耳朵拎出了教室，那个男生边哭边求饶。他那副可怜样和打我时的凶狠样判若两人，这让我突然心生怜悯，反而向罗老师求情放过那个男生。罗老师教了我一年语文便调回了镇上，后来再也没有见过。我算了算，三十六年过去了，罗老师也年过半百了。

从小学四年级起，我对学习毫无兴趣，成绩一落千丈。考初中那年，落榜了。中学校长是我父亲的同事（父亲去镇上教高中前，在村中学教书），他按政策照顾教师子女，让我顺利地进了初中。从此，我经常被父亲嘲笑——吃照顾。我读初二那年，父亲为了照顾家庭辞去在镇上教高中的工作，回到乡村中学教学。初中三年，我的成绩中等偏下，不想读书，也不肯吃苦，经常被父亲骂，他骂我比猪还蠢——恨铁不成钢。

我读初中的那三年，纯粹是混日子。父亲极少鼓励我，他习惯用激将法刺激我上进。我讨厌父亲的激将法，甚至厌学，想走人生捷径，突然冒出一个荒诞的想法，想着有一天从泥土里挖出一罐金子——一罐埋在荒野的无主之财宝。这样一来，我就不用刻苦学习了，也不用干农活儿，长大了讨一个漂亮的婆娘过日子，多好啊！我经常听村民讲一个八十多岁老翁挖金子的故事。他们还给故事编了一句顺口溜："八十公公挖罐金，十八女子配成婚。"这种金钱至上的思想浇灌着我，让我成了财迷，成天想着天降意外之财。我常常扛着锄头在山边走，像个无事的人，尤其是经过山头时，看着哪里不顺眼，就东挖一锄头，西挖一锄头，希望挖出一堆瓦片，挖出一个瓦罐或坛子。我也在自家北厢房的地窖里挖过，地窖里除了过冬的红薯，还有潮湿的空气和挖不完的土，其他什么也没有。我不敢多挖，怕挖倒一堵墙。我见过对面邻居家挖房屋地基时，挖出两个坛子，他兴奋地用锄头敲碎了坛子，以为挖到了宝贝，没想到坛子里装满了土与失望。意外之财不是无德之人可受的。于是，村中流传邻居德行不够，挖罐黄金变成土，说得神乎其神。

我听说小山村里有人挖到一些银圆，但是，这些全是谣言。村民忌妒，不认可那些渐渐富足起来的人，给他们打上靠意外之财发家的烙印。我在村中只见过一次银圆，那些银圆还是骗婚的假银圆。邻居彭家有一个女儿，亭亭玉立，想嫁一户好人家，托媒婆找婆家，没想到媒婆带来一个外地来的中年男人，还带来一堆银圆做聘礼。那几天村里热闹起来，口口相传，说外地来了个老爷要讨彭家的女儿去城里住，银圆全是货真价实的"袁大头"，最后幸好被村中一位老人识破。也是从那次起，我知道了辨别银圆的方法：两指尖掐住银圆的中心，向侧面用力吹一口气，之后把银圆靠近耳朵，如果听到声音清脆绵绵不绝便是真货，无声或声音沉闷，便是假货。

在故乡的山头寻遍，也挖不到一块银圆，于是我又想到了山上的古墓。我有了一个荒唐的想法：长大了做一名摸金校尉，在我家的禾场下挖一条地道，直通禾场边的坟地，神不知鬼不觉地挖出一堆金银财宝。我偷偷地做着发财梦。我还听村民说哪里的祖坟被人刨了，人骨头丢在坟地的草丛里，怪可怜的，坟墓里的宝贝全部被盗墓贼偷去了。

很久以前，村中流传着一个关于金银财宝的故事。相传两三百年前，邻村有一个陈姓财主，家财万贯，他死后，从家中抬出十八口棺材，分别埋在不同的地方，墓穴用煮熟的糯米饭封住。年少无知的我不能理解，糯米饭是用来吃的，怎么能用来封墓穴。长大后，我听说历史上真的有人用熟糯米饭加石灰捣成糊封墓穴。被糯米饭封住的墓穴是很难撬开的，也许这种最土、最简单的方法真的能阻止盗墓贼。

时光流逝，我那幼稚的发财梦碎了，初中三年转瞬即逝。中考那年，我通过教师子女加分考进了双峰二中，又吃了一回"照顾"。

我想从故乡的土地里挖出金子的发财梦从来没有实现，也不可能实现。不想读书的我慢慢长大，但想要鲤鱼跳龙门谈何容易。想要走出山窝窝，唯一的办法就是发奋读书。只有付出才能有收获，那些意外之财不会降临在我身上。于是，从高一那年起，我重拾信心刻苦学习，把全部心思放在学习上，成绩快速上升，从中等偏下一跃至班级前十。

高中三年，苦多乐少。寄宿学校破旧、肮脏、杂乱，十几个同学挤在一间逼仄的宿舍里，空气里弥漫着小便的气味，让人头晕窒息。有一年全寝室的男生都生了"疥疮"，长在私密处，又痒又疼，不敢在教室里挠痒，就买了硫黄肥皂天天洗，浑身散发出难闻的硫黄气息，感觉点一把火，身子马上就会爆炸。我最讨厌学校西北角的那座茅房，比家里的茅坑更臭、更吓人。茅房分上下两层，底层是一个硕大的粪池，上层铺了木质的楼板，在楼板上挖了一个个长方形蹲坑，每个蹲坑之间用高过人头的木板隔开，一格格整齐地排列着。每次走进臭气熏天的茅房里，楼板咯吱咯吱地响，我怕踩断一块木板或不小心踩进蹲坑，从楼上坠入两米深的粪池。因此，我每次上茅房都十分惶恐，不敢往坑洞里看。粪池里的粪水被学校周边的农民惦记着，农民通过熟人介绍找学校后勤老师买粪。农民挑着粪桶从茅房一楼的侧门走到粪池边，从粪池里舀粪，付一元或两元便可挑好几担粪水。

那时候，从小镇走路回小山村，经常会赶上一些挑粪的农民。他们挑着粪向各自的田地走去，给庄稼施肥。粪水渗入田地滋养出许多可口的粮食和蔬菜。小山村的每家每户都有一个粪池或粪缸，集全家的粪水洒向大地，大地上长出庄稼，如此循环往复，一条生物链在此衍生了几百年。

我的祖辈世代务农，在泥土里摸爬滚打，因此故乡人称农事为"摸泥巴"。是的，多么接地气的称呼。每年春天，我们弓着背插秧，一脚泥一脚水，稍不留神蚂蟥爬上了小腿吸血。虽说不痛不痒，但吸血物种的那种可怖的样子，让人颤抖、狂躁、尖叫。我妹妹非常害怕蚂蟥，可谓谈"蟥"色变。如果有一条蚂蟥在浑浊的水田里忽隐忽现地翻滚着向她游来，她就会惊悚万分地蹚过水田，以闪电般的速度爬上田埂，瑟瑟发抖，再也不敢下田。

插完秧不久，又要爬田抓草。各种水草从泥巴里钻出来，有鸭舌草、鹅舌草、稗子、慈姑草（故乡人称荸荠为慈姑）等。鸭舌草和鹅舌草太稚嫩，一拔就断。

爬田抓草，本应该连草带根从泥巴里挖出来，放到田埂上晒死，或把野草洗去泥巴投入山塘喂鱼。然而，我们偷偷地把拔断的草根按进泥巴深处，或用脚踩入泥底，不久后它们又钻出了头，在稻田里肆意生长。稗草也不好拔，根很深，与禾苗长在一起，难舍难分。我们喜欢拔慈姑草，因为慈姑草根须上的小慈姑给我们带来甜蜜的享受。从泥里拔出一蔸慈姑草，根须上挂着一两粒小小的慈姑，雪白雪白的。我们在田沟里洗去慈姑上的泥巴，剥去一层稚嫩的外皮，站在农田里享受着来自大自然的馈赠。多年后，我还记得那种从泥土里长出来的慈姑的脆甜与芳香，这些早已淡去的甜蜜在味蕾上又苏醒了。

每年夏天，小山村最繁忙。抢收抢种的"双抢"开始了，我们顶着烈日收割水稻，再平整好农田插上晚稻，几乎没有一天空闲。十几天，村民从日出干到日落，全身湿透，晒得通身黝黑，甚至脱皮。时间飞逝，我长成了小伙子。我为了跳出山窝窝，不用再摸泥巴，不再在烈日下干农活儿，高三那年我向高考冲刺——只有吃过苦的人才会珍惜难得的学习机会。

那年高考，我在作文上栽了个跟头，这是我一生的隐痛与耻辱，也正是高考作文的失利让我相信了宿命论，再也写不好命题作文。语文和物理没及格，总分勉强达到大专分数线。我心有不甘，本来想高中复读一年，父亲怕我压力太大，万一来年高考又失利，到时后悔也来不及。

不久后，我收到了大学录取通知书。终于可以离开这片生我养我的穷山恶水了，我打心眼里高兴，家里溢满幸福感。那年秋天，我成了村里的第一个大学生，连做梦都不敢想上大学的人竟然上大学了。

2. 逃离故土

1993年秋天，我怀揣着一张大学录取通知书，父亲怀揣着我的学费和生活费，来不及与母亲作别，大巴车便摇摇晃晃地驶出小路，父子二人从小镇出发直奔湘潭。这是我第一次出远门，也是第一次长久地离开故土。

父亲挑着一担行李，我背着一个帆布袋，帆布袋是父亲上成人大学那年买的，上面印有武汉长江大桥的图案，母亲在帆布袋里塞了二十多个煮熟的鸡蛋。离开故土的那一刻，我真想跪下来，拜一拜这块土地，拜一拜我的祖先，拜一拜这里的父老乡亲。在晨曦的薄雾中，在金秋十月的清晨，在几声鸡啼声里，我头也不回地告别了故土向梦想出发。我坐着大巴向一个未知的新世界挺进，从那刻起，一扇明亮的大门向我敞开，一条通向浩瀚世界的路出现在我的眼前——那时候的我终于敢做梦了。

故土给了我很多的烙印，黝黑的皮肤、简朴的中山装、晦涩难懂的方言、稚气未脱的脸庞。随着时间的流逝，这些烙印与本色渐渐地淡化，甚至消失得无影无踪。如果有一天我再也不说故乡的方言，那么故土在我心中的分量就越来越轻了。从咿呀学语开始，我说话便充满浓厚乡音，那是故土最纯、最动听的声音。想要摒弃那种熟稔的方言，谈何容易。我讲了十八年的方言，突然要改变腔调和发音，在一块陌生的土地上与一群陌生的人交流。我终于明白了为什么有人调侃我们双峰（双峰以前属湘乡）人讲话像牛叫，这种古老的语言起源于湘乡，因此我的方言里有着浓厚的湘乡腔调。为了便于和同学沟通，我几乎是手脚并用。幸好，我不是聋子，能听懂老师的普通话，尽管他们的普通话不怎么标准，有着浓厚的地域特色，听起来更有一番韵味。语言的障碍让我不够自信，经常遭到同学的戏谑。十分庆幸，大学里有一群讲同种方言的老乡，我们经常聚集在一起，畅所欲言，一吐为快，那种感觉让我似乎回到了故土。然而，我已下定决心要学好普通话，因此必须从内心摒弃方言。读书，一入眼便是方言从心底冒出，方言像幽灵一样缠着我。我只好用不标准的普通话默念来纠正内心的方言。这些藏在脑子里的语言代码，是故土给予我的最珍贵的印记，却被我不断地擦拭、淡化。

　　如果有人问我在大学里学了什么，那么我会毫不犹豫地说：学了普通话，把故乡的方言遗弃了。是的，大学三年光阴，我把专业搁置了，成天混迹于学校各大社团，试着与各种各样的人交往，写一些晦涩的文字，练书法、学中国画……大学毕业前，我不善言辞，话不多，因为普通话讲得太差劲儿，怕别人听不懂而出洋相。有时，我痛恨那些如牛哞般的腔调从我嘴里响起，那么难听。烙印太深，挥之不去。

　　大学期间，我曾经给父亲写过几封信，却从来没有收到父亲的回信。我羡慕那些经常收到家信或情书的同学，他们从收发室取来信件，分明已经看过数遍，夜里又钻进被窝里慢慢地回味。我也试着给另一所大学的高中女同学写信，投进学校的邮筒，鸿雁传书，日日夜夜盼着收发室给我捎来取信件的口信。终于在一个周末的下午，收发室捎来了口信——有我的信件。我兴致勃勃地跑进学校收发室，收到了那封盼望已久的信函，信函上的字迹清秀工整：那是我的名字，没错。我在收发室里迫不及待地撕开了信封，边走边读，心在不停地颤抖，紧张得鼻尖上冒出了汗珠，手心也沁出了汗水。一封五六页纸的信件，我从头到尾看了数遍，一遍比一遍失望。那一封婉拒信让我在大学那段最美好的时光对爱情敬而远之。我沿着小径走到了学校的情人坡——黄土高坡。在那里，我撕碎了爱情，撕碎了奢望，把爱情抛向夕阳随风散去。眼眶里盈满泪水，差点儿掩面而泣。

　　大学三年，我无爱情更无欲望，把心禁锢起来，在图书馆里寻觅，在文字里徜徉。

　　每年寒暑假回故乡，汽车经过那位给我回信的女同学家的村口，我都会伸着脖子往窗外张望，寻找那条陌生的小路，寻找那栋陌生的房屋，情不自禁地想起她的模样，又黯然神伤地收回目光。

　　地域转换，语言转换，我必须接受新的人与事物，用新的思想改变那些刻在我骨子里的陈旧与腐朽，以全新的思想迎接新生活。青春的激流，汹涌澎湃，在校园里一路高歌猛进，一个浪花爬上了堤岸，翻出了高墙，在黑夜里滚动。大学毕业那年，我试图抓住校园里最后的时光来一场风花雪月的恋爱。临近毕业前的一个深夜，我如愿以偿了。一个号称"中专部的交际花"走进了我的眼帘。在校园餐厅里，我们不停地喝啤酒，想把彼此灌醉。我定定地看着她的双眼，仿佛在一泓清澈的泉水里寻觅稍纵即逝的小鱼的行踪。在静寂的夜色中，我们来到了学校的情人坡。我趁着酒意搂住了她的腰，触电般的快感遍布酒后的每一寸肌肤，颤抖、发狂，闭上眼睛，我把初吻献给了一个比我小四岁的姑娘。那夜，我第一次翻围墙入宿舍，这是我大学三年唯一的一次晚归。那夜，我仿佛把自己悬在旷野的星空上，又如一张白纸，描绘出各种色彩的图案，虚无缥缈，恍如梦幻，却又实实在在地有过这一瞬的缠绻与释怀。

大学毕业那年，我可能是最后一批离校的毕业生，含着泪送走了一批又一批同学与校友，第一次懂得了别离不见的痛苦。那时，我已经收到了从浙江嘉兴某单位发来的用工通知书，准备怀揣着学校的派遣书去东部沿海闯一闯。行李早已打包，大部分寄回了故乡，一小部分寄去了浙江。离开大学校园，我回到故土住了不到一周，匆匆告别，也可以说是逃离了故土，乘着东进的列车来到了浙江嘉兴。

我于1996年7月13日来到了一座陌生的城市嘉兴。来了，未曾离开，我用了二十四年爱上这富庶的江南水乡，再也不愿离开这里。有时，为了更快地融入生活，我努力地把自己装扮成当地人，既来之则安之，以此来安慰自己坚持下去。在异乡的日子久了，感觉故乡越来越远，越来越模糊，故乡烙在我身上的印记在这里被时间冲淡、磨平。

因为年轻，所以有梦想，我的梦想在江南绽放。突然有一天，我的梦里不再是故乡的人与事，而是江南的琐事与缠绵。

3. 蛰居江南

大学毕业离开故土，实属无奈之举。我所学专业对口纺织行业，如果按政策分配工作，遵循回原籍的原则，我所属的地区只有一家棉纺厂与纺织行业有关联，而且濒临破产。还有一种可能，放弃所学专业，回到农村做乡村干部。好不容易逃离乡村，我绝不会回到乡村。毕业后，大部分同学选择去沿海就业，有一小部分同学回到原籍从政。当时，我毫不犹豫地选择了放弃国家分配工作，孑然一身来到了浙江。

江南是唐诗宋词里的韵脚，江南是枕水而居的旧梦。在江南的七月，我还来不及去品味这里的旧时光，一个青涩的梦在一方新的天地里浮现。这里的人讥讽我的口音。大学期间，我以为我的普通话讲得不错了，然而方言如影随形，追随我来到了江南。初到江南，发现讲吴语的人更会讲普通话，而我那拖着长长尾音的腔调确实与众不同。这些日积月累的语言习惯，不可能立马改变。有时，我羞于言表，把头埋进一方洁白的宣纸中，用枯燥的笔墨描摹出一山、一水、一树……

父亲多次告诫我——艺多不发家，专精可成名。于是，我放弃了书法和国画这些业余爱好，专心工作。在一家以本地人为主的毛纺厂上班，朝九晚五，我成了工友嘴中的"外地人"，他们言语里充满着排斥与鄙视。正是他们开口闭口的"外地人"，注定了我这一生无法融入当地的文化与语言。也许生活习惯可以改变，但是骨子里的东西不可能改变，那是故土给予一个游子的铮铮铁骨，他不可能轻易地低头受辱。

对一个从山窝窝出来的乡下人而言，这里的一切都是新鲜的。新地方，新气候，天亮早了一小时，天黑也早了一小时。新车间，新面孔，我独自面对一个全新的世界。我在这座陌生的城市落脚，既来之，则安之。在城东的一隅生活了九个月，在操作线上干了八个月的苦力，忍无可忍，决然离去。我看不惯这里的人那种高人一等的优越感。他们的优越感或许来自与生俱来的地域优势。多年后我才明白，江南历来富庶，他们有一个殷实的家底，结婚、买房等费用全部由父母承担。而我们这些异乡人得靠自己拼搏——那时压根儿没想过买房、结婚，能有个安稳的工作就不错了。

不到九个月，我收获了人生的第一份真正的爱情。她是厂花，委身于我这个身材矮小的外地穷小子，说恋爱中的女人智商为零，不是没有道理的。一年后，我又承受着分手带来的刻骨铭心的痛苦离开。时至今日，我想起那段爱情，甜蜜与痛苦是同等的分量——上天是公平的。不想再用太多的文字重提那段隐藏在心底的旧情，爱过和痛过，心也就死了一半，还有一半成了无情爱的流浪者。

从工厂搬出，我放弃了一切组织关系，包括户口，工厂要我支付一笔赔偿金，我只能以最后一个月工资作为赔偿。协商未果，我平生第一次耍无赖，最后不了了之（很多年后，我再回毛纺厂迁户口，那个姓冯的人事主管还耿耿于怀，想要我支付赔偿金）。我在乡村租了一间平房，大约十五平方米，以画广告牌和墙体广告维持生计。我想过逃离江南回到故乡，然而，我不能，我必须坚持下去。在江南水乡居无定所地流浪，曾经为了一个月的电费和房东大吵，最后卷铺盖走人。那些年，我住遍了这座城市的东南西北。有时候，我醉后仰天长叹，想家了，半夜流着泪迷迷糊糊地睡去。

在异乡流浪了一年后，我鬼使神差地卷入了一场传销。我和那群参与传销的年轻人混在一起，把梦想放在一堆虚假的言辞上，煽情的表演，过头了，肯定是一场虚假的梦。梦碎了，我又孑然一身，回到起点，在某老字号企业找到了一份看似大有前途的工作，并且选择回到故乡所属的省城驻点。在省城，我乔装成一个浙江人，那种优越感在我虚荣心极强的胸膛里变得无比的强大。那些对我不太了解的朋友，真以为我是浙江人。在长沙某医院的招待所，我遇见了两个上海人，因为他们喜欢吃嘉兴粽子，称我为半个老乡。我与他们混了五年，吃喝玩乐，逍遥自在，把自己包装成了一个浪荡公子。有一次回嘉兴参加总公司的年度销售会议，被公司老总挪揄，他当着几十个同事的面说我鸟枪换洋炮。是的，那时候我改头换面，整日西装革履，头发梳理得溜光，估计苍蝇落在我的头顶也会摔跤。

在省城闯荡了五年，尽管离故乡更近了，但那几年过春节，我却不敢回故乡，怕故乡人问我一年可以赚多少钱，有没有带女朋友回来过年。即便回到故乡，我也不喜欢长住家中，应该说不习惯了，讨厌故乡的茅坑、猪圈，甚至讨厌故乡人说话的腔调。茅坑和猪圈里的臭味让人头晕目眩，冬天洗澡冷飕飕的，让人发抖。感觉故乡已经跟不上时代了，落后与贫困占据了那里，几十年不变。故乡人还说着当地方言，我听起来却有点儿不适应了。如果说"狗不嫌家贫"，那几年我还不如一条狗。

那几年，我学会了吹牛。我吹牛的对象当然是故乡人，即使活得很狼狈，也会说过得不错，逢人便递昂贵的香烟装阔气；等到日子过得稍有起色，就被我说得天花乱坠，把江南水乡描绘成遍地黄金的好地方。其实，我每天负重前行，用命在换钱，为了一点点业绩，拼搏于酒场。为了融入江南人的生活，我不再吃辣，学会了喝黄酒，学会了听吴语，甚至尝试着讲几句半调子吴语。我曾经为了讨一笔业务费，喝得酩酊大醉。生活所迫，不得已而为之，幸好那时我还年轻。有一年春节前的某个中午，我在某饭店的包厢里，看着一个秃顶的土老板一手抱着女人，一手端起酒杯挑衅我。在铜臭味与风尘味十足的氛围里，我一口气喝了十八杯黄酒，醉醺醺地拎着十八万元业务费交到公司财务。那时，我才知道为了过上好的生活，必须低头认怂。

在异乡拼搏了十年后，我憧憬着未来，准备为自己营造一个小小的窝，想扎根于这块土地，稳稳当当地做一个新嘉兴人。然而，一切都不会朝我预想的方向发展，倏忽间，我十年的心血付之东流。从那刻起，我痛恨这座没有人情味的城市。在那个冰冷的冬天，我搬到了城南的一个角落，以酒为伴生活了两年。我又一次想回到故土，但是我已经无颜面回家了。把口袋里剩下的数百元换成了一把二胡寄回故乡，把这种饱含绝望的苦痛寄托于凄婉、悱恻的琴声，也许是对故土和父亲做一次长久的告别。不成功不回故乡。

人一旦被逼上绝路，不是跳崖坠亡，就是绝处逢生。我盼着能重见天日。在黑暗中生活久了的人，对光明的向往更加迫切。生活从头再来，日子过得更加艰难。突然回想起那年冬天煤气中毒时的情景，我差点儿一命呜呼，躺在病床上不停地颤抖，像得了疟疾一样，住了两天院，捡回一条命。出院后，几次关进高压氧舱做深呼吸，也许藏在我肺泡里的毒早已排出，但是那段惊悚不安的生活如同噩梦般扼住了我的脖子，我以"大难不死必有后福"自我安慰。生活向来不易，通往幸福生活的大门落了锁，我在江南寻找一把钥匙打开这些落锁的大门，一道门一道门通往欲望之城，通向那些未知的生活，似乎没有终点。

终于有一天，在这座城市的某一个角落，在一片陈旧的钢筋水泥丛林中，我有了一个小小的窝，不用再过那种漂泊不定的生活了，也不用担心被房东赶出去了。

在那块小天地里，我收获了婚姻，有了一个完整的家，孩子是我今生最大的收获。于是，我把父母亲接来小住，让老人帮忙带孩子，其实那是一种过分自私的行为。父母亲来到千里之外的异乡，人生地不熟，尤其是语言的障碍，让他们成了"哑巴"。听不懂，不会说，导致他们的生活范围极小，如同坐牢。公园成了他们带孩子晒太阳的最佳场所。父亲极少下楼，但他不习惯坐马桶，于是每天清晨等着公园门口的公共厕所开放。这种生活让他变得慵懒、惶恐、焦虑，他多次吵着要回家。那时，我有过这样的想法——让父母亲在浙江定居。我想让他们完全放弃故乡的那三间破屋，不要回到和庆塘那个山窝窝里，那三亩多田让给叔叔们去种。我的这些想法是多么的自私与不通人情，幸好父亲没有听我的意见，他们执拗地回到故乡，负债重新建了楼房。尽管我后来帮他们还清大部分债务，但有相当长的一段时间里，我对故乡的那几间楼房不屑一顾。

二十年后，我发觉自己错了，而且是大错特错。老人不喜欢城市里逼仄的空间，不喜欢被污染的空气与水，他们习惯了在乡野里呼吸新鲜的空气，在空旷的禾场上尽情地咳嗽、吐痰，不受任何约束地说着方言，还可以对着大地发一通牢骚。如果在家憋屈、闷得慌，就扛一把锄头在田埂上走走，即使不挖一锄土，依然沿着田埂回家，斟上一小杯米烧酒，边喝边走，多么惬意。

父母亲在浙江住了七个月，就挑着行囊回到了故乡。他们重新养鸡、养鱼、种田、种菜……又过上了他们最喜欢的生活。而我在江南水乡沾了一身铜臭味，把故土给予我的那些品格全部丢失了。那些年，我不关心故乡的人与事，也极少关心父母亲的身体，认为故乡对我而言，只不过是一个名词而已。然而，我又错了，错误地认为我对故土的那些记忆迟早会淡去、忘却，但其实有些事早已扎进脑袋里的海马区，像一棵参天大树，根很深，树不倒，枝叶照旧摇曳多姿。

随着时间的流逝，我对故乡的有些人渐渐地淡忘了。要是有人问我，和庆塘谁家的人长啥样子，一时半会儿我还真说不出。若提起他家的恶狗，我立马就能说出这条恶狗的毛色、凶狠狠的目光，连狗眼睛上的两个黄色的斑点、四个脚上的白毛，我都记得清清楚楚。我走进村口的麻将馆，那一张张蜡黄的面孔中夹杂着一两张陌生的脸，我已经叫不上名字。走在路上，碰到一两个老人弓着背迎面走来，他们慢悠悠地抬起头打量着我，可能在我的模样里找到了我父亲的影子，最后认出了我，而我怎么也想不起他们的名字。忘记了一些人与事，是因为我脑子里不断地增加一些人与事，这些人与事占据了我的全部生活。

"回不去的是故乡"，对我而言是一句无聊的诗句。十年前，我压根儿不想回故乡。在异乡的天地里活得有滋有味，早就想忘了那些年在故乡吃过的苦。

其实，我没有忘记那些艰辛的日子，只是还未到忆苦思甜的年岁，不想把那些苦痛与陈年旧事翻出来重温。即使某一天想说，却找不到倾诉的对象，他们对我的那些陈谷子烂芝麻的往事毫无兴趣。因此，用文字重述那些往事是最好的方式，那些沉积在记忆深处的旧事在文字里又活过来了。

人一旦忘了本，忘了初心，容易迷失方向，尤其是酒后更加不知自己的分量。我在异乡迷失了方向，如一叶扁舟在风雨中飘摇。

故土何曾入梦乡，醉卧他乡酒中狂。十年一觉江南梦，赢得风尘薄幸名。

4. 酒中忘故乡

酒是安慰灵魂的佳酿，酒是情感的催化剂。尼采崇拜酒神，酒给人以力量。我爱上了各种各样的酒，成了一个名副其实的酒鬼。

我忘了平生第一次喝酒是多少岁，更不知至今醉了多少回。但是，我年少时第一次喝酒肯定是在故乡，喝的是母亲酿的甜酒。甜酒虽甜，喝多了也会醉人。我依稀记得有一年春节，母亲带我去邻县的姨外婆家拜年，我贪杯多喝了几杯甜酒，酒劲上了头，我晕乎乎地躺在灶台边的一条长木凳上，似睡非睡地睁不开眼睛，有点儿像睡意刚上来的样子，差点儿从长凳上摔下来。我被母亲扶起，叫醒。那天下午，我一脚轻一脚重地走在乡间小道上，感觉足底踩在棉花上，那年我还不到十岁。也许是那一次，我体会到了微醉的缥缈感，如同打通了与酒有关联的穴位。

我从小看着父亲喝酒，总感觉酒中一定有奥妙、有乾坤。我真正学会喝酒应该是上大学那一年，和同学们聚餐喝低度白酒，从此与酒有了不解之缘，相信酒中有天地，酒中有乐趣，于是一发而不可收。

我刚来浙江那一年，觉得这里的黄酒酒精度数低，淡而无劲儿，还不及故乡的米烧酒。有一年冬天，在大学同学的单位宿舍喝黄酒，四个人喝光一箱二十四瓶。用碗喝黄酒很过瘾，一瓶刚好一碗，开局每人连干三碗。那夜，我酒后骑一辆自行车从乡间小路回城东路的宿舍，不知道摔了多少次，沿途经过两座桥，幸好命大没有掉进河里。第二天，我摸着乌青的膝盖吐出苦胆水，却想不起夜里回宿舍的情景。自从那次喝黄酒大醉后，我差不多有一年时间不敢喝黄酒，闻到黄酒味就想吐。

刚离开故乡的那几年，我虽然好酒，却不喜欢喝母亲酿的米烧酒，嫌米烧酒淡而无味，喝多了易口渴、上头。每次回故乡，我会带上一两瓶白酒或红酒自斟自饮，感觉倍儿有面子。有一年春节，我拎了两瓶茅台酒回故乡，让父亲和小叔尝尝味道，可惜他们喝不惯，觉得茅台酒度数太高、辣口，不及故乡的米烧酒柔和。也许他们早已习惯了二十几度米烧酒的口感，认为自己酿造的酒又实惠又绵柔，对那些加了香精的瓶装酒不屑一顾（那是他们的错觉，酒不能加香精）。

母亲为了让父亲有一口酒喝，每年酿七八缸酒。母亲怕父亲喝多了酒伤身体，边唠叨边酿酒，嘴中虽然说再也不酿酒了，但是每到父亲把坛子里的酒快喝光时，她又开始张罗着酿酒了。

有一年春节我在故乡喝醉，觉得天旋地转，不辨东西，差点儿找不到家。我弟搀扶着我跟跟跄跄地回家，躺了整整一夜，差点儿没醒过来。故乡人喝酒用茶碗，一家挨一家地喝，不喝就是瞧不起人家。他们说我是从大城市来的，见过世面，把我当作了客人，边劝我喝酒边听我酒后信口开河、胡言乱语。

在江南水乡的灯红酒绿里，我举杯邀好友；在觥筹交错的酒桌上，我胡吃海喝，一掷千金，完全忘了我是农民的儿子，忘了我是从穷乡僻壤来的穷小子。我把母亲的叮嘱全部抛在脑后，今朝有酒今朝醉，压根儿不懂得节俭，只顾着享受奢侈的生活，身边尽是酒肉之交。

酒后的梦里，我偏偏又回到故乡。在故乡的山间奔跑，在学校里奋笔疾书，经历了一场又一场考试。酒醒梦残的深夜，我独自叹息，也许心底还在意那年高考的失利，想从头再来，然而人生不可能从头再来。

不知道从什么时候开始，我突然爱上了母亲酿的米烧酒，每次回家都要喝上几杯。年轻时感觉这种米烧酒淡而无味，某天突然觉得这酒特香醇，也许是把一种特殊的思乡情感融入酒中，酒就变得更加耐人寻味。人生如同一杯酒，年轻时浓烈火辣，年老时变得平淡如水，而我品味着中年的醇厚。

以往，我一旦喝多了便口无遮拦，口出狂言，发誓要为故乡做一两件事。多年后，我仍然没有为故乡做一件事。想把村口通往家中的泥路铺上水泥，让故乡人出入更加方便，由于人心不齐、造价太高，我心有余而力不足，这一工程至今还是一个遥不可及的梦。

我久在异乡，在故乡人眼里，我成了浙江人；在浙江人眼里，我还是一个外地人。也许以后我客死他乡，灵魂回不到故乡。也许有一天，我幡然醒悟，放弃这里的一切回到故乡生活，毕竟父母亲年事已高，我想尽一份孝心，不想留太多的遗憾。"树欲静而风不止，子欲养而亲不待。"然而，我还没有下定决心与异乡诀别。

说白了，我是一只迷途的羔羊，故乡太遥远，现实太残酷。故乡已经把我除名，那里没有一丘田属于我，没有一块地可供我耕种，我完全不属于那片天地。我把前半生的记忆埋在那块土地上，是那片土地养育了我，然而我把生命献给了第二故乡。

很多人习惯把一座生活太久的城市当作第二故乡。我在江南水乡生活了二十四年，已经超过了我在故乡生活的年月。异乡成了我儿子的故乡，我必须为他守护着他的故乡。我没能把故乡的方言传递给我儿子，他也没有学会异乡的方言，成了一个只会说普通话的人。或许有一天他远渡重洋，不怎么说中文，英语成了他日常生活中讲得最多的语言，就像我在异乡用普通话与人交流一样。

不回到故乡就忘了怎么开口讲方言，方言失传，这是一种令人心痛的事。如果有人问我，异乡和故乡比更喜欢哪里？我真不知道怎么回答，也许我可以这么回答：我的前半生喜欢异乡的繁华，后半生喜欢故乡的宁静。那些可望而不可即的事物是令人向往的，也是美好的，故乡真的太远了。

每次喝醉酒，我感到喉管里埋着一千匹马的嘶鸣，胸腔里涌动着一万只马蹄的奔腾声。而我，只是低下头，轻轻地叹息一声，如万马齐喑般地轻叹。人似草木也有根，根就是家，家把人牢牢地拴住。两个家在撕扯着我的灵魂，天平却偏向了异乡的家。每年回故乡的次数屈指可数，来去匆匆，总感觉故土不宜久留，身在故土，心早已飞向了异乡。

故土之遥

1. 田园荒废

不到江南，不知道世界上还有这么广阔、平坦的沃土。我二十四年前来嘉兴时，还没下火车就被窗外广袤无垠的土地吸引住。火车在一望无际的土地上飞驰，窗外处处是阡陌交错的农田，一条条河流横在农田中静静地流淌。我想到故乡贫瘠的山地、山脚下的梯田，巴掌大，多么羞涩、寒碜，层层叠叠，与众不同。一个是大户人家的阔气，一个是贫苦人家的局促。

江南有广阔而肥沃的土地，肯定能长出好庄稼，难怪这一带的农村很富裕。我经常去江南的农村：屋前屋后桑林绕，黝黑的土地漫无边际地向四周铺展，土地的尽头是天空。我羡慕这里的人，他们与生俱来的优越感是大地赐予的，肥沃、广阔的土地成就了他们，让这一带成了中国版图上最富庶的鱼米之乡。他们大规模种桑养蚕，吃饱之余种些经济作物换取金钱，蚕桑是不二的选择。我的故乡不可能在那些救命的农田里种桑树，毕竟桑叶不能填饱肚子。仅靠那些贫瘠的农田种粮食，还不一定能养活一村人，于是他们不断地垦荒，希望有足够的土地种庄稼。养蚕的人与种粮的人，经过几百年或上千年后，贫富差距越拉越大，江南的富裕与故土的贫穷，似乎相差了一个世纪。

江南的农村，极少有荒地。这里寸土寸金，那些因城市发展或工业生产而搬走的村庄等待着重生。那些圈在围墙内的土地，看似芳草萋萋，一片狼藉，其实这些土地早已被高速扩张的城市打上了印记，不久，这些荒草处就会有高楼耸入云天或传来隆隆的机器声。这些土地或村庄沉睡几年后，在某一天又活了，成了熙来攘往的街道或集市。然而，故乡的那些土地，本来就稀少，镶嵌在山脚或山腰，一旦沉睡几年，就再也醒不过来。田间长满野草或灌木，即使冬天放一把火，来年春天醒来的也不是庄稼，而是一片厚颜无耻的野草。

在故乡，沿着田埂往东山脚下走，需要有很好的忍耐力，否则不可能穿过野草和灌木丛，更不可能爬上山腰。那些我从小走到大的山路凭空消失了，即使弯下身仔细寻找，也没有路了。路需要人走才能活着，人也需要有路可走。于是，进山的村民成了拓荒者，一边披荆斩棘，一边向山腰挺进，用脚踩出一条临时的路，仔细一看，还是原来的小石子路。这里有一条水沟，那里有一座石板桥，路边的几棵松树翁郁苍劲，长成了可伐之材，还有那些野橡子树和往昔一样挂满了野生橡子。到了山间，四顾茫然，找不到曾经种过的那些旱地，莽莽榛榛，一片荒芜。那些种过红薯、土豆、萝卜的红土地被茅草吞没，我的记忆在这些长满野草的地方找不到归宿。土地没有记忆，它不会等人，也不会等庄稼。对土地而言，长草与长庄稼没有本质区别，都是一岁一枯荣。在村民眼里，只长草的土地就是死了，那些死了的土地和死了的人一样，是没有办法救活的。故乡山腰的那些旱地十几年前就死了，死得无声无息。

旱地死了，茶园也未能幸免。往昔，一条山路通向石头山。石头山的南边有一片梯土，祖辈们一锄一镐垦荒，种上茶树。几十年后，一排排低矮的茶树长得密密匝匝，郁郁葱葱。每年春天，我从山顶往下数或从山脚往上数，轻而易举就能找到我家的两块半茶园。采茶虽然不用动脑筋，却容易走神，不经意间手就伸进了别人家的半块茶园。茶园以前属于集体，茶树之间没有界线，一样的茶树，两家的茶园难以区分，村民为了不彼此僭越，在茶园中埋一块石头为分界线。夏初，茶叶已采完，母亲在茶园的空隙处插上红薯。红薯的生命力极强，缠缠绕绕爬满了整个茶园，每年秋天能收获一两担脆甜的红薯。茶园的山顶是一片松林，松林里零星地长些山茶树，山茶树上的甜蜜在我年少时的味蕾上绽放。为了寻找那种雪白或浅绿色的茶泡，我们寻遍了山头的每一株山茶树，很多次都一无所获。几天后，我又在山茶树下张望，希望山茶树上挂满像风铃一样的甜蜜果实。大多数年头儿我都是乘兴而去，败兴而归。

去年春节期间，我和父亲上山祭祖，我十几年没有走上这片山冈了，山冈上多了两座新坟。大叔的离去让我痛哭流涕，在他的坟头，恐惧与痛苦溢满心头。我站在凤形山顶环视四周，松林青翠欲滴，山腰的那片茶园藏进了我儿时的记忆，那块长满欢乐的茶园在故土死去。对面山腰上的那些梯土，还能隐隐约约地看见一些过往的痕迹。我用目光从山顶往下数，停在我家的茶园。茶园里长出了七八株松树，以前茶园里不会长出这种高大的树木。松树好像被人修剪过，笔直的树干，青翠的松冠，在山腰间撑起一片绿荫。那些长满甜蜜的山茶树隐匿于山林，也许死去，也许还坚强地活着。

前些年，村里响应扶贫号召，村民参与山林改造，在那些荒废的土地上种上了黄栀子树。漫山遍野的野草暂时退去，一株株弱小的树苗在贫瘠的土壤里挣扎，或许有一天会开出漫山遍野的栀子花，香飘满山冈，让死去的田地在一片雪白雪白的世界里醒来。

山间旱地彻底荒废，山脚下的农田荒废了一半，也许更多，我没有仔细数过，反正目之所及皆荒凉。田间的臭蒿子草恣意生长，高过了人头，田埂到处崩塌，以前修得溜光的田埂现在长满各种杂草。开垦一块土地确实不易，荒废一块土地却不费吹灰之力。这些信奉土地的村民，望着一块块贫瘠的农田，不知为何失去了信心。是他们太老挥不动锄头，还是握不紧镰刀？他们看着这些土地死去，如同看着一个个年老的村民死去，只能无能为力地站在村口发呆。

看着无法救赎的土地，他们总想从土地里收回些什么。故土以前不种苞谷，如今农田里凌乱地种着苞谷。也许种苞谷不费事，就像母亲在农田里种红薯，红薯与苞谷容易打理而且产量高。我家很多年不种水稻了，米从集市购买，省去了碾米的烦琐。红薯和苞谷成了我家的主产粮：老苞谷碾碎用来喂鸡，嫩苞谷香甜可口人可以吃；大部分红薯做成红薯片，或磨粉做成红薯粉丝。

我家门口的那块农田原来属于邻村，几年前成了一块无主之地。邻居在农田的一角种了几畦蔬菜，挖了一口小鱼池，让这片死去的农田又生机盎然。邻村村民在田埂上种了一排朴树，三十几年过去了，这些朴树好像停止了生长，在风雨中独自飘零。那些从石缝里长出的荆条露出狰狞的面孔，在田间疯长，长在芒刺间的红色浆果诱惑着鸟类来啄食，鸟类带着它们的种子在故土上播种，也许不用多少年，这种可怖的植物会吞噬更多的农田。

那条流淌过希望的水渠死了。灌溉农田的脉络堵塞了，那一股奔涌而来的激流锁进了邻县的水库。那些年，在水渠里车水、抽水的记忆如渠水一样退去，在水渠里捉鱼的少年渐渐地老去，一条空荡荡的水渠在旷野中坍塌、呻吟。

有一年夏天，我回到故乡，在鸡鸣犬吠的清晨醒来。我找不到父亲，一个屋一个屋地找母亲，从母亲口中得知父亲背着竹筐去农田里摘丝瓜、辣椒、长豆角。那天早晨刚下过一场大雨，我穿着拖鞋在田埂上一步一滑地前行。田埂上的青草郁郁葱葱，农田里的杂草高及腰身，这些都是很好的鱼草，如今沦落到无人问津。我在薄雾蒙蒙的农田中看见了父亲的身影，他戴着斗笠，在田间踽踽独行，弓着背，低着头，背着一筐蔬菜。我快步迎了上去，从父亲的肩上接过竹筐，父子二人从未如此轻松地聊过农作物与农田。过往的那些艰辛与汗水在我们俩的对话中翻腾。时间过去了二十几年，我已经叫不出这些农田的名字，父亲对土地的记忆如同土地对他的回报，那些熟悉又陌生的农田的名字在父亲的嘴中苏醒。这丘田我们种过西瓜，那丘田我们种过糯谷，还有那丘田经常漏水……我在这条田埂上割伤过中指，母亲在杂屋的墙壁上扯一张蜘蛛窝帮我封住刀口，缠上布条。我在那条田埂上偷拔过凉薯。我想起了偷凉薯的情景。趁村民回家午休，我偷偷地来到种满凉薯的田埂上，四处打量，弓着身子扎个骑马桩，铆足劲儿拽着凉薯藤用力拔。殊不知，那凉薯根本不吃我那一套，任凭我使出吃奶的劲来，依然深扎在土里纹丝不动。我左一下，右一下，变换着方式拔，怎么也拔不出。一蔸不行，换一蔸再拔，还是不行。连续拔了好几蔸，力气用尽，不是揪断了藤，就是扯破藤茎皮，除了一手绿色的汁液和湿漉漉的藤皮碎屑外，连个凉薯影子也没见到。第二天，凉薯地的主人在田埂上破口大骂，我红着脸低头走过，绝对不敢搭腔。如今，那些长过凉薯的田埂变得更加结实，开出了一簇簇田边菊，我顺手摘了一枝轻嗅，闻到了芬芳。在山塘边的农田里，我看到母亲种的西瓜，藤蔓爬满了整块农田，缠缠绕绕，蓬蓬勃勃，一个个碧绿的西瓜藏在瓜蔓下。我想起了儿时割草偷西瓜被罚跪的往事。兄弟二人跪在猪圈门口，父亲把两个还是白瓤的西瓜砸碎喂猪，猪拱着西瓜皮津津有味地吞食。兄弟二人跪了一个上午，看着猪拱西瓜皮思过。前年，母亲种的西瓜被人一夜偷光，母亲怀疑是村中某人所为，有疑人偷斧的感觉，母亲伤心地站在田埂上指桑骂槐。从此，母亲不再种太多的西瓜，免遭他人惦记。

我抬头望着东山，那片长满橙色喜悦与青涩苦楚的橘园死去了。我曾经为了几粒酸涩的青柑橘，忍着疼痛钻过荆条丛，现在想来尤为可笑。偷吃橘子的罪证残留在指甲缝里，无法躲闪地挨了一顿毒打，打我的那个人正走在我的身后。或许父亲早已忘了这些陈年旧事，然而对我而言，这些都是我年少时不可或缺的成长经历。

田园荒废，父亲老去。

2. 民俗退化

有时候，我见到院子西边土坡上那株苦楝树觉得怪可怜的。它被父亲砍了不知多少回，每年春天长出一茬小枝，几经磨难，苦楝树成了一个蓬头垢面的老者，佝偻着身子站在庭院外任风吹雨打。

苦楝树上的果子青了又黄，黄了又青，故乡人走了一茬又一茬。那些懂得祭奠祖宗、会写祭文的人老去了，那些会写对联的乡间雅士入了泥土。故乡的民俗被时光的烈焰推向了毁灭，很多民俗在这块土地上剩下最后一口气，如一盏微弱的油灯熬到油尽灯枯。

小山村里有一个叫良四爷的老爷子，是我们欧阳本族人，写得一手好书法，还懂得祭祀，方圆四五里有红白喜事一定要请他去帮忙。村中，很多人家的神龛牌位出自良四爷之手。我曾经有过请良四爷帮忙写一副对联收藏的想法，宣纸都准备好了，但又鬼使神差地搁置了。良四爷至死也没有帮我写过一个字。良四爷写对联或祭文，文笔熟稔，语言古朴，一气呵成。良四爷书法出名，他请人毒打儿媳妇的事也出名。他儿子木讷，讨不到婆娘，经人介绍从贵州娶了一个婆娘回村。他怕那婆娘跑了，经常请人把她捆在禾场边的杨树上毒打。那婆娘用一口贵州话骂人，村民听不懂，看热闹的人很多，却没人去劝阻。后来，那婆娘生了一儿一女，还是想跑，跑一次，抓一次，打一次。那婆娘在村中待了四五年，在一个雪夜趁机逃脱了，十几年杳无音信。村民以为那婆娘不会回来或已死去，突然有一天，她出现在村口，让整个村庄沸腾了。她想临死前回来看看孩子，那时良四爷已死五六年了。那婆娘得了癌症，没两个月就死在村里，葬在离良四爷比较远的另一座族坟里。良四爷走了，村里再也没有人能写出一副好对联。村里办丧事，那些贴在墙上的挽联，奇丑无比。良四爷在的时候，和庆塘的人在方圆几里倍儿有面子。

我弟弟结婚时的对联就出自良四爷之手。我已忘了门口那副对联的内容，对联很长，字体苍劲古朴，有魏碑之风，横批应该是"鸾凤和鸣"。良四爷主持家祭与婚礼的情景犹在，他那鹤立鸡群的身板让人难以忘记。他写过的那些对联早已不知所终，包括他写的那些牌位随着村中最后一座老堂屋拆除，他的痕迹被彻底抹去。也许良四爷曾经想过把一些文字留传下来，想过带徒弟，但是他没有用文字给这块土地留下太多的记忆，反而是他对外地媳妇尖酸刻薄、冷漠无情的样子在村民心中无法抹去。

以前，母亲会经常祭祖，爷爷、奶奶的阴生要祭祀，中元节接祖宗回家以酒肉供奉，过端午节、中秋节要祭祀，过年更要祭祀。母亲祭祖是为了让祖宗保佑活着的人平安健康，让祖宗在阴间有钱花。故乡还有一天要祭祀，即每年秋天"尝新"（新谷子碾出新米，煮一锅新米饭叫尝新）。"尝新"那天，母亲备了鸡、鱼、猪肉，斟上三杯水酒，再盛上三碗新米饭，摆在堂屋正中间的八仙桌上供祖宗享用。当然是先给天地享用，再供祖宗享用。年少不更事的我经常见母亲双手合十向天、向地、向祖宗作揖磕头，嘴中念念有词，然后请诸神、祖宗就位享用。我想看着这些神仙怎么吃饭喝酒，就站在八仙桌旁等，过了很久，饭菜一动不动，我傻傻地问母亲为何没见菩萨动筷子，于是被母亲一把拽出了堂屋。母亲把三杯水酒泼在神龛下，我终于明白了菩萨是这样喝酒的，酒入泥土化作乾坤气，守护着家园。供奉完菩萨与祖宗，母亲把桌上的饭菜端进灶膛间回一下锅，再让我们吃。

我好久不见母亲祭祀了。这些最古老的告慰神灵的方式，绝对不能简单地冠以封建迷信而被否定。这些风俗是对天地的敬畏，是对祖宗的敬意，告诫后人不能与天地作对，也不能忘祖。随着社会的进步、思想观念的改变，村民真的把祭祀当作了迷信。故乡极少举行祭祀了。

每年上祖坟祭祖也变味了，变成了一场家族之间攀比的烟花鞭炮大会。山谷里烟雾缭绕，稍有不慎便会导致一场山火。山火一来，青山付之一炬，金山银山成了火海。这种祭祀方式太危险了。

　　清明节时，故乡人把上坟叫作挂青。昔时，清明节前村民从小镇购回五颜六色的纸，把纸一层层折好，剪成一个个镂空的伞状物。我小时候曾经学会剪一些简单的花形。那时，奶奶剪纸伞，我帮忙把剪好的纸伞一层层翻出，把镂空的"清明伞"一个个叠进竹匾。村民们剪"清明伞"也会相互攀比、学习。村里有一个叫金猫儿的男人擅长剪"清明伞"，村里会剪"清明伞"的老人去世后，需要挂"清明伞"的村民把纸送到金猫儿家，让他帮忙剪。每到清明节前几天，村民带上"清明伞"、细竹竿、纸钱、鞭炮、锄头等，沿着山路爬上山顶，在山冈的草丛里寻到祖坟，先把坟茔四周的野草、灌木挖干净，再在坟茔上挂"清明伞"，燃一堆纸钱，放几串鞭炮，对着坟头作揖默念。"清明伞"在坟茔上飘荡，让长眠于地下的祖先不被雨淋。金猫儿去世后，小山村再也没有人会剪"清明伞"了，这种最古老的剪纸手艺在故土失传了，结婚时剪窗花的手艺也失传了。如今，故乡人仍然挂青，"清明伞"的样子亘古不变，只是那些会剪纸的人早已作古。一把把"清明伞"像一朵朵鲜花开在坟茔，随风雨飘过故乡的山头，化作无限的默哀与思念。

　　春节时，村里有舞狮的习俗。我有三十多年没有见过村民舞狮了。年少时的我每年盼望着舞狮队从村口走来，提着灯笼在夜色中缓缓地移动，一条灯光长龙走过田埂，锣鼓喧天，鞭炮声不断，挨家挨户地表演。孩子们混进了舞狮队，队伍越来越庞大，挤进了逼仄的堂屋，一群人立在堂屋的四周观看舞狮队的表演。为了给舞狮队留出更大的空间，大部分人站在长条凳上看，有的孩子骑在父亲的肩上看，甚至有的孩子爬到空棺材上看。他们等着舞狮队表演一个个高难度的动作。

　　每头狮子有两个人合作表演，一人舞头，一人舞尾。表演者在锣鼓声中，装扮成狮子，做出狮子的各种形态动作。舞狮队为了让表演更加惊险，一只威武的大狮子爬上了八仙桌，在桌面上不停地跳，时而做出挠痒痒的动作，时而又显出一副非常乖巧的样子。舞着舞着，只见那只狮子从八仙桌上一跃而下，趴在地上装作睡着了，那副憨厚模样惹得孩子们哈哈大笑。这时候，指挥舞狮的老爷子装模作样地撸起袖子，挥着拳头对着狮子的头"呵喽喽"地大吼几声，猛击下去，狮子好像惊醒了似的，赶紧又舞了起来。随着老爷子的指挥，狮子越舞越精彩，只见它"嗖"的一声又跳到了三层叠放的八仙桌上，一会儿直立，一会儿倒立，在小小的方桌上一点儿也不害怕。多惊险呀！舞狮队里不断地传来逗狮子的歌声，"呵喽喽""呵喽喽"，好像逗狗一样，但是比逗狗声更加激昂高亢。他们不但舞狮，还会杂耍，倒立在八仙桌上做各种高难度动作，或把一条条长木凳交错叠放，叠得几乎接近房梁，他们在长凳上表演各种有惊无险的动作。我最喜欢听他们斗歌。斗歌分两队，双方用最古老的唱腔把一些祝福的话唱出来，纯属为了讨好主人。主人为了感谢舞狮队，端茶递烟之外，奉上一个小小的红包以示谢意。舞狮队在鞭炮声和锣鼓声的簇拥下走出了堂屋，向另一户村民家走去。如果主人在门口放一串鞭炮就表示欢迎舞狮队进屋。也有很多村民在乎那些香烟、鞭炮及小红包，见到舞狮队向他家走来，立刻闩了堂屋门，闭门不出。

我不记得是哪一年春节，村里的舞狮队突然不再舞狮了，也许从那时候开始，在村民眼里舞狮和讨饭无异。舞狮容易导致两村之间斗，文斗和武斗。我见过两个舞狮队在一个堂屋里表演，差点儿酿成一场斗殴，幸好被主人劝开。从此，狮服搁在村民家的堂屋里好些年，狮头褪色，狮身上有了不少破洞，落满了灰尘。狮服等不到舞狮人，听不到锣鼓声与鞭炮声的召唤，沉睡在神龛里死去。在一个秋天的傍晚，狮服化作了一堆火，用连天接地的烟雾向这片天地作一次永久的诀别。舞狮表演在故土销声匿迹，那些粗犷淳朴的歌声也锁进了喉咙。

这里曾经有人舞龙，故乡人把舞龙叫作耍龙灯。耍龙灯和舞狮差不多，舞狮队人数少，在堂屋里表演，耍龙灯人数多，也是挨家挨户地表演。耍龙灯的人在堂屋里做一些简单的祭拜仪式后，在禾场上大显身手，让龙灯在空中翻滚，栩栩如生，有风起云涌之势。为了避免舞狮与耍龙灯冲突，村民把耍龙灯放到了白天，缺少灯光点缀的龙，在空中翻滚，显得不那么真实，失去了许多神秘的色彩。几年前，我在村口见过一列长长的耍龙灯的队伍经过，队伍由十几条龙组成，他们全部是陈姓人家的后代。耍龙灯祭祖成了这一带过年时最热闹的风俗。最近两年，耍龙灯的队伍也不见了。

村民的日子越过越好，以前信奉土地和祖宗，如今信奉钱财。钱对于一个家庭而言至关重要：无钱寸步难行。一些与钱有关的活动还在继续进行，祭祖是为了让祖宗保佑他们多赚点儿钱，所有的事一旦与钱关联就会变味。他们为了多赚钱逃离了故乡，把故土留给老人与孩子。

故乡的年轻人不懂祭祀礼仪，也不会祭祀，没有哪个年轻人能写一副像样的对联，更没有哪个年轻人能唱一句山歌。他们被农村边沿化，又被城市拒之门外，成了一群流浪者，喝着小酒唱着流行歌。我也是其中的一个。

3. 故乡的老人与光棍

除了春节，我在其他任何时候回到故乡，走在乡间小路上，或走在田埂上，经常见到老人踽踽独行。他们扛着锄头或背着竹筐走向农田，极少遇见年轻人和中年人在田间劳作。

每天早晨，老人扛着锄头在田间转悠，没有人知道他们一天里干了些啥。他们习惯了看看这片土地，在一些荒凉的角落待久了，不去田间挖几锄会觉得更加荒凉。没有人陪他们拉家常，他们成了一群整天不说话的哑巴，偶尔张开嘴吃几口饭或吐出几个烟圈，又默默地走向田垄。他们的一天很难熬。他们睡眠少，醒得早，不能午睡。冬天他们坐在墙根晒太阳，夏天坐在弄堂口吹风。他们是一群替儿孙守着故土的老人，盼望着儿孙早日归来，但是从不显露出来，在家里默默地等。有些老人活着时没等到儿孙归来，死了，儿孙给他大办一场葬礼。

老人是这块土地上最孤独的人，他们像野草一样被困在这块土地上。村里没有一个老人愿意离开家园，他们怕死在外地，怕灵魂回不到故土。老人病到只有一口气，都要回家。老人躺在车里吊着氧气瓶，时不时睁开眼，只有躺在自家的床上，才肯安心地闭上眼，咽下最后一口气。因此，这里的老人不肯在亲戚家过夜，怕死在别人家，对亲戚或子女不利。老人希望他们的灵魂留在神龛的牌位上，保佑子孙平安。老人至死还想着子孙后代，想让子孙不要忘了祭奠供飨。

现在，日子过得轻松了，老人却没有像祖辈那样看淡生死。以往，村里的老人一过六十大寿就备好了寿材，向死而生；他们很在乎寿材的木质，把寿材称作千年屋，希望在泥土里有一座坚实的房屋庇护他们的朽骨。现在，村中老人忌讳家中过早地为他们准备寿材，子孙也不会置一口棺材等老人死，认为不吉利。因此，这里的大部分老人在死前见不到他们死后要安身的寿材。他们偶尔会爬上山头看看，在坟岗上默默地寻找一块适合他们安息的土穴。他们相信运气，运气好，活得久，还能葬到一块好土穴保佑子孙后代。

村里的人活着活着就活到了风烛残年，老人都是这样漫不经心地活到了老眼昏花。他们时刻在和死神赛跑，由于腿脚不灵便，跑着跑着，一个踉跄倒下，死神追了上来，被死神追上的人不可能逃脱。于是，村里的老人不跑了，反正迟早要被死神捉走，他们希望走时没有一丝痛苦，就像睡着了一样，无声无息。

在我的记忆中，医生是不怕死的。村里的少伯医生死了很多年，他经常走进我的梦里，为我配一支治中耳炎的药。少伯医生是方圆十里最好的赤脚医生，姓欧阳，与我同族，他辈分比我高，救过我的命。听母亲说，那时我才一岁多，发高烧差点儿夭折，幸好少伯医生半夜爬起接诊，给我打了一针退烧药，让我活了过来。我十二岁左右时，村里有很多小孩儿患了中耳炎，我也未能幸免，右耳流脓不止还伴有头疼，高烧不退。少伯医生在盐水中加青霉素为我冲洗，却未能止住我右耳化脓。那年代还没有耳药水，不知从哪里学来的偏方，他用剪刀撬开装有青霉素的玻璃瓶盖，拔出橡胶塞，加入少量的生理盐水，用镊子搅匀，让我每天用细小的塑料管吸取药水灌耳，一天滴五六次。一周后我的右耳不再化脓，奇迹般地好了，恢复了听力。少伯医生一生救人无数，却没能救活自己，他走的那年不到六十岁，心脏不好，说走就走了。

少伯医生家是村里条件最好的，行医多年赚了一些钱，但应该不是很多。少伯医生死去那两年，我不敢往他家跑，怕他活过来，拿着针站在厢房里等我。后来，少伯医生的儿子子承父业，医学水平却与他父亲相去甚远，于是病人越来越少。后来他搬离了老宅子，在马路边建了三间红砖房。住了没几年，他去省城开药店，从此把家安在省城，极少回故乡。他在西山脚下的马路边留下一座旧宅子，无人居住，任风吹雨打，一天天圮废。空宅子门口的两株酸柑子树一年年长高，硕果累累，等不到主人归来，果子独自跌落，化作烂泥。

老人像树叶一样，一片又一片被风刮走，来年又长出了一茬新枝叶。突然有一天，我发现故土再也长不出新枝叶，常年一副秋冬的枯木景象。

最近五六年，村中几乎没有举办过一场婚礼。没有年轻的姑娘愿意嫁到这穷山沟里，这里不会有青梅竹马的爱情，没有媒妁之言的婚姻，更不会有自由恋爱的结合。这块土地上求欢的欲望在黑夜里沉睡，不再被唤醒，再也没有偷情的故事在村中流传。那种呱呱坠地的哭声消失了。以前，这种生命降临的呐喊声每年总要来那么几嗓子，响彻山谷。现在，故土非常安静，安静得可以听到一枚针的落地声。笑声收进了童年的记忆，哭声却接踵而来。人活着的时候是一个小家庭的事，也可以说是他一个人的事；人一旦死了，那就变成了一个家族的事，也是一个村庄的大事，死者家的堂屋门楣上贴着白纸黑字"当大事"。那些几十年不见的远亲或族亲突然出现了，还有那些平常以忙为借口不回家的不肖子孙回家了，假惺惺地哭几声，落几滴眼泪，便坐在灵堂的牌桌边吆喝。这里的人豁达，看淡了生死。

有老人亡故，有新生命降临，生生不息，这块土地才有生机。现在这块土地上的人除了亡故和逃离，什么也没有了。

村中有不少的大龄青年，大约十来个，大部分已经过了三十岁，过了最佳的结婚年龄。他们寻遍方圆十里讨不到婆娘，也没有本事从外地带回姑娘，好像也没有媒婆来做媒。难道媒婆这个职业在故土销声匿迹了？十年前，村中最后一个姑娘出嫁后，这里好像再也长不出一个线条丰满的姑娘了。"光头崇巴胡子"成了村中最丑的单身汉。最年长的单身汉佐爷仍然孤苦伶仃，成了五保户，房子由政府修建，生活费由政府承担。单身也会像瘟疫一样在故土传染。这里的年轻人纷纷逃到异乡。

人逃离故乡太久，总有一天想回家。在外漂泊的人总感觉脚跟子浅，找不到一块合适的土地扎根。人出生的那一刻就扎根在故土，如同一粒种子落入泥土，在这块土地上吸收养分、阳光与水。每一个人都有根可寻，因此人老了想归根。

这些年，麻将馆成了村里最热闹的地方，时不时有大拾小五的吆喝声从窗户传出，在小山村回荡。尤其过年前，年轻人从四面八方返乡，麻将馆更加热闹了。他们很默契地聚在一起，很少说起在异乡生活的琐事，也不说故乡的往事，在牌桌上享受难得的悠闲。年轻人知道他们的根在故土，离别越久，走得越远，就越想过年时回故土看看。他们无法忍受在异乡过年的孤独感。

一群在周边乡村打零工的中年人，在外漂泊多年，突然回到了小山村。几年前，他们又在村里的打火机小作坊做打火机，赚取微薄的收入养家糊口。全村人都做打火机，把一个个小小的零件分工序装好。一次性打火机在小作坊里灌气、试火、包装好，批发到邻县的小商品市场。两年前，打火机小作坊被迫关停了，因为这些小作坊存在很大的安全隐患，稍有不慎会引火烧身，甚至会爆炸。于是，那批回乡的中年人又四处奔波。他们完全忘了故乡还有一片土地，忘了怎么荷锄种地。他们不信土地里能长出金疙瘩，因此奄奄一息的故土变得更加死气沉沉了。

4. 故土已死

人畜共处的村庄，没有一头猪，也没有一头牛，有狗二三条，有一群群鸡，陪伴老年人守候着家园。说故土已死一点儿也不夸张，死亡遍布每一寸土地，我不知道和庆塘已经死掉多少人，也不知道村庄周边有多少座坟墓。故土上很少有新的生命降临，这样的故土还会活过来吗？

村中除了老人，还有几个留守儿童，这些孩子有了一个新的名字——"候鸟"。这些孩子和我们那一代完全不同，他们没有父母的陪伴，从小由爷爷奶奶带着，与爷爷奶奶相依相伴。我的侄女也是我父母带大的。当年，我弟弟把两岁多的女儿丢给父母南下打工，打了十几年工。如今，我侄女快初中毕业了，他们仍然在外地打工，一年也就回家两三次。

孩子们陪着老人守着家园，村里一直保持着老人看管小孩儿的习俗，看孩子成了老人的职责。我父母至今还在看管着我弟弟的两个小孩儿，其艰辛不言而喻。如今的孩子不像我们那一代人上山掏鸟窝、割草、放牛、掷算珠、弹玻璃球、打纸板等，也许每一代人都有不一样的童年，他们的童年很孤单乏味，玩伴少，玩的东西也少，于是他们成天守着电视机翻来覆去地看动画片。孩子是最容易满足的，在动画片中找到了童年的快乐。他们稚嫩的笑容在故土绽放，装点着故土，延续着最后一丝生机。

孩子到了上学年龄，老人似乎要轻松很多，其实不然，老人更加辛苦。他们每天送孩子到二里外的乡村小学上学，下午再去接回，一老一小在风雨中走过故乡的小路。故乡多山塘，老人怕小孩儿跌入水中淹死，必须每天接送孩子。我们那个年代，小孩子多，命贱，从小到大都是一群孩子结伴上下学，从来没有一个孩子落水。现在几个村共用一所小学，乡村学校只有低年级，每个年级一个班，共三个班，每班不到二十人。我从小也是在这所乡村小学念书的，那时学校有五个年级，每个年级三四个班，每班大约五十人。如今，学校完全冷清下来，全校学生还不及我们那个年代一个班的人数。条件好点儿的家庭托关系把小孩儿送到镇中心小学上学。我侄儿在乡村小学上了两年学，三年级转到了镇中心小学。这样下去，不用两三年，村中唯一的乡村小学也要关门了。

不论是爬上故乡的东山，还是走在村东头，都可以看见几幢红砖黑瓦的房屋静立在农田对面的山脚下，这是一所废弃的中学。三幢房屋和一堵围墙组成了四四方方的院子：院子的西边是食堂，东边是围墙，围墙外是农田和民房，门口是一栋红砖楼房，穿过院子爬上二十几级石台阶是依山而建的平房，七八间教室。我清楚地记得在哪几间教室上过课。初中毕业后，我再也没跨入这所中学——金塘湾中学。学校南边有一个很大的操场，操场长满了野草。操场紧挨着一口池塘，池塘边有一排老柳树。每到春天，柳树发芽，嫩绿的柳条随风飘荡，如一个个女子把秀发伸向水面梳洗。我们经常靠在柳树上，目光穿过柳条仰望蓝天，享受课间难得的休闲时光，似乎感受到青春在婀娜的柳条间萌动。燕子掠过水面，在水面轻盈地落下，一个剪影向上，拍着翅膀向天空发出呢喃之声，水面荡起细细的波纹。每天早晨，几百个孩子迎着朝阳从四周的乡村出发，他们会集在一起学习，他们渴望知识如同植物渴望空气与阳光。放学铃声一响，他们背着沉重的书包如同播撒的种子一样散入周边的村庄。几十年后，人去楼空，学校圮废，但上学时的情景历历在目，仿佛就在昨天。几年前，村委会把学校卖给了旁边的村民，学校被改造成羊圈，羊粪越积越高的教室里传来一阵阵叫声："咩咩、咩咩……"

我每次回到故乡，走进乡野，静立在田埂上，听一群羊叫声从学校传出，穿过宽阔的农田，挤进我的耳朵，这种叫声让我特别伤感。我想起那清脆的铃声穿过农田召唤着上学途中的孩子加快脚步，否则要迟到了。铃声在风中消失了，琅琅的读书声穿过柳条落入池塘化作嘹亮的蛙声。蛙声成了这一块土地上最古老的乡愁，在蛙声遍地的四月，故土依然沉睡不醒。

故乡的猪圈与牛栏关了一屋子空气与尘土，蜘蛛在墙角结网，偌大一间屋子关了几只蜘蛛或几只鸡。故乡空旷无人，空山新雨，碧空如洗，这里用"空"字十分贴切，到处空荡荡。

故乡的山头长满了松树，山上却没有野生动物的踪迹。以前，山上有野鸡、野兔、豺狗子、斑鸠、竹鸡、麂子等野生动物，这些动物在一场场山火中四处逃窜，灭绝，不再现身。以前每年夏初，山上灌木丛的枯叶下长满各种鲜嫩的蘑菇，我们打着手电筒在山林里采蘑菇，钻过树林，头发上挂满蛛网，额头上盈满汗水与露水。二十几年后，山间长不出一朵蘑菇，父亲说山里的菌种已经灭绝，这令人多么伤心。我不相信那些长在泥土里的小精灵从此不再探出头，曾经试着在山林间找了一个上午，结果是一无所获。

以前，每栋房屋门前栽一两株李树或桃树。每年春天，屋前屋后，桃红李白，招蜂引蝶。那些活了几十年的果树，突然倒在一堆废墟中，几年后废墟上长不出桃树或李树，长出了一栋崭新的楼房。故土上再也开不出一片桃红或李白，故土的春天在零星的几片油菜花中醒来，在春光里打个盹儿又沉沉地睡去，和死没有多大的差异。

麦田死去，故土上找不到一块麦田，那些金色的麦浪躲进了诗歌，化作一粒粒金灿灿的文字, 埋进泥土里腐烂, 这些看似闪亮的文字却毫无生机。走遍故乡的田野, 找不到一个草垛, 莫奈笔下的风景在这里死去。农田里的大片紫云英不见了。以往每年春天紫云英开成紫色的花海, 香气氤氲, 被牛舌卷进的几朵紫云英挣扎着延续春天的气息。如今每年春天零星的紫云英开出一簇簇紫色的花朵, 没有一头牛来品尝, 紫云英成了无人欣赏的野花, 自生自灭。

摘野果、打野板栗的欢乐死去。曾经山间野果树的位置被我们牢记于心, 秋天时我们穿过厚密的山林, 摘回一堆野果。物资日渐丰盈的乡村, 再没有人惦记山间的几粒野果。那些摘刺莓的欢乐连同刺莓树一同死去。在故乡, 我很多年没有看见刺莓树了, 被刺扎过的疼痛早已淡忘, 而酸甜感又在我的舌尖苏醒。故乡给我的味蕾留下了太多甜蜜的记忆, 故乡一天天变老, 而我的记忆越来越新, 却记不起一棵树的位置。长在东山脚下竹林边的那几株桐子树不见了。曾经白色的桐子花如风中的小喇叭, 播放着一首质朴欢快的童谣。竹林也萎缩了, 变得无精打采, 长不出几根像样的竹笋。

屋檐下, 一个孩子坐在老人的大腿上, 老人握着小孩子两个稚嫩的食指, 指尖有节奏地一分一合, 哼唱着一首古老的儿歌: "童子飞飞, 飞到竹山园里, 捡个啵啵蛋(鸡蛋), 打个啵(吻)。童子飞飞, 飞到竹山园里, 捡个啵啵蛋, 打个啵……"孩子听着脸上笑开了花。村中再也没有母亲摇晃着摇篮, 哼着摇篮曲, 把孩子哄入梦乡。那些摇篮曲和儿歌被埋进了土地, 故土万籁俱寂。

尘归尘, 土归土。死并不可怕, 人固有一死, 但是疾病带来的痛苦让人不寒而栗。小山村的老人经常把"吃药比吃饭还贵"这句话挂在嘴边, 他们谈癌色变, 癌症如一座大山压住了这里的老人。以前, 小山村几乎没有人因癌症而死, 最近几年, 癌症如死神一样扼住了小山村的脖子, 让一个又一个老人在癌症的恐怖阴影下活着, 倒下。癌症夺去了他们的生命, 癌症的恐惧在村中扩散。

故乡是癌症高发地区, 也许是以前过量地使用剧毒农药导致, 这些农药残留在土壤里很难降解，日积月累侵害着这里的人。村民没有按时体检的习惯，只有等到身体不舒服、撑不住的时候，在家人的劝说下才去医院检查。一旦发现是恶性肿瘤，几乎都是晚期。他们为了省钱，不会倾家荡产去救一个将死之人，他们会把钱留给子女，死后风风光光地办一场丧事。也许这里的老人相信人死后还有来世，这种信仰应该能减少对死亡的恐惧。他们说，这一世多吃点儿苦，来世会活得轻松一点儿。如果人真的有来世，人的生命可能会变得很低贱。

在故乡，有得癌症的村民离奇地痊愈的例子。我家东边的贺姓邻居，五十几岁，四五年前在某市中心医院查出胃癌晚期，他的两个儿子三十多岁了，都未成家。他得知是胃癌晚期，回家痛哭一场，没有再去医院复查，找了一个老中医开了几个疗程的中药，至今还活得好好的。也许医院弄错了，让他虚惊一场，也许是他战胜了恶性肿瘤。

故土已死，死而后生。这里的山，这里的土地，这里的人，并没有死去，他们只是睡得太深沉。那些死去的人，化作一个个故事，被刻进了冰冷的石碑。每年清明节，漫山遍野的白檵木花开如雪，坟头上的"纸伞"在细雨中随风轻摇，为那些地下的人招魂，把他们从记忆中唤醒，在山谷里的鞭炮声中升腾，这时候的故乡又复活了。

这些年，我和故乡渐行渐远，梦里回故乡的次数也少了，我不知怎样形容故乡，干涩、陈旧、贫瘠、荒凉……这么多词汇，还不如用一个"死"字，虽然说刺眼，却很恰当。我似有回天之力，让故土活在我的文字里，变得年轻，欣欣向荣，永远不死。

回归故土

1. 怀念故土

我对故土的记忆是十八岁前与成年后每年几次短暂回乡的总和。然而，不管我身处何地，一旦把思维的触角伸向故土，思绪便在故土上奔腾。我想起的大部分是我十八岁之前的故乡。那些亲身经历的往事，一幕幕重现，我仿佛置身于故土。

我觉得自己很怪异，身处异乡的时候，我常想起故乡的人与事，怀念故乡的山与水，想起故乡的美味，它们在召唤我，于是，我把故乡的美味和童年趣事用文字诠释了一遍。回到故乡的时候，我又想起了异乡繁华的都市，想起了那里的灯红酒绿，想起了红烛香罗帐的歌楼缱绻，想起了一马平川的旷野，甚至想起了早已分手的恋人。多年来，我在异乡与故乡之间来回奔波，早已习惯了这样的生活。不论安身何处，人生仿佛一场大梦，在梦里奔跑的人不会觉得累。

以前，我常说自己是浙江人，这不是忘本，而是虚荣心在作祟。在故乡人的眼里，我成了一个浙江人，逃离了故土，不可能回故乡长住。有一天，我幡然醒悟，常说我是湖南人。我从来没有忘记自己是湖南人，有着湖南人的火暴脾气，一辈子都离不开那口纯正的辣。不管多少年，我的籍贯是湖南，不可能改变，也不想改变。

　　每年夏天，我一定要带上儿子回故乡，让儿子从小就知道他父亲的老家在湖南，潜移默化，让他牢记我们的根在湖南。每一次回归，对我而言是找到了灵魂的栖息地，对我儿而言权当是一次长途旅行。我们父子二人兴致勃勃地背上行囊，踏上西行的列车。在孩子的心里，没有归属感与优越感，他把每次回故土都当作一次轻松、愉悦的旅行。在老家，他知道这里不是他的天堂，在陌生的环境里他有点胆怯，加上语言不通，他不敢越过禾场跟着村里的小孩儿去串门儿，也不会和孩子们扎堆儿，他把这里当作一个短暂的据点与欢乐园，来去匆匆。他知道这里有爷爷、奶奶、姐姐、弟弟、叔叔、婶婶，这里是爷爷奶奶的家。在他年幼的心里只有异乡的那个家。不管来故乡多少次，孩子对这里的记忆如同我年少时走亲戚那样，觉得那里的人与事很新奇，但不会眷恋那一方不属于他的土地。如果有一天，有人问他是哪里人，他可能要想想，却不知道如何回答，其实他应该这样回答：他是嘉兴人，祖籍湖南。百转千回，还是离不开湖南。

　　从嘉兴出发，经过一宿，列车停靠在娄底火车站。出站后，我们租一辆车直奔故乡。汽车穿过青树坪镇三角子园，驶向一条蜿蜒曲折的水泥路。我的思绪经常停留在这条回家的路上，仿佛看见了一个少年背着书包回家，沉重的书包压弯他的脊背。但他脚步轻快，像一只出笼的鸟儿。他知道有一条最近的回家路，用脚步把路途尽量拉直，他夸张地认为闭着眼睛都能走回家：哪个路口有一株桃树或李树，哪个路段有突兀的石块，哪个路口转弯，哪里有水坑……他记得清清楚楚。他知道沿途水井的方位，累了，渴了，蹲在井边洗把脸，掬几捧水解渴；或者单膝跪在井沿把头探向清澈的水，感觉井底的沙砾触手可及，有种深不可测的恐惧，嘬着嘴像牛一样喝几口水。经过坟地的时候，他加快了脚步，不敢回头张望。他知道哪个院子里有条恶狗，早就准备好石头，随时向恶狗砸去。他熟悉沿途的房子，这里住着初中的同学，那里住着高中的同学。

经过他们家门口时，他会放慢脚步，怕与女同学不期而遇，羞红着脸一路小跑消失在田垄上……

这么多年过去了，路还是那条路，路上的人变成了陌生的面孔，路边的房子变了模样。汽车经过某一个村庄，我想起那些像我一样逃离故土的同学，即使在路上遇见，因多年不见，也形同陌路。我曾经想过带着我儿从小镇出发步行回故乡，重新踏上那条穿过农田的石板路，重叠着过往的足迹，寻找那个愈行愈远的背影，寻找沿途村口的那棵古树。古树认识我，我也认识古树。找到那棵长在村口的古树，在树荫下憩息，和孩子讲一些关于我童年的往事。然而，我一直没有下定决心重温这一段曲折而艰辛的回家路。

我从汽车里出来，突然出现在村子中间的马路上。我晕晕沉沉，仿佛一直在这条路上来来回回走了几十年。这一刻，我突然感觉自己老了不少，站在村口的麻将馆门前，一副茫然不知所措的样子，边递香烟边打招呼，一张张熟悉的面孔比往昔更加苍老。

回到故土，我喜欢往村东头走走，也会走向村西头。我甚至想扛一把锄头去田间走走，学着年轻力壮时的模样，看到哪里不顺眼，扬起锄头挖几锄，把一个土坑填平，把一个土包挖平。然而，我空手走在田埂上都觉得脚跟子软，怕脚底打滑，小心翼翼地挪动着脚步，又怕鞋底沾上厚厚的泥巴，全然不像在农村长大的孩子。我已经忘了如何在田埂上走路，更别说飞奔了。因此，我喜欢站在村东头或村西头的路口张望，好像在等一个久别故乡的人归来。

几年前，我家门口的那几丘田还是邻村的，如今这些田是我们村的，但属于两个小组。我家属于双峰县青树坪镇湘华村和庆塘组，和庆塘是一个巴掌大的小山村，湘华村由十几个巴掌大的小组构成。村子依山而建，整个村在两山间形成一条长带子形状，房屋如同一枚枚白玉镶嵌在绸缎般的带子上，从东头到西头大约六七里，两三百户人家，人口也不少。几年前，不知是嫌湘华村不够大，还是嫌隔壁石力村太小，他们把两个村合并成一个村，取名华力村。有一天，我在田间的电线杆上无意中发现，一个用了几十年的村名突然消失了，真有点儿不习惯，新的村名叫起来有点儿拗口。村庄合并后，邻村的那条河并没有拐向我们村，但我们村多了一条小河：一条分隔两县的清流，日夜不舍地流淌着。

我家西边的那株泡桐树，不知道什么时候长大了。泡桐树粗壮的树干高过屋檐角，树枝上有一个硕大的喜鹊巢，在小山村的任何一个地方都能听见我家泡桐树上的喜鹊叫。前年冬天，狂风大作，鹊巢纷纷坠落，如一座楼房倒塌，这让一双喜鹊无家可归，叫了一个冬天。泡桐树的四周长满了竹子，母亲为了让鸡群有栖息之处，把泡桐树周边的竹子砍去，竹园子好像向坟地退了几步。每年春天，泡桐树开满紫色的花，一串串花朵儿恣意生长，柔弱的枝丫承受不起重量，忽然一朵花从枝丫间落下，有如风铃落入竹林里，飕飕作响，其实此时并没有风。等到一阵风吹过，竹林窃窃私语，几只鸡钻出竹林，拍着翅膀飞快地奔向泡桐树下，母亲刚刚在此撒了几把碎玉米粒。一只公鸡骑上母鸡的背，撅了撅屁股，欢愉之后，站在土坡上扯着嗓子发出雄壮高亢的叫声，这时候的小山村是醒着的。

我家院角东边的一株枇杷树，去年忽然死去，又从旁边长出一株枇杷树，蓬蓬勃勃。我家与东边的贺家，以一条水沟为界线，当年为了一条水沟争得面红耳赤。沟的东边属于邻居贺家，那株新长出的枇杷树偏偏长在水沟的东边，被父亲划给了贺家。明明是小叔种的这株枇杷树，枇杷树的种子落入石缝钻出了头，长偏了一尺便换了人家。也许有一天，母亲顺手摘几粒枇杷也会遭邻居詈骂。从去年起，为了一块禾场与机耕路，两家争执数次，彼此不再搭理。乡下人都是这样挨过来的，习以为常了。

山上的树木在长大。我家对面的那座山历经数次山火，依然苍翠，密不透风。山间松风如潮，从东向西，从上到下，松林里夹杂着几株红枫，万绿丛中点缀几处红，每年秋天特别耀眼。站在我家二楼的平台上，山林的美景尽收眼底。山间时不时飞过一群白鹭，掠过几只乌鸦，只闻布谷声，不见鸟踪迹。"布谷，布谷，布谷……"，这是我听过的最令人毛骨悚然的声音。故土还保留着几分生机，每一个清晨，在万鸟欢鸣中醒来，有些人却再也醒不来了。

2. 死亡不是生命的终点

"死亡不是生命的终点，遗忘才是。"我突然想起村中那些死去的老人，他们的名字一个个涌出。我想起了前年死去的大叔，想起了东边的邻居贺九爷，想起了金猫儿、堂叔……他们有的死了好些年了。我想起了村里还活着的老人，他们大部分孤苦伶仃地活着，对生活失去了盼头儿，只是希望多活几年，享几年"清福"。

在故土人眼里，赤贫就是罪。贫穷会遭人嫌弃。赤贫的人经常躲在家中，不敢出门，过着穴居般的生活。没有人愿意靠近那个洞穴的门，他们嫌那个暗无天日的洞穴里吹出的风熏人，怕沾上赤贫倒霉的厄运。村中有这样一户赤贫人家，从我记事起，人们不敢去他家串门儿，也不会同这家人的女儿说话，他们家成了阴森恐惧之地。受大人影响，孩子们把这户人家的丑婆娘当"鬼"，而且还是弱智的"女鬼"。我不知那个又矮又丑的婆娘是哪一年嫁给了金猫儿的。金猫儿本名金桥，和我同姓同宗，论辈分我叫他太爷。金猫儿是独子，他母亲去世那一年，我还是一个孩子。金猫儿母亲在世的时候，村里的小孩子还不太敢明目张胆地造次——编排他们一家。那老妇一走，这些熊孩子经常向金猫儿家的屋顶扔石子，故意气金猫儿，好像玩猫捉老鼠的游戏，来一场生死追逐。谁也不想见到金猫儿的婆娘，她经常当着人擤鼻涕，擤完鼻涕的手在衣襟上擦拭，抬起头傻笑，蓬头垢面地蹒跚而行，像一只又笨又脏的鸭子。我每年只去金猫儿家一次，大年初一上午去拜年，父亲教导我们不能嫌贫爱富，对村里的每户人家要一视同仁。我站在金猫儿家门口喊他太爷，心里常想这是哪门子的太爷，我家没有这样的穷族亲。屈于父亲的威严，我做样子作揖拜年，完事，不屑一顾地转身就跑。我怕金猫儿的婆娘迎上来往我口袋里塞糖，我嫌脏。那时候，糖是稀罕物，过年期间孩子们不缺糖吃，而且她家的糖太廉价。金猫儿有一个独女，和我同岁，小学毕业后外出打工，长大后离开了故乡，平常极少回村。金猫儿死去那一年，她回家办了丧事，之后再也没有踏入故土。金猫儿的女儿从小长得又丑又胖，受尽了同龄人的欺负与鄙视，在农村，丑女不愁嫁，听说她嫁了户好人家。也许上天眷顾了她一回。

村里死了人，金猫儿在村里要干一件别人不敢干的事——给死人换寿衣。给死人换好衣服，再喊魂，让死去的人灵魂早点儿去投胎，别在村里害人，这便是金猫儿帮村人做的。金猫儿死后，村里再也没有人给死人换寿衣了，于是给死人换衣服的事交给了邻村的祭师，听说要给祭师包一个较厚的红包。有时候，村民真希望村里有一个贫苦、不怕死的人，敢给死人换衣服，为村民分担一件没人敢干的事，让死人入殓时变得体面点儿。人活着要面子，死了也要面子。盖棺论定，小山村的人也是这样想的，死后被人评论，说某某生前没有享几天福，死得太年轻……故乡人对死去的人选择了大度与惋惜。他们常说"人死为大"，即使以前和死者有仇，人一死，仇也消了。人刚断气，子孙披麻戴孝挨家挨户报丧（这里叫报孝），见人便下半蹲礼，请村民帮忙料理后事。这种看似礼节性的往来实则是一种换工：他死时你帮忙挖坑，你死了他的子孙会帮你去开路、填土。大家都是要死的，他们没有怨言，为了自己死后有人帮忙料理。

打小我就胆子大，不怕人，经常惹是生非，打架骂人无所不为，被村民骂"三粒屎子"。我胆子再大，也怕一个叫"迪哥子"的男人。他曾经多次双手夹着我的脑袋，拎着我双脚离地，我想骂骂不出，双脚悬在空中挣扎，双手毫无用武之地。有时，我感觉快要一命呜呼了。我被他拎过好几回，每次都是脸红脖子粗，喘粗气。村中被他拎过的小孩儿再也不敢去他家惹事，也不敢去他家玩，经过他家门口都想绕道走。我和玩伴们想报仇，趁他家没人，集结在一起，躲在他家后面斜坡的树林里，往他家屋顶扔石子，石子落到屋顶顺着瓦槽往屋檐下滚，噼里啪啦。有时候，我们判断失误，刚扔两粒石子，听见他家的后门嘎吱响了一声，一个身影蹿出门洞直奔斜坡，吓得我们四处逃窜，钻出树林一溜烟儿跑回家，躲起来。在我年幼的心里，"迪哥子"是一个十恶不赦的坏人。离开故土几年后回来，听母亲说，"迪哥子"死了，病死的，生病不肯花钱去看医生，在家挨了半年，一命呜呼。村里任何人死去，我都会伤感一下，或者惊讶一声，然而"迪哥子"的早亡让我多少松了口气，感觉这仇也报了。幼年的仇恨，大多数会变成恐惧，这种仇恨太深，成年后，大部分人不会选择原谅，自然耿耿于怀，只是嘴上不提罢了。

村里的老人一个个离去，人数一天天减少。老人离去，家人痛哭一场，吹吹打打抬上山，挖个坑埋了，请两个道士超度几天，也就过了。然而，一个年轻人死于非命，那是一家人的噩耗，这种厄运一旦降临便是家破人亡，这种亡故最惨烈。十几年前，我的堂叔英年早逝，死在邻县的建筑工地上，死于非命，死因至今未解：有人说是被人谋害的，有人说是摔死的。死去的堂叔比我大一岁多，我们从小一起玩，上学、割草相伴而行，感情甚笃。他死在一个寒冷的冬天，留下年幼的女儿和怀孕的老婆。他是家里的顶梁柱，一个小小的包工头，收入尚可。父亲说，堂叔从工地拉回家上山的那一天，故乡下了一场十年来罕见的大雪，大雪封住了进坟山的路，全村人费了老大的力气才把他的棺材抬上山。故土用纷纷扬扬的雪花告慰亡灵，雪花就像他的魂魄，在故土上飘扬、呻吟，倏忽间消失了。

　　然而，又一场噩梦来临——小叔病了。毒瘤长在小叔的胸腔里，却疼在千里之外的我的胸膛里，那种如钝器锉骨般的疼痛，让我几度落泪，看到死亡的影子在村口飘荡。小叔仍然不相信命运，他认为上天不公，在绝境中寻求一丝希望，但愿这一次他能绝处逢生，逃离死神的追捕。

　　死神却放过了一个人，让他活了很多年，活到了现在。每次回故乡，我在村口稍微站几分钟，就能见到华三爷拄着一根竹棍子，从机耕路上一摇一晃向村口走来。他笑呵呵地看着我，握着竹棍子停下来，边唠嗑儿边从我手中接过香烟，再从旁边村民的手中接过半截点燃的烟对火儿。他是村里唯一喝过"农药"不死的老人，年纪大点儿的村民都知道，却从不敢提起，不想揭别人的伤疤。农药没有毒死他，中风没有击垮他。有人说：华三爷是死过两回的人，却活得有滋有味，活到忘了年岁，像山间的野草，经得起大自然的洗礼。他在村口立了一会儿，叼着烟穿过乡村公路，拄着竹棍子，向西山脚下的农田走去。人越老越眷恋着土地，老人喜欢去田地里看看，只有双脚踏在田地上才有那种落地生根的存在感。

　　村中的年轻人只要赚点儿钱，就集全部财产把家里的老宅子翻新一下，或另选一块地建楼房。家里有宽敞的住房，外出闯荡更加踏实。为了改变命运，他们逃离故乡，在异乡住着逼仄的小房间，过着清贫的日子，从不抱怨，他们认命。在小山村，我是第二个逃离故土的，也是逃得最远的。村里没有年轻力壮的人，老人怕死了没有人抬棺材，不得不活着，又不得不死。两年前，我们家族有人提议把通向祖坟的山路挖宽，他们怕死后没有路上山。于是，每家每户出钱修路，轰隆隆的推土机开进了村庄，推土机一路高歌猛进，在长满灌木与野草的山间挖出一条山路，直达我们家的祖坟，方便拖拉机进出。自从挖好这条通往坟山的路后，没半年，家族中接连死了两人。我担心这条通往死亡之路太顺利，认为路上应该长满荆棘与野草，走路要披荆斩棘，缓缓而行，越慢越好。如今，第三个老人，第四个老人……我不敢想象。

在故乡，不管是死人，还是活人，也不论姓氏，他们都会被一沓册子记录。它如同一棵参天古木，枝繁叶茂，血液直达细枝末节。

几年前，我家二楼的墙角多了一个木箱子，木箱子里装了一摞线装书，黄纸坊刻版印刷，一整套欧阳氏重修的族谱，二十几本。我在族谱里找到属于我近亲的一册，翻开一页页泛黄的皮纸，满纸皆亡故，那些死了几百年的人只留下一行行单薄的文字。翻到我家族的那一页，从我祖上开始分叉，一代代往下繁衍，看到了我祖父的名字、我父亲与叔叔的名字，还有我们兄弟姐妹的名字，也有我儿的名字。一长串名字组成了一个庞大的家族群，族群里的人，大部分已化作天地间的灵气。那些活着的人，在延续着这一根命脉，越伸越远。这种绵延不绝的景象，让这一方土地还剩下几口气，偶尔发出蓬蓬勃勃的生机。

在故土，我们欧阳氏没有修建祠堂，如果能建一座气派的祠堂，把祖宗的牌位全部请回，归位，那一定是件福泽子孙的盛事。几百年后，也许有一天，我的后代还能寻到故土，在欧阳家族的祠堂里祭奠先祖，认祖归宗。那时候，他们一定要把身份证上的姓改为"欧阳"。我这辈子以错误的姓过着忘祖忘宗的日子，已经后悔不已。或许有一天，我想明白了，换个名字活着，但是一定要改为复姓"欧阳"。

荻花如雪，红枫如火。天地合，我也不能与故土绝。

3. 山河无恙，青山依旧

有一天，我突发奇想，想飞向故土，像老鹰一样在故土上空盘桓，下面是荒野、农田、村庄、山峦、山塘……匆匆走过的人与鸡群，几条狗在狂吠，没有一头牛和猪，也没有鹅。我迎着风飞向东山顶，看看东边的凤形山是不是像风水先生说的那样，像一只展翅欲飞的凤凰。再飞向西山顶，在西山上看遍地水汽蒸腾升起的云雾，在云雾缭绕的天空等一轮夕阳沉落。等到天幕挂上藤萝般的灯盏，我会落入一只无鸟栖息的空巢，望着星空听故乡人闲谈，听着满垄的蛙声与虫鸣，迎接故土的第一缕曙光。

　　当然，这些荒诞的想法不可能实现，我不是羽族，没有翅膀，不会飞翔。我要脚踏实地走向故土，沿着那条熟悉的乡村公路往回赶。我的故乡山河无恙，青山依旧，田垄上生机勃勃，小河淌水，半个月亮爬上了东山，一颗流星划过天际，还有一架飞机或一颗卫星飞过夜空。这里的一切刚刚好，刚好值得中年的我细细品味，目光穿过绵延起伏的山峦，看层层叠叠的梯田里涨满金色的光芒……

　　西山年年被火烧，西山年年长野草。西山的山头，再也没有少年爬上去追落日，那个追落日的少年远走他乡，离群索居。每次归来，每次苍老，额头上岁月走过的犁痕如西山上的梯田，一层接一层。

　　一条乡村公路从西山脚下绕过，一头儿通向邻县的村子，另一头儿连接小镇。清晨，一辆乡村巴士鸣着喇叭从山边驶来，喇叭声穿过农田在四野扩散，呼唤着那些要去小镇赶集或进货的人赶紧从屋里跑出来，站在村口的屋檐下等。乡村巴士在村口短暂地停留，像收割机一样把沿途的村民收进车厢里，冒着浓烟，一路高歌，奔向小镇。傍晚，乡村巴士又驶过村口，把上午吞进车厢的人放下，像播种机在大地上播撒种子。

　　西山脚下的马路两侧聚集了不少民房，这里成了村里最热闹的地方。时不时驶过一辆汽车，飞过一辆摩托车或电动车，有时走过一群人或一群鸡。西山腰的那些梯田，每年春天苏醒，三月阳光正好，故土春意盎然。西山梯田里的油菜花又黄了，像一条条金色的丝带缠在西山腰，让整个西山光鲜亮丽了不少。一群蜜蜂飞来，又飞走。这些带子状的油菜田，还招来了一群蝴蝶翻飞。蝶舞春光春尚早，飞入菜花何处寻？这时候的故土是活着的，睁开眼睛等春风拂过：

拂过山林，拂过草尖，拂过屋檐下的燕巢。雨燕呢喃双双飞，飞过细密的雨丝，扑向广阔的天空，停在电线上梳理着羽翼，涤去从南方归来的风尘。春天的故土是一位醒着的、穿红戴绿、笑语盈盈的小堂客（小堂客：湘中俚语，小媳妇）。

三年前，村委会请人在东山上种了一片栀子花。当村民以为栀子花迟早会无声无息地死去时，栀子花却坚强地活下来了，活得蓬蓬勃勃。今年春天，东山头的栀子花真的开了，漫山遍野，花开如雪，芳香满山冈，故乡的山头又活了。老人扛着锄头，走过一条新挖的泥路，穿过松林，直达山顶。他们在梯土上穿梭，弓着背锄去栀子树旁的野草，给栀子树施肥，辛辛苦苦，一天能挣一百元。母亲也加入了除草施肥的队伍。栀子花开在清明节后，檵木花开在清明前。檵木花吐出一根根雪白的丝缕，挂满枝头，在风中摇曳。这些有灵性的物种，用雪白雪白的芳姿祭奠躺在山冈上的祖先。也许是祖先的灵气唤醒了漫山遍野的花朵：鲜红的映山红、金黄的老虫花（一种杜鹃花）、饱含蜜汁的山茶花，还有不知名的野花……掐一朵未开的映山红，摘去花蕊，塞进嘴里细嚼，酸爽的芳香盈口，那是童年的快乐时光在舌尖上跳舞。

捧一大束映山红走出山谷，如同捧着一个耀眼的春天在山间行走。春天在这片土地上放慢了脚步，在一张张布满皱纹的脸上绽放，他们又恢复了活力，返老还童。这片旱地沉睡了二十几个春秋，终于在2020年迎来了欢声笑语的春天，迎来了花的盛会。这里没有冰封的冻土，春风轻盈地吹过，万物皆醒，只有那些长眠于山间的亡灵继续沉睡。

东山脚下，两山之间的岬角处，有一条天然的深沟。沟的两边长满了灌木，草丛里以前有蛇出没，深沟的尽头有一块厚实的岩石——烧水岩。一眼清泉从岩石缝里汩汩地冒出，日夜不息，流进岩石垒砌的井，在一根细长的水管里一路欢腾，唱着歌奔向山脚，在山脚下汇集成了一口井。井水清澈见底，甘甜清爽。甘甜清爽的泉水钻进了水桶，在扁担下晃荡，跟跟跄跄地走过田埂，走进了村民家的水缸。烧一壶热水，泡一杯风味独特的烟熏茶，茶汤清澄透亮，茶香氤氲。

那些在烧水岩喝过水的牛和小孩子不见了，那块紧临山塘的草坪也不见了，长满了狰狞的灌木，一副凶神恶煞的样子，让山塘显得更加阴森恐怖。山塘依然波澜不惊，偶尔落下几只白鹭，白鹭在山塘边优雅地迈步，低着头在水面照镜子。多么美丽的女士，多么高贵的先生，飞翔吧！你们需要飞翔，飞过崇山峻岭，飞过大江大河，飞向广阔的天地。

故乡的夏夜，从来都是那样热闹，四野的虫声与蛙声向我袭来，震撼着我的耳膜。蛙声与虫鸣在夜间演奏一场盛大的音乐会，夜莺一展歌喉成了领唱者。

山色空蒙繁星现，暮色四合向黄昏。太阳收敛了火热，把金色的夕晖投向炊烟袅袅的小山村，渐渐地从西山的草丛里沉下。荻花如雪，染上了彤红。流云金灿，晚霞染红了天边，云层间折射出一道橙色的光束。光束照耀着山脚下的房屋，照在玻璃上，熠熠生辉。一株枫树立在田边，如一位风姿绰约的少女，盼望着故人归来，待到深秋，褪去绿衫，着一袭红装，分外妖娆。稻田、山塘、竹林、山峦……镀上了一层金灿灿的霞光。

黑夜在故土上恣意妄为，把晚霞和落日余晖吞噬，天地一片昏沉阴暗。缥缈间，东边的苍穹闪耀出一道橙黄色的光芒，越来越亮。山脚下，几处灯光穿透了茫茫夜色从硕大的玻璃窗里射出，照亮了一团窄小的天地。一弯月牙儿爬上了东山，挂在林梢缓缓地移动，让空荡荡的原野笼上了一层朦胧的白纱。山峦重重，树影绰约，一阵风拂过，掠过庭院西边的灌木丛和竹林，竹林里溢出几句轻言细语。轻风吹动弄堂口悬着的灯泡，灯影摇曳，一只只飞蛾扑向灯光。月光像一匹白马闯进了我的房间，照亮了我的梦。梦里，我又成了一个少年，无忧无虑地在故土上奔跑，追逐。我希望这个梦可以做一千年、一万年，重复着做。天亮了，梦醒了，梦中的少年老去，头发斑白。

月亮升起的地方，升起一轮红日。一层薄雾在山间升腾，散去，村庄醒来了，田野也醒来了。野草上落满了露水，在阳光的照射下显得格外清新、冰凉；山谷里有一只布谷鸟正在模糊不清、伤心地对谁诉说着自己的凄凉岁月；一只在山塘上空飞翔的白鹭展开雪白的翅膀，好像在寻找一块适合落脚的浅滩。扛着锄头的老人迎着朝阳走向农田，走向山坡，他们依然相信土地里埋着金灿灿的希望，相信土地里能长出一个长盛不衰的春天。一群麻雀落入我家西边的竹林，叽叽喳喳；两只喜鹊又来看它们的旧巢，悲切地聒噪一阵。巢倾树犹在，一树鹊声，等故人归来。

故乡的麻雀从来没有少过，像一群小孩子叽叽喳喳不停地说话，都说些什么我们不知道。麻雀的口音与我们那么相近，一听就是很近的乡邻。它们在等那些逃离故土的人早点儿归来，掸去身上的尘土，躺在故乡的怀里不再离开。这里有金色、厚实的土壤，细腻的赤黄土好种庄稼，细腻的赤黄土也好埋人。

故乡再老，在我心中也永远年轻；故乡再脏，再荒凉，也是我心中的一块净土。在这块土地上，我即便离别很久，归来仍然有一种归属感，我是这块土地的主人，这里有我的老家。这里每一条路、每一丘田、每一口山塘，都有一个响亮、朴实的名字。

4. 故土在等待

我曾经把故土抛弃，故土却从未嫌弃我，她在等待我归来。母亲在等我，等我一次次给她报平安，等我回一趟故土。

故土是安放灵魂的地方，故土是魂牵梦绕的乡愁。小时候，故土是一座小小的山村，小山村充满着童年的乐趣与艰辛。长大后，故土是一个干涩的、孤独的词，我宁肯在繁华的都市里迷失、流浪、堕落，也不肯轻易地回到故土，不想成为故乡人茶余饭后的笑柄。如今，故土成了一个遥不可及的梦，"回不去的是故乡"，成了一句现实主义诗句。骨子里浪漫的人总想着有一天回到故乡，不想漂泊成一句溢满乡愁的诗。每个年龄段，都有不一样的梦：儿时的我，梦见高楼大厦，走进车水马龙的都市；现在的我，梦回故土，坐在农家小院里，听鸡鸣犬吠，看山峦叠翠，看云起云散，看日落月出，看天幕上挂满灯盏……现实与梦想，总差那么一小步，这一小步让我的梦想在异乡搁浅或破灭。

我来到这个世界，降临在小山村，故乡接纳了我，我也接纳了故乡。故乡把一切给了我，给了我清新的空气、明媚的阳光、晶莹的雨露、温柔的风声、啼啭的鸟语，给了我厚实的胸膛和质朴的乡音。故土日夜守候着一个个小生命的到来，延续着祖辈的命脉，这命脉里灌满了生命的代码，希望长盛不衰。多年后，故乡一无所有，故乡再没有什么可以给我了。我需要用一生的时间，想把自己还给故乡，甚至想长眠于故土，化作山间的晨雾，或化作林间的鸟鸣，日日为故乡而歌。

陶潜诗云："羁鸟恋旧林，池鱼思故渊。"我是在故土长大的孩子，无论我走到哪里，我的根在和庆塘。当年，我把故乡隐藏在身后，单枪匹马去闯世界，很多年后孑然一身回家，故乡还是温柔地接纳了我。尽管我已经褪去了农民的本色，不会荷锄，手无缚鸡之力，但是我骨子里依然保存着农民的禀性，对土地的眷恋是与生俱来的，也是刻骨铭心的。

离开故乡后，回家的路很长，长得让我鬓染白霜，长得让我在梦里不知身是客，长得让我忘了故乡的陈年旧事。如今，我有了新的方向，向故土而活，向故乡靠拢。

东边山脚下，村里的最后一栋土砖老宅子成了残垣断壁，任风吹雨打。年轻时，我很多次梦见这座老宅子，好像被种了蛊，我在这座老宅子里兜兜转转，像在走一座走不出的迷宫。一模一样的梦做了很多年，我走进这座老宅子，隐隐约约听到有人在窗子边讲话，我一间间找，不见人影。老宅子的堂屋后面有一个天井，天井后面还有三间平房，几间杂屋。我在天井四周转圈，没完没了地转，如一头蒙眼拉磨的驴，不知疲倦地兜圈子。有时下着雨，雨珠如帘，从屋檐的瓦槽中滴落，滴滴答答，像一张硕大的竖琴挂在天井里，滴落的水珠在天井里冒着泡。有时有一线阳光照过来，打在天井的瓦檐下，把瓦楞的影子印在泥地上，影子爬过天井，爬上了土墙，消失了。"吱呀"一声，北厢房的门开了，走出来一个老人，似曾相识。她让我不要在天井边转圈子，转得她头晕眼花。我想反驳几句，却怎么也发不出声，梦醒了，惊出一身冷汗。

老宅子被主人遗弃，在风雨中屹立了八十几个春秋，等到风等到雨，没能等到主人。一个风雨交加的夜里，老宅子轰然倒塌，压断了墙根的一株苦楝树。残垣断壁处长满了臭蒿子草，草尖高过了人头，折断的房梁一头埋进了瓦砾堆，一头指向苍穹，像一棵砍去枝杈的枯木。剩下半截土墙摇摇欲坠，墙上的木窗被人挖走了，留下一个四四方方的空洞，墙根处的青苔越爬越高，颜色也变得黝黑。禾场上堆满了瓦砾与石子，还有一堆从屋顶上拆下来的檩条和椽子。檩条与椽子经过岁月的腐蚀，又经过风雨的摧残，变得惨白、黯淡无光，也许轻轻一碰便化作碎片。两个木水桶立在墙根，缺了一截木板，露出一个豁口，木桶梁上挂着的一截挑水的绳索落满尘埃。堂屋门口的石门槛屹立不倒，石门槛与房屋石基连在一起，成了孤独的英雄，以铮铮铁骨的硬汉精神守着一座圮废的老宅子。

一栋栋楼房依山而建，那些年久废弃的土宅子化作尘土拌进了水泥，又爬上了墙，成了新宅子的一部分。拆除的那些土房子，是我对故乡最深、最早的记忆。老宅子代表和庆塘的陈旧气息，此刻全部消失。也许在不久的将来，我会带走一个村庄的全部记忆，把记忆藏在那些残砖破瓦的缝隙里，藏在一些晦涩难懂的文字里。

我想起了一首耳熟能详的歌："我的故乡并不美，低矮的草房苦涩的井水。

一条时常干涸的小河，依恋在小村周围，一片贫瘠的土地上，收获着微薄的希望……"

"又见炊烟升起，暮色罩大地。想问阵阵炊烟，你要去哪里。夕阳有诗情，黄昏有画意。诗情画意虽然美丽，我心中只有你。"邓丽君的《又见炊烟》在异乡唱响，我仿佛看到了故乡的山脚升起了连天接地的炊烟。

一个从外地逃回故乡的人，看见自家的炊烟袅袅升腾，那种家还活着的感觉会油然而生。炊烟是老家的根，炊烟一升腾，一个家就活了，一个村庄也活了。

我突然想起年少时的一个情景。一群孩子坐在坟地边的禾场上玩耍，夕阳从西山坳里沉下，把余晖温煦地投给小山村。猪在圈里哼哼唧唧，鸡群在竹林子里咯咯地叫，麻雀也在叽叽喳喳，风很柔很轻，拂得人心发痒欲睡。土墙上罩了一层金灿灿的光芒，显得更加明亮耀眼。孩子们你一言我一语地在讲一些无厘头的假设：假如有下辈子，你想做什么？有的说想做一只鸟，会飞翔；有的说想做一棵树，能活上千年；还有的说想做狮子、老虎、豹子、老鹰……却没有人说想做鸡、猪、狗、牛，因为他们知道这些动物的命运，不是命短，就是命苦。而我想做一块石头，可以活上几万年。我想做块冰冷的石头守候着故土，待世间一切羽化，我这一块沉睡不醒的石头也许会石破天惊，从石头中蹦出一个人，或一只猴，在故土走一回。那时候的故土，似曾相识，却找不到一张熟悉的面孔。也许门前的那一园竹子依然青翠挺拔，山塘依旧，农田里又长满了庄稼。故乡在一阵鸡啼声中苏醒，一群孩子背着书包迎着朝阳，走过郁郁葱葱的农田，在油菜花中穿行。孩子们在学校预备铃声的催促下，加快了脚步，奔向学校，消失在村东头的田野里。

陀思妥耶夫斯基在《罪与罚》中说："人——这种卑劣的东西，什么都可以习惯的！"是的，我的卑劣与无能，迫使我离开故土，几十年后，我的身体习惯了异乡的水土，我这一辈子注定要与故土分开，远隔关山，客死他乡。那时候，故土的每一声犬吠、每一声鸡鸣、每一声鸟叫都是我的招魂曲。我穿过茫茫天宇，飞过重重关山，听到故土的鸡鸣和牛哞、猪的哼唧声、锄头的落地声、风吹过竹林的沙沙声……我又回到了故土，归根。

侧耳倾听，好像有人在故土上哼起了一首儿歌。那歌声穿越时空，穿过千山万水，在我的耳畔萦绕：

矮子矮，钓麻呱（青蛙），

一日钓得三斤半。

鸡要呷，鸭要呷，

自己呷块烧劳粑（锅巴）。

……